首都师范大学外国语学院 编

俄国文学的中国阐释

刘文飞教授六十周岁纪念文集

商务印书馆
The Commercial Press

商务印书馆(成都)有限责任公司出品

刘文飞教授

"俄国文学的中国阐释"学术研讨会与会者合影

目录

序／王宗琥　I

俄国文学的中国阐释／刘文飞　1
18世纪俄国作家与文学翻译／靳芳　21
俄国故事体小说发展脉络／李懿　31
别林斯基在韩国的传播与接受／周旋子　40
"绿灯社"在巴黎／杜林杰　47
"最好的一部俄国文学史"
　　——纳博科夫为何激赏米尔斯基《俄国文学史》／文导微　58

普希金创作中的骑士形象／郑艳红　68
陀思妥耶夫斯基的根基主义思想及其研究价值和意义／万海松　77
"荒唐人"遗梦／蔡恩婷　90
追念古老的西方文明
　　——屠格涅夫笔下的古希腊罗马及意大利文化／孔霞蔚　103

列斯科夫创作中的俄罗斯性／栾　昕　114

康·列昂季耶夫创作中的"东方主题"

　　——以长篇小说《奥德赛·波利克罗尼阿迪斯》为例／李筱逸　126

安德列耶夫在中国的译介与传播／王　静　138

诗文之间

　　——布宁同题诗歌与散文的比较分析／郑晓婷　145

古米廖夫的中国主题诗作／张政硕　153

论茨维塔耶娃散文的创作主题／张伟建　166

帕斯捷尔纳克诗歌中的花园时空体／章小凤　179

瓦吉诺夫先锋主义小说研究／米　慧　188

聚焦精神生态的战争书写

　　——阿斯塔菲耶夫战争小说创作论／张淑明　201

"监狱文学"之奇葩:《监狱——狱警手记》　葛灿红　212

口述文学：阿列克谢耶维奇与冯骥才的互文／苏雅楠　224

汝龙：契诃夫小说的中译者／钟 平 233

翻译家力冈浅论／孙 遥 244

我的翻译／刘文飞 257

刘文飞谈俄国文学翻译：我从来没有悲观过／李昶伟采访 264

如今无人愿做翻译家／伊·帕宁采访 潘琳、张曦译 274

刘文飞：人应该三条腿走路／郑 琼 282

刘文飞：不从众的学术执着／江 涵 291

我未必是最合适的人，我又是最合适的人之一
——刘文飞谈获普京亲颁俄罗斯联邦友谊勋章／熊奇侠采访 296

与俄语和俄国文学的相遇／人民网俄语频道采访 常景玉译 302

我有些怀念那深邃的思想／塔·沙巴耶娃采访 王彬羽、田芳译 311

我的朋友刘文飞／弗·阿格诺索夫 阳知涵译 318

序

王宗琥 *

俄国文学自 19 世纪末传入中国以来，对中国的民族解放运动和现代化进程产生了巨大的影响。我们常常可以听到关于它的一些经典阐释：俄国文学是"为起义了的奴隶贩运的军火"，是"普罗米修斯为人类盗取的火种"，是"我们的导师和朋友"，是"生活的教科书"。除了在中苏交恶时期它被称为"修正主义毒草"外，总体上俄国文学在中国的影响和接受都是极为正面的。这一方面是俄国文学本身的伟大，另一方面也和时代的历史文化语境相关。从阐释学和读者接受批评的角度来说，这两方面的因素也反过来影响了阐释者的心态，那就是对俄国文学保持一种仰视和功利的态度。这种态度在很大程度上影响了我们对俄国文学的接受、阐释和传播。

长期以来，我们是以学生的心态来阐释俄国文学的，除了学习和

---

* 王宗琥，首都师范大学外国语学院教授、院长、博士生导师，研究方向为俄国文学与文化。

模仿，很难提出质疑和批评意见。老一辈的很多研究者都是以极大的爱去研究俄国文学，甚至不惜为尊者讳。记得 2001 年在北京大学召开的学术会议上，有一位参会者提出了有损普希金形象的《普希金秘密日记》的真实性问题，在座的老一辈研究者都主张不要相信，不要为贤者抹黑。当然，《普希金秘密日记》的真实性确实待考，但是文学研究的本质恰恰在于挖掘丰富的人性，不仅有光明面，更需要揭示阴暗面。一味仰视的"为尊者讳"在文学研究上不仅无法进行全面客观的阐释，而且也阻碍了向心灵底蕴的掘进。

由于历史文化的原因，我们对俄国文学的阐释不免带有浓厚的功利色彩。托尔斯泰最初被介绍进中国，突出的是他的宗教和道德内容。中国传统的"文以载道"的观念和当时的历史语境要求文学积极参与社会生活，净化人的心灵。托翁对文学教化作用的肯定和作品中强大的道德批判力量很符合中国知识分子的文化心理。他们从托尔斯泰的作品里得出了俄国文学是为人生的结论。这样一种阐释不仅忽视了托尔斯泰作为一个天才文学家的艺术成就，而且忽视了俄国文学整体上巨大的艺术财富。

所幸的是，改革开放以来，随着俄国文学研究队伍和规模的不断壮大，我们对俄国文学的研究也日益全面和深入。这一时期成长起来的中青年学者开始以平等的姿态来看待俄国文学，以非功利非意识形态的立场来研究俄国文学，逐步让文学研究回归到文学本身，由此开启了俄国文学研究的新纪元。苏联解体后的近三十年间，对俄国文学的研究是经典与先锋并存，内容和形式并重，诗歌、小说、戏剧俱兴，丰富多元的研究让我们逐渐看清俄国文学的庐山真面。进入 21 世纪以来，文学研究者的文化自信和主体意识随着国力的强盛日益凸显，他们站在新的历史起点以新的心态审视俄国文学，自然会在对俄国文学的阐释中赋予更多的中国视角和中国特色。我以为，中国对俄国文学历经百年的阐释正是在20、21世纪之交才开始真正具有主体性和独立性。

2017年，刘文飞教授担纲的多卷本《俄国文学通史》获批国家社科基金重大招标项目。这是我国俄国文学研究史上的一个标志性事件，它是对苏联解体后中国俄国文学研究的新视角、新理念、新方法的一次集中展示，更是对俄国文学本身所蕴含的思想史、文化史、美学史意义的全面阐释。当然，这也是首都师范大学外国语学院历史上的标志性事件，我们第一次获批了国家社科基金重大项目。我作为院长，自然倍感荣耀。于是乎，我们决定由首都师范大学外国语学院和北京斯拉夫中心联合举办"俄国文学的中国阐释"学术研讨会，一方面是为了能在《俄国文学通史》编写理念的框架下更加深入地探讨这个问题，另一方面也是按照俄罗斯学术界的传统，以学术研讨会和论文集的方式为文飞教授庆贺六十大寿。

于是就有了这本论文集。文飞老师的大会主旨发言《俄国文学的中国阐释》正是为会议主题而作。他以极其恢宏的视野考察了俄国文学在世界范围的阐释历史，通过对中国俄罗斯文学研究历史和现状的梳理，阐明编写一部多卷本《俄国文学通史》的迫切性和必要性。在文中他详细介绍了这部文学通史的编写理念和编写思路，凝练出它的三个特色：这将是一部贯通古今融通中外的文学史，是一部突出"文学性"的文学史，是一部独具中国特色的俄国文学史。

文飞老师的文章可谓奠定了这本文集的基调。所收录的文章作者和译者大都是来自高校和科研院所的青年学者，而且都是文飞老师的学生。他们在汲取前辈研究成果的基础上，以更新的文学观念和更强的主体意识介入俄国文学研究，在一定程度上代表了新一代俄国文学研究的群体特征。单从选题就可以看出他们的研究正呼应了文飞老师上面说的三个特色：内容涵盖古今，融通中外，研究着力点回归文学本身，同时能感受到研究者明显的主体意识和独立视角。我们有理由认为，文飞老师提出的俄国文学研究的中国学派正在形成之中。

这本文集里让我感触最深且受益良多的是文飞老师一些谈艺录性质的文章。这些文章非常鲜活地展示了大师是怎样炼成的：他与俄语及翻译结缘的经历，他的翻译、学术写作和文学写作的三重人生，他对俄国文学以及中国文学的洞见，以及对俄国文学的专注与执着，这些都指向一个真理：只有对俄国文学矢志不渝地热爱，并经年累月地译介研究俄国文学，才能成就今天俄国文学中国阐释的蔚为大观。

最后祝文飞老师生日快乐，永葆学术青春。60岁是人文学者最美好的年华，我们相信文飞老师一定会源源不断地创作出更多的作品，我们也相信，在文飞老师的引领下，俄国文学研究的中国学派必将最终形成并在世界斯拉夫研究界占据要席。

俄国文学的中国阐释

刘文飞 *

一

广义的文学史研究活动有可能与文学同时诞生,但学术意义上的文学史研究往往出现很晚,一个典型的例证便是,中国文学具有数千年辉煌灿烂的历史,但世界范围内第一部中国文学史却是由俄国汉学家王西里于 1880 年完成的《中国文学史纲要》[①]。俄罗斯人对于他们自己文学的历史研究开始得则更早一些,约在 18 世纪中期,特列季亚科夫斯基作于 1755 年的《论古代、近代和当代俄语诗歌》一文[②]被视为最早的俄语诗歌史和文学史研究尝试。在此之后,各种各

---

* 刘文飞,首都师范大学外语学院教授,博士生导师,中国俄罗斯文学研究会会长,研究方向为俄国文学与文化。

① *Васильев В.П.* Очерк истории китайской литературы. СПб. 1880. 中译见王西里:《中国文学史纲要》,阎国栋译,中央编译出版社,2016 年。

② *Тредиаковский И.К.* О древнем, среднем и новом стихотворении российском. 1755.

样的俄国文学史著不断涌现，使俄国文学史研究迅速成为俄国文学界乃至人文学界的一个专门学科。

自19世纪初起，随着自觉的民族文学意识的觉醒，试图对俄国文学的发展过程进行概括和总结的著作开始大量出现，其中最重要的著作有：鲍尔恩的《俄国文学简明教程》（1808）[1]，格列奇的《俄国文学教科书》（1819—1822）和《俄国文学史简编》（1822，此书被视为第一部俄国文学史著）[2]，尼基坚科的《俄国文学史试编》（1845）[3]，舍维廖夫的四卷本《俄国文学史》（1846—1860）[4]，加拉霍夫的两卷本《古代和当代俄国文学史》（1863—1875）[5]以及佩平的四卷本《俄国文学史》（1898—1899）[6]等。进入20世纪，在19世纪的俄国现实主义文学登上世界文学巅峰之后，在19、20世纪之交的俄国文学再度出现"天才成群诞生"的壮丽景象之后，大规模的文学史写作更是蔚然成风，众多的文学史著与众多的文学杰作交相辉映，相互促进，终于在俄国文化和俄国社会中构建出所谓"文学中心主义"。这百年间值得一提的文学史著有：温格罗夫主编的《20世纪俄国文学：1890—1910》（1914—1916，此书首度提出"20世纪俄国文学"的概念）[7]，奥夫相尼科-库里科夫斯基主编的五卷本《19世纪俄国文

---

[1] *Борн И.М.* Краткое руководство к российской словесности. СПб. 1808.

[2] *Греч Н.И.* Учебная книга российской словесности. 1819-1822; Опыт краткой истории русской литературы. 1822.

[3] *Никитенко А.В.* Опыт истории русской литературы. Введение. СПб. 1845.

[4] *Шевырев С.П.* Истории русской словесности. Ч.1-4, М.: Университетская типография. 1846-1860.

[5] *Галахов А.Д.* История русской словесности, древней и новой, в 2 т. СПб. 1863-1875.

[6] *Пыпин А.Н.* История русской литературы в 4 т. 1898-1899.

[7] *Венгеров С.А.* (ред.) Русская литература XX века. 1890-1910. 此书再版不断，直至21世纪，如 М.: Республика. 2004.

学史》(1908—1910)①，科甘的三卷本《俄国当代文学史纲》(1908—1912)和《俄国文学通史》(简编，1927；这两部著作被视为用十月革命后的新文学史观总结俄国文学史的最初尝试)②，高尔基的《俄国文学史》(1939)③，苏联科学院俄国文学研究所主编的十卷本《俄国文学史》(1941—1956)④，勃拉戈依主编的三卷本《俄国文学史》(1958—1964)⑤，维霍采夫主编的《苏维埃俄罗斯文学史》(1979)⑥，普鲁茨科夫主编的四卷本《俄国文学史》⑦，利哈乔夫主编的《10—17世纪俄国文学史》(1979)⑧，索科洛夫主编的《19世纪末、20世纪初俄国文学史》(1984)⑨等。苏联解体以后，俄国学者撰写俄国文学史的热情反而有所高涨，他们不仅继续关注俄国古代文学和19世纪的

---

① Овсянико-Куликовский Д.Н. (ред.) Истории русской литературы XIX века. Т. 1-5. 1908-1910.

② Коган П.С. Очерки по истории новейшей русской литературы. Т.1-3. 1908-1911; История русской литературы с древнейших времен до наших дней (в самом сжатом изложении). М.-Л.: Молодая гвардия. 1927.

③ Горький М. Истории русской литературы. 1909. 此书作者生前并未写完，1939年由苏联科学院根据手稿整理出版，1957年由缪灵珠译成中文，汉译后多次再版（如上海新文艺社1957年版、上海文艺社1959年版和1961年版、上海译文社1979年版等），在中国影响极大。

④ АН СССР. Ин-т рус. лит. (Пушкин. Дом). История русской литературы в 10 томах. М.-Л.: Изд-во АН СССР. 1941-1956.

⑤ Благой Д.Д. (ред.) История русской литературы в 3 т. ИМЛИ; ИРЛИ; М.-Л.: АН СССР. Наука. 1958-1964.

⑥ Выходцев П.С. (ред.) История русской советской литературы. М.: Высшая школа. 1979.

⑦ Пруцков Н.И. (ред.) История русской литературы в 4 т. АН СССР. Институт русской литературы (Пушкинский Дом); Л.: Изд-во Наука, Ленинградское отделение. 1980-1983. 此书之中译被列为国家社科基金重大招标项目，正由南京师范大学汪介之教授领衔的团队进行翻译和研究。

⑧ Лихачёв Д.С. (ред.) История русской литературы X-XII века. М.: Просвещение.1979.

⑨ Соколов А.Г. История русской литературы конца XIX – начала XX века. М.: Высшая школа. 1988.

俄国经典文学，还试图重构作为一个整体的20世纪俄国文学史，并将更多的注意力投向白银时代文学、境外文学和所谓非主流文学，相继出版的重要文学史著有：斯卡托夫的《19世纪下半叶俄国文学史》（1992）[1]，库列绍夫的两卷本《19世纪俄国文学史》（1997）[2]，阿格诺索夫主编的《20世纪俄国文学》（1999）[3]，凯尔德什主编的两卷本《世纪之交的俄国文学（1890至1920年代初）》（2000—2001）[4]，佩捷林的两卷本《20世纪俄国文学史》（2012—2013）[5]等。旅美俄裔学者利波维茨基与其父里德尔曼合编的两卷本《当代俄国文学史》自21世纪初面世以来已多次再版，在学界颇有影响[6]。

俄国文学史研究也始终是西方斯拉夫学界的一个研究重点，是所谓"俄国学"的重要构成之一。欧美学者对于俄国文学史的关注和描述最早出现在19世纪中后期，这在时间上也与俄国文学的强势崛起相吻合。较早的著述有法国作家沃盖的《俄国小说》（1886）[7]、德国柏林大学教授勃鲁克纳的《俄国文学史》（1905）[8]等。20世纪初，

---

[1] *Скатов Н.Н.* История русской литературы XIX века. Вторая половина. М.: Просвещение. 1992.

[2] *Кулешов В.И.* История русской литературы XIX века. М.: Изд-во Московского университета. 1997.

[3] *Агеносов В.В.* (ред.) Русская литература XX века. М.: Дрофа. 1999. 此书中译见阿格诺索夫主编：《20世纪俄罗斯文学》，凌建侯、黄玫、柳若梅、苗澍译，中国人民大学出版社，2001年。

[4] *Келдыш В.А.* (ред.) Русская литература рубежа веков（1890-е – начало 1920-х годов）. ИМЛИ РАН. М.: Наследие. 2000-2001. 此书中译见俄罗斯科学院高尔基世界文学研究所集体编写：《俄罗斯白银时代文学史》，谷羽、王亚民等译，敦煌文艺出版社，2006年。

[5] *Петелин В.В.* История русской литературы XX века. Т. I. 1890-е годы -1953; Т. II. 1953-1993 годы. М.: Центрполиграф. 2012, 2013.

[6] *Лейдермани Н.Л., Липовецкий М.Н.* Современная русская литература: 1950-1990-е годы. В 2 т. М.: Академия. 2003. 由四川大学李志强教授领衔的翻译团队正在翻译此书。

[7] Vogüé, de Melchior, *Le roman russe*, 1886.

[8] Brückner A. *Geschichte der russischen Litteratur*, Leipzig: 1905; 最早英译见 Brückner A. *A Literary History of Russia*. Trans. H. Havelock, London: T.F. Unwin, 1908.

随着一批俄国作家和学者流亡国外，俄国文学在西方文化生活中的影响有所扩大，在之后近百年时间里先后出现一批影响深远的俄国文学史著，其中最值得一提的有以下几部：米尔斯基的两卷本《俄国文学史》（1926—1927），此书被纳博科夫称为"用包括俄语在内的所有语言写就的最好的一部俄国文学史"[1]，在欧美国家长期被用作教科书[2]；斯洛尼姆所著的《苏维埃俄罗斯文学》（1964），斯洛尼姆被称为"美国最著名俄国文学专家"[3]，此书作为我国改革开放之后最早被译成汉语的西方俄国文学史著，在中国产生很大影响[4]；纳博科夫的《俄罗斯文学讲稿》（1981），这是纳博科夫在美国大学教授俄国文学的讲稿[5]；莫瑟主编的《剑桥俄罗斯文学史》（1989）和艾默生所著《剑桥俄罗斯文学史导论》（2006），均是在英语国家多次再版、影响很大的俄国文学史著[6]。除用英语写作的俄国文学史著外，还存在着用世界上其他语种书写的同类著作。2015年11月，首都师范大学北京

---

[1] Smith G.S. *D. S. Mirsky: A Russian-English Life, 1890-1939*, Oxford University Press, 2000, p. 295.

[2] Mirsky D.S. *Contemporary Russian Literature, 1881-1925,* George Routledge & Sons, 1926; *A History of Russian Literature From the Earliest Times to the Death of Dostoyevsky (1881)*, Knopf, 1927. 中译见米尔斯基：《俄国文学史》，上下卷，刘文飞译，人民出版社，2013年；商务印书馆，2020年。

[3] Calvino I. *Hermit in Paris: Autobiographical Writings*, New York: Mariner Books, 2014, p. 41.

[4] Slonim M. *Soviet Russian literature: Writers and problems*, 1917-1977, NY: Oxford University Press, 1977. 中译见斯洛宁：《苏维埃俄罗斯文学》，浦立民、刘峰译，上海译文出版社，1983年。中译者将作者名"斯洛尼姆"误译为"斯洛宁"。

[5] Nabokov V.V. *Lectures on Russian literatures,* Harcourt Brace Jovanovich Pub., 1981. 中译见纳博科夫：《俄罗斯文学讲稿》，丁骏、王建开译，上海三联书店，2015年。

[6] Moser C.A. *The Cambridge History of Russian Literature*, Cambridge University Press, 1989, 1992, 2008; Emerson C. *The Cambridge Introduction to Russian Literature,* Cambridge University Press, 2008. 这两本著作均已被列为首都师范大学林精华教授承担的国家社科基金重大招标项目"《剑桥俄罗斯文学》（九卷本）翻译与研究"的翻译对象。

斯拉夫研究中心举办了一场题为"俄国文学史的多语种书写"的国际学术探讨会,来自俄、英、德、法、意、日、韩等国的俄国文学史家欢聚一堂,交流各自的俄国文学史写作经验,会后出版的论文集《俄国文学史的多语种书写》初步描绘出一幅俄国文学史的世界书写全景[①]。在俄文、英文、中文之外的俄国文学史著中,篇幅最大、最有影响的当数法国斯拉夫学者乔治·尼瓦等主编的六卷本法文版《俄国文学史》(1987—2005),这部著作是西方俄国文学研究界通力合作的重要成果[②]。

俄国文学在 19 世纪 70 年代进入中国,1903 年普希金的小说《俄国情史》(即《大尉的女儿》)在上海面世,标志着俄国文学的中国接受史之开端。与文学的开端和文学史的开端往往相距遥远的情况有所不同,中国的俄国文学译介和中国的俄国文学史研究这两者之间的间隔极短。在俄国文学正式步入中国之后短短十几年间,郑振铎便写出第一部中国学者的俄国文学史著《俄国文学史略》(商务印书馆,1924)。稍后,蒋光慈与瞿秋白在上海出版《俄罗斯文学》(创造社出版部,1927),此书分为两卷,上卷为蒋光慈所著《十月革命与俄罗斯文学》,下卷为瞿秋白于 1921—1922 年旅俄期间写成的《俄国文学史》。汪倜然的《俄国文学 ABC》(1929)也是一部关于俄国文学历史的简略叙述。中华人民共和国成立之后,在中苏友好的历史大语境下,俄苏文学如滚滚洪流涌入中国,在诸语种外国文学中独占鳌头,甚至成为中国人"自己的文学",但让人颇感奇怪的是,在成

---

① 刘文飞编:《俄国文学史的多语种书写》,东方出版社,2017 年。
② Nivat G, Serman I. et Strada V. *Histoire de la littérature russe, t. 1-6*: *Des origines aux lumières*, Paris: Fayard, 1987-2005.

百上千的俄国文学作品被翻译成中文的时候,在众多俄苏作家在中国早已家喻户晓的情况下,中国学者却鲜有关于俄苏文学历史的描述。在中国的俄苏文学研究界,相当长一段时间里占据显赫位置的似乎仅为两部翻译过来的文学史著,即布罗茨基主编的《俄国文学史》(三卷本,蒋路、孙玮、刘辽逸译,作家出版社,1954、1955、1962)[①]和季莫菲耶夫的两卷本《苏联文学史》(两卷本,叶水夫译,作家出版社,1956、1957)[②],这两部译著在国内读者圈和研究界产生了深远持久甚至垄断性的影响,是我国几代俄苏文学研究者文学史知识、文学观和文学史书写方式的主要来源。直到20世纪80年代,由中国学者编纂的俄国文学史著才陆续出现,如易漱泉、雷成德、王远泽等主编的《俄国文学史》(湖南文艺出版社,1986)等。曹靖华主编的《俄苏文学史》(三卷本,1992、1993)的出版,是中国俄国文学史研究中的一个标志性事件,此书为集体著作,全国各地数十位学者参与撰写,展示出中国的俄国文学研究者的强大阵容和深厚学力,至今仍是我国高校师生最重要的教学参考书之一[③]。1994年面世的《苏联文学史》(三卷本,叶水夫主编)是一部中国的"科学院版"苏联文学史,对整个苏联时期的文学发展过程和风格特质做了详尽描述。[④]近三十余年间,中国学者编撰的其他重要的俄国文学史著还有:雷成德主编的《苏联文学史》(辽宁人民出版社,1988),刘亚丁的《十九

[①] 原作为 *Бродский Н.Л.* (ред), Русская литература. М.: Учпедгиз. 1950. Тип. Кр. пролетарий. 此书实为中小学八年级课本,内容比较浅显,主编尼古拉·布罗茨基是挂名的,作者实为Н. Поспелов, П. Шабліовский, А. Зерчанинов 等人。

[②] 原作为 *Тимофеев Л.И.* Русская советская литература. М.: Учпедгиз. 1947. Тип. Кр. пролетарий.

[③] 曹靖华主编:《俄苏文学史》,1—3卷,河南教育出版社,1992—1993年。

[④] 叶水夫主编:《苏联文学史》,1—3卷,中国社会科学出版社,1994年。

世纪俄国文学史纲》(四川大学出版社,1989),倪蕊琴和陈建华的《当代苏俄文学史纲》(辽宁教育出版社,1997),李明滨主编的《俄罗斯二十世纪非主潮文学》(北岳文艺出版社,1998),李辉凡和张捷的《20世纪俄罗斯文学史》(青岛出版社,1998),李毓榛的《20世纪俄罗斯文学史》(北京大学出版社,2000),任光宣、张建华、余一中的《俄罗斯文学史》(北京大学出版社,2003),郑体武的《俄罗斯文学简史》(上海外语教育出版社,2006),刘文飞的《插图本俄国文学史》(北京大学出版社,2010),汪介之的《俄罗斯现代文学史》(中国社会科学出版社,2013)等。

由此可见,无论是在俄国、中国还是在世界其他国家,俄国文学的历史均得到了充分、多样的书写,那么,在汗牛充栋的俄国文学史著出现之后,我们为何还要新编一部多卷本《俄国文学通史》呢?

二

在当下编写一部中文版多卷本《俄国文学通史》,的确已是中国学者无法回避的一项研究任务,其迫切性和必要性主要体现在如下几个方面:

首先,在苏联解体之后,俄国文学及其历史在极短的时间里发生了天翻地覆的变化,令人眼花缭乱,新的文学在吁求新的文学阐释,新的文学史观也迫切需要获得表达和落实。苏联解体后的新的俄国文学现实,至少导致这样三种新写俄国文学史的需求:一是文学史观的变化,苏联解体后,苏联时期形成的关于苏维埃文学乃至整个俄国文学的文学史观遭到相当大程度的颠覆和扬弃,昨日的众多名家名作遭到无情否定,一些曾被否定的对象则被挖掘出来,被重新赋予文学史地位，至于这一过程中始终伴随着的争论和争斗，更让俄国文学史的重写变得急迫起来；二是文学史的内容和范围空前扩大，苏联时期的非官方文学、地下文学，还有所谓境外文学、回归文学等，使得20世纪俄国文学的描述对象变得更为多元，这些不同的文学构成也急需得到归纳和整合，而苏联时期较少得到研究的十月革命前的非现实主义文学、宗教内容的文学和白银时代文学等，也成为亟待面对的文学史课题；三是对苏联解体前后的当代文学的归纳，苏联解体后，后现代主义文学的兴盛，大众文学对严肃文学的冲击和挤压，女性文学的崛起，虚构和非虚构文学的相互渗透，诸如此类的文学新现象也需要做出文学史的归纳。俄国文学自身发生的变化之剧烈，俄国文学史在近二十余年间所遭受的解构之剧烈，或许均为世界文学史中所罕见，在这样的学术语境下，我们迫切需要一部新的大型俄国文学通史来释疑解惑，正本清源，把俄国文学的历史真实还给俄国文学。

其次，中国的俄国文学研究事业经过百余年的发展，如今似乎也到了能够完整体现自己综合实力的历史时刻。中国的俄国文学史研究传统源远流长，李大钊、瞿秋白、鲁迅、巴金、茅盾等中国共产党的早期领导人和中国新文学的奠基者均为中国俄国文学研究的先行者，在"五四"运动、抗日战争、中苏友好、改革开放等不同历史时期，俄苏文学曾在中国产生巨大影响，也使得中国的俄苏文学研究走在了世界的前列。在我们之前，已有三代国人对俄国文学史展开过研究，第一阶段的俄国文学史书写以瞿秋白、蒋光慈等人的《俄国文学史略》为标志；第二阶段以两部译著为代表，分别是布罗茨基主编的《俄国文学史》和季莫菲耶夫主编的《苏联文学史》；第三阶段的代表作分别是曹靖华主编的《俄苏文学史》和叶水夫主编的《苏联文学史》。时至今日，这些著作和译著或多或少显示出了其时代局限性，无法向汉语读者提供出一幅更为完整、更为真实的俄国文学版图。另一方面，我们在当下展开俄国文学通史的编写，还有若干有利条件：其一，中国改革开放以来，中国学者撰写了大量俄国文学史著，它们或为断代史，或为体裁史，或为专题史，这为一部综合性通史的写作提供了广泛的借鉴可能；其二，近三十余年间，我们翻译了大量俄苏和欧美的俄国文学史著，如前面提及的斯洛尼姆的《苏维埃俄罗斯文学》、俄国科学院世界文学研究所主编的《俄罗斯白银时代文学史》、阿格诺索夫的《20世纪俄罗斯文学》和《俄罗斯侨民文学史》[1]、米尔斯基的《俄国文学史》，以及正在翻译中的"剑桥俄罗斯文学史丛书（九卷本）"、苏联科学院编的《俄国文学史》（四卷本）和利波维茨基的《当代俄国文学史》（两卷本）等，这使得我们能对国际同行的学术成就有比较充分的把握；其三，在中国恢复高考后率先步入高校的一代研究俄国文学的学人，目前正处于人文学者学术生涯中的黄金时期，很多人都有撰写、翻译或编著俄国文学史著的经验，并已成为所在高校乃至整个学界的学术带头人，由这些学者中的代表组成一个团队，集中力量撰写一部《俄国文学通史》，将是对改革开放后成长起来的中国的俄国文学研究队伍的一次学术检阅，同时也将成为这一代学人真正意义上的集体学术智慧的结晶。

最后，中俄两国关系尤其是两国文学和文化关系的发展，也为一部中文版《俄国文学通史》的编写创造了良好的外部环境。俄国文化中长期存在所谓"文学中心主义"现象，即文学始终在俄国文化和俄国社会生活中扮演中心角色。19世纪80年代，随着俄国文学的崛起，

---

[1] 阿格诺索夫：《俄罗斯侨民文学史》，刘文飞、陈方译，人民文学出版社，2004年。

俄国的国家形象得到极大改善，俄国文学也由此成为"社会生活的百科全书"和"生活的教科书"。在俄罗斯人的心目中，文学从来就不是无关紧要的高雅文字游戏，而是介入生活、改变生活乃至创造生活的最佳手段，所谓"审美的乌托邦"成为俄罗斯民族意识和思想构成中一种特殊的集体无意识，俄国作家始终在扮演社会代言人和民族思想家的角色，被视为真理的化身和良心的声音。另一方面，俄国文学在中国有着广泛、坚实的传播基础，一部分中国人所谓"俄国情结"，其核心就是"俄国文学情结"，实质上就是国人对于俄国文学的尊重和热爱。当俄国的"文学中心主义"遇上中国的"俄国文学情结"，在中俄两国间展开"文学外交"的可能性便能得到确立。在中俄两国关系处于历史最好时期的当下，一部由中国学者撰写的大部头《俄国文学通史》，必将为中俄两国的文化关系添砖加瓦，进一步提升中俄两国关系的文化品位，深化和强化两国人民的相互理解。

综上所述，俄国文学自身的变化提出了重写俄国文学史的迫切需求，中国的俄国文学研究传统也到了一个需要做出新的阶段性总结的时刻，再加之国际地缘政治和学术版图的变化、中俄两国文化关系的加强等，这些因素似乎同时为我们新编俄国文学史创造出一个难得的历史机遇，一部中文版多卷本《俄国文学通史》的编写恰逢其时。

三

我们这部《俄国文学通史》拟分为六卷，每卷篇幅在 40 万字左右，将从俄国文学的发端一直写到当下。六卷的具体分期为：10—18 世纪，19 世纪上半期，19 世纪下半期，20 世纪上半期，20 世纪下半期，后苏联时期。除第一卷和第六卷外，其他各卷的涵盖时间均为五十年左右。在各卷的结构中，我们将放弃以往文学史按照理论、诗歌、小说、戏剧等体裁板块进行划分的传统方法，也避免按年代顺序或按作家生卒年代顺序设置章节的一统布局，试图在章节的设置上尽量突出问题意识，将文学史上的大作家、重要作品、重要文学流派或现象等作为具体章节的论述重点。

第一卷《10—18世纪俄国文学》由四川大学刘亚丁教授撰写。俄国文学是欧洲和世界文学中相对后起的语种文学之一，俄国文学第一部具有世界影响的杰作《伊戈尔远征记》直到公元12世纪方才出现，但俄国文学后来却迅速赶上，甚至弯道超车，在19世纪中期攀上世界文学的顶峰。本卷将追溯并描述俄国文学自其源头至18世纪末这数百年间的历史，着重考察并思考古代俄国文学的构成和发展、俄国文学后来诸多特征的历史渊源、古代俄国文学与19世纪俄国文学腾飞之间的内在关系等诸多问题。相对于19世纪、白银时代和20世纪的俄国文学，古代俄国文学无论在中国还是在欧美各国，甚至在俄国本国，至今似乎均未得到更为充分的研究。人们普遍感觉古代俄国文学不够发达，具有世界影响的文学杰作不多，学者们似乎也觉得很难理出一条清晰的俄国文学史发展脉络。这究竟是古代俄国文学历史的发展实况，还是长期缺乏相应、相称的专门研究所导致的结果？《俄国文学通史》第一卷的写作或能给出一种答案。19世纪之前俄国文学的丰富内涵值得认真挖掘，比如异教时代的文化残余，东正教融入俄国文化的过程，宗教文学与世俗文学之间的互动关系，俄罗斯民族文化心理形成的过程等，均可能由文学呈现出来。俄国古典文学是俄国古典文化的组成部分，它与俄罗斯民族古代的绘画、建筑、音乐等艺术体裁一起，构成俄罗斯民族的文化心理表征。对于俄国古代文学的文体学研究，对于俄国文学诸多特质的原始形态的探究，无疑也是研究俄国古代文学的重要范畴。对于中国的俄国文学研究者而言，古代俄国文学是绕不过去的一道门槛，只有充分理解俄国文学起源时期的诸多特质和问题，我们才有可能对俄国文学后来的发展和演变拥有更为充分、更有逻辑的把握和理解。

第二卷《19世纪上半期俄国文学》由上海外国语大学郑体武教授负责撰写。俄国文学在19世纪开始崛起，但真正赢得世界性声誉还是在19世纪中后期，整个19世纪前半期均可视作俄国文学腾飞的准备期。在这一时期，普希金、果戈理等登上文坛，使俄国文学的创作实力和社会影响迅速达到欧洲水准。本卷将追溯并描述俄国文学19世纪上半期这50年间的历史，对卡拉姆津、普希金、果戈理、莱蒙托夫等大作家、大诗人进行着重考察，并思考俄国文学腾飞的前提、过程和影响。关于俄国文学从古典主义到感伤主义，再从浪漫主义到现实主义的潮流转换，也将成为本卷的重要论题。关于19世纪上半期的俄国文学的材料很多，如何取舍是个问题；这一时期的文学也是大家较为熟悉的，如何写出新意或许也是一个挑战；这一时期文学流派纷呈，以前的文学史关于这些流派更迭、转换的描述大多是线性的、递进的，但实际情况有可能更为复杂，需要做更细致的观察和更深入的思考。

第三卷《19世纪下半期俄国文学》由南开大学王志耕教授撰写。俄国文学的辉煌出现在19世纪下半期，始自普希金的俄国文学经过数十年的发展和成长，终于在19世纪下半期开花结果，以屠格涅夫、陀思妥耶夫斯基、托尔斯泰、契诃夫等人的创作为代表的俄国现实主义文学造就出俄国文学史中的"黄金时代"，构成世界文学史中的第三高峰。本卷将追溯并描述俄国文学19世纪下半期这50年间的历史，对屠格涅夫、陀思妥耶夫斯基、托尔斯泰、契诃夫等大作家进行着重考察，深入探讨他们创作的美学意义和思想价值，并对"黄金时代"俄国文学的特质、风格和意义进行归纳和概括。19世纪下半期的俄国大作家为数甚多，如何在写作过程中分配、平衡篇幅，如何对于那些我们耳熟能详的俄国经典大家做出既遵循传统定论又富有新颖洞见的解读，是本卷面临的一大难题；以往俄国和我国关于这一阶段文学史的解读大多具有较强的社会学批评意味，如何在继承这一阐释传统的同时给出更多文学的、美学的乃至文化学的、思想史的阐释，应该成为本卷的着力点之一。

第四卷《20世纪上半期俄国文学》由南京师范大学汪介之教授撰写。在19世纪中后期的"黄金时代"之后，俄国文学在19、20世纪之交迎来又一个文学高峰，即"白银时代"，"天才成群诞生"的壮观景象在俄国文学史中再度出现，俄国也成为世界范围内现代派文学的主要策源地之一。十月革命之后，俄语文学出现剧烈变化，以俄语文学为主导的苏联文学异军突起，成为世界文学史上一种崭新的文学。本卷将描述俄国文学20世纪上半期50年间的历史，对"白银时代""文学与革命""苏维埃文学""社会主义现实主义"等文学史现象进行思考，对"白银时代"的一大批杰出诗人如勃洛克、阿赫玛托娃、茨维塔耶娃、马雅可夫斯基、曼德尔施塔姆等人的创作，对作为苏维埃文学奠基人的高尔基的创作，对十月革命后出现的无产阶级文学的内容和形式、本质和风格等进行归纳。20世纪上半期的俄国文学构成复杂，变化剧烈，革命前后的文学性质有很大不同，如何寻找并归纳其中的同异，将是一个艰难课题。在这一时期，俄国文学是与苏联文学紧密纠缠的，如何处理20世纪的"苏联文学"和"俄语文学"这两者间既对立又统一的关系，亦即是否需要对"俄苏文学"中的两层含义进行剥离，如果需要的话又该如何剥离，再比如，如何处理苏联时期那些用俄语写作的非俄罗斯族作家的创作，如何处理苏联时期除俄罗斯联邦外的其他加盟共和国的俄语文学，所有这些在具体的写作过程中可能都会成为颇费思量的难题。

第五卷《20世纪下半期俄国文学》由首都师范大学刘文飞教授撰写。20世纪下半期的俄国文学，同样构成世界文学史中一个波澜起伏、蔚为壮观的文学时代，从斯大林去世后的"解冻时代"到东西方之间的意识形态"冷战"，从戈尔巴乔夫的"新思维"到苏联的"解体"，从后现代文学和文化的浪潮到新世纪俄国文学的全方位试验，这的确都是精彩纷呈、令人眼花缭乱的文学史考察对象。本卷将描述俄国文学20世纪下半期40年间的历史，对上面提及的文学现象进行梳理和归纳，试图从中找出某些俄国文学发展的规律性问题。文学的解冻和解冻文学、奥维奇金派、战壕真实派、诗歌中的高声派和细语派、苏共二十大及其文学产儿、第四代作家、六十年代作家、境外文学的第三浪潮、劳改营文学、道德题材、生产题材、战争文学、乡村散文等重要的文学流派和现象，都将成为主要论述对象，而纳博科夫、列昂诺夫、帕斯捷尔纳克、帕乌斯托夫斯基、叶夫图申科、索尔仁尼琴、阿斯塔菲耶夫、拉斯普京、布罗茨基、格罗斯曼、多甫拉托夫、阿克肖诺夫、艾特马托夫、邦达列夫、比托夫、韦涅季克特·叶罗菲耶夫等重要作家及其作品，自然也要成为解析课题。就对苏联时期俄语文学史的"反思"和"改写"而言，此卷将面临更多的挑战和更为艰巨的任务。

第六卷《后苏联时期俄国文学》由首都师范大学林精华教授撰写，本卷将对苏联解体之后至今俄联邦境内的文学进行描述。本卷所描述的文学发展历史相对较短，却是较难做出历史性定论的"当代文学"。此卷的写作难点在于，就变化之剧烈、构成之复杂、现象之纷乱而言，这二十余年间的文学在整个俄国文学的发展历史中或许少有出其右者，这对于清晰、连贯的文学史描述来说自然构成一个挑战；苏联解体之后，对"苏维埃文学"的评价一落千丈，对具体作家和作品的评价更是此起彼伏，这也给我们吸收和利用相关材料带来困难；对于"回归文学""出土文学""地下文学""境外文学"等的认识和归纳，也是一项艰巨的任务。解体前后的俄国文学十分复杂纷繁，解构的集体无意识在文学中的渗透，后现代文学时尚的铺天盖地和迅速衰落，女性文学的强势崛起，以及东正教意识形态对俄国文学的强大影响等，足以令人眼花缭乱。本卷将对近三十年俄国文学的演变和走向进行宏观的概括和具体的细读，着重分析统一的俄国文学如何可能、严肃文学和大众文学的并立、俄联邦时代的文学会如何延伸等问题。此卷字数可能相对较少，但由首都师范大学于明清教授负责整理的专有名词、人名、作品名索引将作为附录列入此卷，此卷的篇幅因此将与其他各卷大致相当。

四

我们这部新编的《俄国文学通史》能否得到大家认可，能否经受住历史检验，课题组成员们其实也诚惶诚恐。但是，我们有意在以下几个方面做出我们的努力，或者说，我们希望这部俄国文学史著能体现出以下几个方面的新意和特征：

首先，这将是一部真正的俄国文学"通史"，"通"将成为这部著作的最大特色之一。"通"的第一层含义是全面和完整。这将是迄今为止由中国学者撰写的篇幅最大、涵盖时间最长的《俄国文学通史》，之前篇幅最大的同类著作为曹靖华主编的《俄苏文学史》，但那部文学史只写到第二次世界大战之后,而我们这部《俄国文学通史》将从俄国文学的发端一直写到当下,给出一幅俄国文学史的全景图,一部俄国文学生活的百科全书。本书至少有这样三个阅读目标群:一是我国乃至世界各国的俄国文学研究专业人士,此书应成为他们重要的学术参考书;二是我国高校俄罗斯语言文学专业的本科生和硕博士研究生,此书应成为他们的必读书目;三是广大俄国文学爱好者乃至一般文学爱好者,此书应成为他们步入、观览俄国文学的重要指南,让他们一书在手,尽览俄国文学的风光。"通"的第二层含义是贯穿和透彻,我们将对俄国文学的发展历史予以较为细致的回顾和扫描、较为详尽的分析和归纳、较为深刻的理解和思考,循序渐进地描述俄国文学自古至今近千年的发展过程,揭示其内在的发展规律,努力体现出统一的美学观、文学观和文学史观,并追求结构、风格、文字等形式方面的呼应和统一。"通"的另一层含义是打通中、俄、西的俄国文学研究。长期以来,中国的俄国文学研究多受俄国主要是苏联的文学史观影响,中国改革开放以后,我们又得以了解到欧美同行的研究成果,总体而言,俄国和西方的俄国文学史描述很不相同,在有些时候、有些地方甚至是相互打架的,而我国新一代俄国文学研究者除俄语外大多还懂英语,这使得我们有可能在这部《俄国文学通史》中采取"三合一"的方式,保持"学术中立",不偏不倚,同时借鉴并融合中国、俄国和西方三派俄国文学史研究者的观念和成果。博采众长的心态有可能使我们的目光更为开阔,论述更为客观,结论更为合理。

其次,这将是一部"文学的"文学史。所谓"文学性",是就如下意义而言的:其一是文字之美。阅读俄国人写的文学史,不难发现,除少数出自作家之手的文学史外,大多是四平八稳的,而中国的文学史家却比较注重文学史书写的"美文"传统,比如中国的第一部俄国文学史著郑振铎的《俄国文学史略》就是这么开头的:"俄国的文学,和先进的英国、德国及法国及其他各国的文学比较起来,确是一个很年轻的后进;然而她的精神确是非常老成,她的内容确是非常丰实。她的全部的繁盛的历史至今仅有一世纪,而其光芒却在天空绚耀着,几欲掩蔽一切同时代的文学之星,而使之黯然无光。"[1] 这样的文字风格应该为我们所继承和仿效。其二是学术个性。文学史家的个性既表现为其文学史观,也体现为其文字风格,并最终形成其文学史著的调性。以赛亚·伯林在评价米尔斯基的英文版《俄国文学史》时所言的两个特征,即"十分个性化"和"对于自己文学洞察力的无比自信"[2],应该成为我们的追求。为最大限度地保持个性风格和独特调性,我们此番放弃了以往大型文学史著多为大兵团作战的方式,决定每一卷由一人单独撰写,就是想更多地体现作者的个人风格和独特调性。其三是谋求文学史与社会史、思想史之间的平衡。在继承传统的俄国文学史的社会学批评方式的同时,在汲取俄国形式主义对文学史"内部规律"的解读方式的同时,本套俄国文学史著还将并重关于俄国文学史的文化学阐释,即注重发掘俄国思想的文学属性和俄国文学的思想史属性,这三种大的文学史书写取向之间的平衡,将成为我们这部《俄国文学通史》的努力方向之一。

最后,这将是一部有中国特色的俄国文学通史。所谓"中国特色",至少可以体现在这么几个方面:其一,让这部著作更多地渗透进中国学者的俄国文学史观,用中国学者的声音叙述俄国文学史故

---

[1] 郑振铎:《俄国文学史略》,岳麓书社,2010年版,第1页。
[2] 米尔斯基:《俄国文学史》,刘文飞译,人民出版社,2013年版,上卷,第15页。

事，并进而建立俄国文学史研究的中国学派；其二，尽量纳入一个半世纪以来中国几代学者的俄国文学史研究成果，将他们的观点推介给国际同行，让他们的工作获得更多的国际认可；其三，适当加入俄国文学的中国接受史和中俄文学交流史方面的内容，比如普希金的《大尉的女儿》作为第一部汉译俄国文学的经历、"黄皮书"在"文革"期间的奇特命运、改革开放初年中国四家俄苏文学期刊并立的壮观场景等。一部有中国特色的俄国文学通史，自然更有可能引起国际同行的关注。我们也将就此项目展开国际合作，俄国科学院俄国文学研究所和世界文学研究所的两位所长在获悉本课题立项后，在第一时间发来贺信，并表示将提供一切学术支持。我们在写作的过程中，在最后的定稿环节，将邀请俄国和世界其他国家的同行专家参与我们的工作，让他们的学术智慧渗透进我们的著作；同时，我们也注重在写作的过程中及时向世界各国同行广泛宣传我们的进展和发现，引起国际同行的关注，并注意保留相关素材，为这部著作的外译留下余地，做好前期准备。我们相信，这样一部大型俄国文学史著的推出，必将极大地扩大中国的俄国文学研究界乃至整个斯拉夫学界的国际声誉和影响。

在本项目的评审过程中，匿名评审专家们提出许多宝贵意见和建议。在 2018 年 4 月 21 日举行的"多卷本俄国文学通史"开题论证会上，与会的专家学者也提出了许多很有建设性和启发性的建议[①]。本课题首席专家所在单位首都师大校方也给予本课题组以大力支持，项目获批后不久，首师大社科处领导就主动帮助我们成立了一个专

---

① 详见《"多卷本俄国文学通史"开题会纪要》，王静、张曦、刘文飞记录整理，载《俄罗斯文艺》2018 年第 4 期，第 147—155 页。

门研究机构——"俄国文学史研究中心"。本课题立项后，国内多家媒体先后报道了立项消息和开题会情况，相关的阶段性研究成果也陆续开始发表。

万事俱备，更乘东风，我们有信心也有决心在五年左右的时间里完成这一项目，向广大同行和读者，同时也向我们自己交出一份合格的答卷。任重道远，我们将砥砺前行！

18 世纪俄国作家与文学翻译

靳 芳[*]

  18 世纪是俄国翻译史中的过渡期和转折期。俄国文学翻译与俄国文学乃至欧洲文学发展密不可分，这由二者的本质属性决定。18 世纪全欧性的思想运动是启蒙运动，法国启蒙思想家的作品出版后，立刻传到国外并很快出现译本。俄国在 18 世纪 30 年代后形成古典主义流派；18 世纪后半期，俄国出现感伤主义流派。18 世纪俄国国内，不仅在原著中，而且在翻译作品中开始了树立现代标准语准则的过程，现代俄国文学的开端，即世俗文学的传统，在 18 世纪 20 年代中期至 40 年代末得以确立。这些新情况都与当时俄国文学翻译相互交织、相互作用。

  18 世纪的俄国翻译活动大致分为三个阶段：彼得大帝时期、后彼

---

[*] 靳芳，中国石油大学（华东）外国语学院教师，2014—2016 年在中国社会科学院研究生院外国文学系随刘文飞教授进行博士后研究工作，博士后出站报告题为《俄国作家文学翻译研究：18—19 世纪》。

得大帝时期和世纪末十年。在彼得大帝改革的强大推动下，翻译书籍的选取标准是有益于社会，因此实用性专业书籍占据这一时期翻译的中心位置。据相关研究统计，我们如今理解的"文学作品"的出版量在当时还不到书籍发行总量的4%。[1] 整个18世纪甚至更晚，科技文献的翻译都相当活跃。此时，翻译界的首要任务是语言问题。彼得大帝改革一方面推行民用字母，教会斯拉夫语使用逐步受限；另一方面，官方大力引进西欧文化，外来语词汇大量涌入。翻译家需要协调和整合民族语内部和外部众多语言资源，如书面语与口语、古旧斯拉夫语与俄语新词、俗语与外来语、平民用语与贵族用语等等，从而确定翻译语言。

1730年，法国讽喻性小说《爱岛之行》俄译本问世后很快拥有极为广泛的读者群，俄国叙事散文翻译由此开始，俄国读者对消遣文学的需求日益增长。18世纪60年代，译界出现"雅文学"的翻译。文学翻译异军突起，成为后彼得时期的翻译特点。文学翻译激增出现在叶卡捷琳娜二世执政时期（1762—1796），学者把这一时期称作"翻译的黄金期"[2]。古希腊罗马文学乃至18世纪世界文学中最重要的作品被首次译为俄语，翻译重心从专业文献向文学作品转移。西欧启蒙主义思想和古典主义文学通过翻译进入到俄国文学界后，专门词汇和新型体裁的翻译问题成为俄国文学翻译的难点，俄国作家和翻译家首先尝试在翻译实践中解决这些困难。

18世纪，俄国从事文学翻译的大多是文学家。文学翻译活动包

---

[1] Нелюбин Л.Л., Хухуни Г.Т. Науки о переводе (история и теория с древнейших времен до наших дней). М.: Флинта: МПСИ. 2006. С. 206.

[2] Там же.

括两个方面：作家根据当时的社会文化环境和文学潮流及自己的文学志趣，选择相应的外国作品进行翻译；实践之外，作家既有对翻译方法、标准、原则和可译性等理论问题的探讨，也有针对译作、译者的具体评论。

康捷米尔（1708—1744）是俄国第一位启蒙诗人，是讽刺作家、俄国古典主义奠基人。他是俄国作家中为体裁和语体选择语言手段、规范文学语言的第一人[①]，翻译实践颇为丰富[②]。对于翻译中滥用外来语的现象，康捷米尔抱有清醒的认识，他认为俄语是足够丰富的语言，俄语首先要调动自有资源，外语借词非必要就尽量少用，或者用同等意义的俄语词汇来代替。在翻译贺拉斯的《书札》时，他在前言中指出："许多时候我都倾向于逐字翻译，我被迫使用新词汇和新表达，这样不懂拉丁语的读者就不完全明白。但我的译本不仅针对不懂拉丁语、只是泛泛阅读的读者，还针对学习拉丁语并希望完全理解原文的读者。这样做的益处还有，如果最终大家完全适应了这些新词和新表达，我们的语言也会得以丰富。我希望，我引进的新词和新表达不会与我们的原生俄语相冲突。"[③] 他尝试用俄语替换陈旧的外来词，如 театр 被换成 домы зрелищные，библиотека 被换成 книгохранительница，他还用 песнь 替换 ода，用 творец 替换

[①] 钱晓惠、陈晓慧：《俄语语言文化史》，北京大学出版社，2015年，第126页。

[②] 其译作涉及古希腊语、拉丁语、法语和意大利语，如布瓦洛的《讽刺诗》（1727）、方特内尔的《谈宇宙多元性》（1730）、阿那克里翁的颂诗（1736）、贺拉斯的《书札》（1742）以及孟德斯鸠的《波斯人信札》等。

[③] Русские писатели о переводе (XVIII—XX века). Л.: Советский писатель. 1960. С. 30.

автор。① 在《谈宇宙多元性》这部融哲学、自然科学和文学于一体的著作中，康捷米尔善于用简单明晰的俄语表达天文学基本知识，创立众多自然科学和哲学术语，它们在当时还是稀缺之物。他在译文中还大量使用注释。"他的注释是一部活的年代纪，是那个时代的百科全书。他运用大量新词来解释新生事物……他把注释和正文安排在一页，使注释与正文融为一体。这些注释扩充了读者的知识，完善了他们的趣味。比如，一章中提到莫里哀，他就利用这个机会介绍该作家和喜剧这种体裁。注释中的百科知识还兼有语言学意义。他所创制的各类词汇沿用至今，如 философия, логика, система, материя, идея, элегия, поэма 等等。译者非常关注外来词与俄语词的对应关系。"② 尽管康捷米尔创制的一些术语不甚准确，且略显笨拙，但不得不承认，他对于当时的语言环境有着高度的敏感。

特列季亚科夫斯基（1703—1769）也是俄国新文学的奠基人之一，是著名语文学家和俄国第一位翻译理论家，他一生以极大精力进行翻译③，翻译对象主要是法国启蒙思想家的作品，其翻译活动始于 1730 年对爱情小说《爱岛之行》的翻译。他的翻译实践基于两方面创新。一是语言创新。当民族语标准化与斯拉夫语传统发生背离后，特列季亚科夫斯基试图回答标准语根基何在的问题，先后形成了两个极端立场。实际上，这两个语言方案都不成功。他最大贡献

---

① *Камчатнов А.М.* История русского литературного языка XI- первая половина XIX века. Учеб. пособие для студ. филол. фак. высш. пед. учеб. заведений. М.: 2015. C. 282.

② *Веселитский В.В.* Антиох Кантемир и развитие русского литературного языка. М.: Изд-во Наука. 1974. C. 32-34.

③ 其译作译自拉丁语、法语、德语和意大利语。他用 30 年时间译出《古代史》、罗林的《罗马史》和克列维叶的《罗马帝国史》，他还译有巴尔克拉的小说《阿尔格尼塔》、布瓦洛的《诗艺》、贺拉斯的《致皮索父子书简》《伊索寓言》和泰伦斯的《宦官》等。

是为新诗歌尤其是抒情诗和英雄史诗的翻译创造了新的语言。他为俄国构词法开启现代化进程,主要是创立抽象词汇并重新思考具体语义;他从教会斯拉夫语和古俄语传统中甄选的命名法,直到现代也未过时。[①]他还是研究俄国口语语音和正字法的第一人,他注重古词,反对大量使用外语,倡导保持俄语的纯洁性。他的这一研究范畴被称作民族词源学。[②]二是诗体改革。1735年,他首次提出以俄罗斯民歌的重音诗体为基础改革旧诗体,主张摆脱波兰的影响[③],恢复俄国民歌中最普遍的抑扬、扬抑、扬抑抑三种格律传统,讲究轻重音节的交替规律,这无疑对俄国诗歌日后的发展起了积极作用。[④]1766年,他把费讷隆的小说《忒勒马科斯历险记》翻译成六音步扬抑抑格诗歌《捷列玛希达》。

特列季亚科夫斯基的翻译观念集中体现在他关于译者地位和翻译特性的理解上。他在《爱岛之行》的序言中写道:"译者和原作者仅一名之差。我还要补充一句,如果作者别出心裁,那么译者应该更别出心裁。"这一言论反映出他对翻译的乐观态度,同时也抬高了译者在文学中的地位和作用。他更为别出心裁的愿景,是对翻译创造性原则的强调,这一愿景也是古典主义原则在翻译中的体现,即翻译不是传达原作本身,而是传达原作中的理想。他非常注意原著的

---

① *Сложеникина Ю.В., Растягаев А.В.* В. К. Тредиаковский как мыслитель и переводчик. М.: Книжный дом "ЛИБГОКОМ". 2012. С. 215.

② *Казакова Т.А.* Художественный перевод: теория и практика. СПб.: ИнЪязиздат. 2006. С. 28-29.

③ 波兰的影响指音节诗体,即每行诗的音节数目必须相等,但重音音节数目可以不拘。这种诗体特别适于每一个字的重音都有固定位置的法文和波兰文(法文重音常在单词最后一个音节,波兰文的重音则常在单词倒数第二个音节),但不适宜于重音无固定位置的俄文。参见季莫菲耶夫主编:《俄罗斯古典作家论》,人民文学出版社,1958年,上卷,第33页。

④ 季莫菲耶夫主编:《俄罗斯古典作家论》,人民文学出版社,1958年,上卷,第8页。

修辞，并劝告译者在表达原著时不但要复制，而且要强调这些特点：
"如果说，作者是功劳很大的，那么译者的功劳就应该更大。"① 关于翻译的忠实性，他认为："不是绝对要求译文中的词语与原文相同并保持数量对等；如果是这样的话，翻译是繁重的劳动，几乎是超出人力范围；因此对翻译的要求是等值，即思想上的准确。"②

罗蒙诺索夫（1711—1765）是一位伟大的学者、优秀的诗人，他也十分关注古代和现代作家最优秀诗歌作品的翻译。③ 他在《演说术》（1748）中创造的准确而完善的译文，是此类作品翻译的范例。语言创新和诗体改革同样是他翻译活动的两大基点，他把翻译视为一种语言创造工作。他写道："努力地、小心地把适合于我们的基本斯拉夫语汇与俄语同时运用，就可以杜绝从外来语中移入我们文字中的种种离奇古怪的荒谬现象。"④ 他把翻译看作对外语样板的重新加工和思考，以此来丰富俄国文学。他认为，翻译忠实的限度是不损害俄语的规范，语际转换不应丧失风格上的优势。⑤ 诗体改革方面，他同意特列季亚科夫斯基改革作诗法的基本思想，并更彻底地证明："俄文诗完全可以采用各式各样的韵律。如果只是限于采用双音节音步，或者如特列季亚科夫斯基所主张的偏重于扬抑格，则会导致俄国诗人技巧的贫乏。"⑥ 罗蒙诺索夫对于俄国文学及文学翻译最大的

---

① 费道罗夫：《翻译理论概要》，中华书局，1955年，第43页。
② Русские писатели о переводе (XVIII – XX века). Л. 1960. С.39-40.
③ 他的译作译自古希腊语、拉丁语、法语、德语和意大利语，他翻译的作家有荷马、阿那克里翁、维吉尔、贺拉斯、奥维德、玉外纳、德摩斯蒂尼、卢奇安、西塞罗、塔西佗等。他还对法国文学的哲理诗歌情有独钟，译有费内隆的颂诗《论孤独》和卢梭的《为了幸福》等。
④ 季莫菲耶夫主编：《俄罗斯古典作家论》，人民文学出版社，1958年，上卷，第48页。
⑤ Ломоносов М.В. Полное собрание сочинений. Т. VII. М.-Л. 1952. С. 763.
⑥ Там же.

贡献莫过于语体改革。他第一个意识到俄语词汇中存在着来源不同、情感各异的各种词的聚合体,他把它们分为三类:"高级体"用于颂诗和演讲词,用词主要是音调庄严的古词;戏剧、诗体书信、讽刺诗、牧歌、哀歌用"中级体",主要使用具有旺盛生命力的俄语词汇;"低级体"包括喜剧、小说等,主要包括口语和俗语词汇。三种语体的观念源于古希腊,罗蒙诺索夫使其进一步俄国化。这一理论"在抵制外来语的滥用,排除陈旧过时的古斯拉夫语、提高俄语的地位和把口语词汇引入文学创作等方面都起了积极作用"①。

苏马罗科夫(1717—1777)是俄国古典主义最著名的活动家和理论家,他对翻译艺术的看法与古典主义准则密切相连。② 在翻译著名法国古典主义作家拉辛的作品片段时,他着力保留原作的诗行数量和押韵规则,其译文在形式上是外语文本准确译成俄语的范例,尽管其译文的艺术特征更倾向于苏马罗科夫,而不是拉辛。而他对待莎士比亚《哈姆雷特》的态度却不同,他不用韵文而是用散文转述来翻译莎士比亚的剧作。究其原因,就要联系到古典主义的一个文学准则,即"好品味"理念,他与伏尔泰一样,把莎士比亚看作是粗俗野蛮的天才,他认为有权按照自己的意愿把不好的作品重塑为好作品。③

18世纪最后十年间,文学译作出版剧增,小说翻译的发展尤为迅猛,文坛对小说的态度也在变化。当时俄国文化的领军人物卡拉

---

① 刘宁:《俄国文学批评史》,上海译文出版社,1999年,第12页。
② 其译作译自法语、拉丁语和德语,其中有贺拉斯、萨福、伏尔泰等人的作品,卢梭的诗作和拉辛悲剧的片段等,其译作在杂志《勤劳的蜜蜂》中占据显要位置。
③ Левин Ю.Д. Об исторической эволюции принципов перевода. Международные связи русской литературы. М.-Л. 1963. С. 6-7.

姆津（1766—1826）开始谈论小说在人类认知和精神层面的意义，他甚至说："只有愚钝的人不读小说。"[1] 人们更加关注"敏感""精致""细腻的表达"[2]。感伤主义的生成给翻译提出了新要求，感伤主义倾向于表现个人的独特性，因此如何传达作者个性成为翻译的重要问题。表达方面，准确重现原作的形式及风格特点常常与译文的易读性相矛盾，这就要求翻译界更细致地探究和区分文学翻译和文学创作。

卡拉姆津作为俄国感伤主义文学奠基人，是俄国著名的文学家、杂志出版人、作家、文学批评家和翻译家[3]。他高度评价翻译艺术，认为翻译是促进语言和文学发展的重要因素。他经常在《莫斯科杂志》上撰文评论各种译作，他最核心的翻译观点在于严格区分译作与原作，坚持翻译的忠实性原则。他在翻译了莎士比亚的《尤利乌斯·凯撒》之后所作前言中写道："我竭力忠实地翻译，尽量避免使用与我们的语言格格不入的词语。让能够公正评判此事的人们去评判吧。我从不改变作者的思想，这是不允许翻译家做的事情。"[4] 他还写道："许多剧作家、作家和翻译家不指明其作品是从外语翻译而来的。好心的读者常常惊奇地发现，这些本国的作品思想先进，但表达很差，文理不通。民族荣誉感不允许我们攫取外族的任何东西：事件、词语

---

[1] Русские писатели о переводе (XVIII--XXвека). Л. 1960. С. 257.

[2] *Нелюбин Л.Л., Хухуни Г.Т.* Науки о переводе (история и теория с древнейших времен до наших дней). М.: Флинта: МПСИ. 2006. С. 233.

[3] 卡拉姆津曾翻译过盖斯纳、哈勒尔、莱辛、奥西安、汤姆生、莎士比亚、斯特恩、博内、斯达尔夫人、德摩斯梯尼、萨柳斯蒂、西塞罗等人的作品。此外，他较早注意到东方文学，曾翻译印度诗人、剧作家迦梨陀娑的剧作《沙恭达罗》。

[4] *Карамзин Н.М.* Избранные статьи и письма. М. 1982. С. 30.

及沉默。"① 其次，他把俄语表述规范建立在翻译忠实性和准确性原则上。他强调，缺乏俄语规范就是缺乏"准确"、"纯正"和"愉悦"。② 因此，"仿译"和"死译"都是他所不赞同的翻译方法。作为语言和语体的革新者，"他是罗蒙诺索夫的继承者和普希金的先驱，而且在他们中间他占有一席完全特殊的地位"③。俄国古典主义作家用来表达纯理性公民理想的几乎全是韵文，如颂诗、史诗、哀歌、田园诗、讽刺诗、寓言诗和诗体戏剧作品等，罗蒙诺索夫的改造对象也主要是"高级体"和"低级体"。18世纪中叶，描写当代生活题材的小说在俄国下层群众中壮大，卡拉姆津认为，译作是确立和检查"新语体"的特殊实验室。结合时代变化，他通过翻译把语体改革与文学体裁乃至题材更新有机融合起来。与古典主义作家不同，他在散文翻译中改进的是"中级体"，即"用来表达个人感触的抒情文字，用于私人信函、描写心理的世态小说、文学批评论文和科学论述等的语言"④。他的目的是使文学语言和口语接近，力图文字表述平易近人，同时，他把贵族使用的口语带入文学，使表达不失优雅流畅。卡拉姆津关心个人的内心体验，倡导自然地描写人物的内心世界及其心理状态。他创制描写心理状态的新词，其中许多词汇沿用至今。别林斯基这样评价道："卡拉姆津在俄罗斯建立了精练的文学语言；他通过自己在语言上的改革和自己文章的精神和形式，培养了俄国读者的文学趣味，造就了俄罗斯读者。""对俄国社会而言，不论是卡拉姆津的翻译还是他的

---

① *Кочеткова Н.Д.* Сентиментализм//История русской переводной художественной литературы. СПб. 1995. С. 217.
② *Карамзин Н.М.* Избранные статьи и письма. М. 1982. С. 30.
③ 季莫菲耶夫主编：《俄罗斯古典作家论》，人民文学出版社，1958年，上卷，第206页。
④ 同上书，第207页。

小说创作都做出了重要贡献，他介绍给俄国社会的不是各类情感和思维方式，而是世界上最有文化的表达方式。"①

18世纪是俄国文化的转型时期，俄国文学从传统逐步转向现代化。西欧启蒙思想、古典主义文学进入俄国以及俄国感伤主义文学的生成都是通过文学翻译这个媒介实现的，其中作家们的文学翻译可谓功不可没。他们先后在翻译中不断探索语言标准化、诗体和语体民族化和文体现代化等诸多问题。由于当时的俄国文学刚刚开启现代化进程，整体实力较为孱弱，俄国作家没有把文学翻译、翻译文学从俄国文学中独立出来，而是把文学创作与文学翻译有机地融合起来。尽管如此，他们的翻译实践已触及诸如翻译原则、翻译目的、翻译方法、译语与民族语的关系以及翻译中体裁转换等翻译理论中的重点和难点问题，可以说，他们已具有一定的翻译理论意识。值得注意的是，18世纪作家翻译家关于翻译本质的讨论已达到一定水准，正如卡拉姆津所言："完美不在我们的视野之内，我们在逐步地靠近它——这种完美要求我们在精神和艺术领域真实地翻译。"② 他们为19世纪俄国文学翻译传统的最终确立奠定坚实基础。另一方面，他们在翻译中最大限度地运用再创造原则，援用外国文学中的各类丰富资源滋养俄国民族文学。正是在几代俄国作家翻译家的创造性劳动中，俄国文学在19世纪一跃成为欧洲文学的翘楚，文学翻译之于俄国文学的重大意义由此可见一斑。

---

① *Белинский В.Г.* Поли. собр. соч. Т. 7. М. 1955. С. 134.

② *Кочеткова Н.Д.* Сентиментализм//История русской переводной художественной литературы. СПб. 1995. С. 226.

俄国故事体小说发展脉络

李 懿[*]

　　从最早的著作译介到俄国文学中独特文体样式的生成，俄国故事体小说内部始终进行着多角度的对话：本土与外族，过去与现在，传统与先锋。众多因素的渗透、撞击与融合使得俄国故事体小说不断演变并保有活力，从最初的模仿逐步成为具有独特民族印记的文体样式。作为一种文体，故事体小说的生成、稳定与发展并非一蹴而就，这一篇章布局、情节发展经由叙述人串联起来的叙述模式最早出现于 13 世纪意大利的故事集中，15 世纪传遍欧洲，并于 16 世纪意大利文艺复兴时期达到第一个高潮。至此，一些故事体小说开始编辑成册，薄伽丘的《十日谈》便是那一时期故事体小说的代表之作。

---

[*] 李懿，西安外国语大学俄语系教师，2013—2016 年在中国社会科学院研究生院外国文学系随刘文飞教授进行博士后研究工作，博士后出站报告题为《二十世纪二三十年代俄国讽刺文学研究》。本文系 2018 年度教育部人文社会科学研究青年基金 "故事体小说叙事理论之俄国学派研究"（18YJC752018）、陕西省教育厅哲学社会科学重点研究基地项目 "俄国故事体小说叙事伦理研究"（18JZ048）的阶段性成果。

当时的学者将这种文体形式指称为"novella",意为新闻、消息,后指称那些口述故事,那些不寻常的但富有特征意义的笑话,那些确实有发生地点的事件。"讲述"与"确有其事"是故事体最初的基本特征,而后这一文体形式逐渐被众多作家接纳并采用,使得故事体的艺术性得到了极大丰富。

故事体小说在俄国文学中的出现及第一次繁荣

在俄罗斯,"史事歌"(былины)或可看成是故事体的初始形态,这些具有俄国民间史诗性质的民谣,将历史上的英雄事件及人物以口口相传的方式世代传承。尽管史事歌未能从口头转为书面,但却成为斯拉夫民族历史记忆与民族积淀的重要载体。同时,作为俄国文学的源头,史事歌中的故事情节、人物形象也成为后世作家的创作素材,例如普希金的《鲁斯兰与柳德米拉》、涅克拉索夫的《谁能在俄罗斯过上好日子》、托尔斯泰的一系列"民间故事"均取材于此。在俄罗斯,有文字记载的故事体小说最初并非是"本土"创作,而是出现于 17 世纪的翻译文集中,在外来文学样式的影响下,这一具有鲜明特征的创作手法渐渐被借用到俄文原创的文学作品之中,其中最具代表性的典范之作是《卡尔普·苏图罗夫的故事》和《费多尔·斯科别耶夫的故事》。

俄国故事体小说的第一次繁荣出现于 19 世纪 20 年代至 40 年代之间,先是茹科夫斯基的大量译介,再有索莫夫、奥陀耶夫斯基等人的故事体小说创作,直至闻名于世的《别尔金小说集》问世。在普希金那里,叙述不再是单一视角的阐述,而是可以同时存在两个视角并行的状态,即作者视角与叙述人视角,作家在需要时择一为己所用。在《别尔金小说集》开篇，普希金在《序言》中首先介绍叙述人是"一位可敬的先生，伊凡·彼得罗维奇的老朋友"，并表明"这些提到的小小说大多是真人真事，是他听人家说的"，此后五篇小说的展开均由这位叙述人引出。其中《驿站长》的多视角的叙事方式为后人津津乐道并影响至今，可谓上承卡拉姆津的《可怜的丽莎》，下开20世纪40年代"自然派"的先河。普希金时代的故事体小说严格意义上应称之为叙述体，且主要沿袭着当时欧洲流行的创作方式，构思严谨，形式精巧，技巧圆润，叙述流畅，并没有表现出鲜明的俄罗斯本土特质。尽管如此，这一时期技法纯熟的一系列作品却为后世故事体小说创作的迅速发展奠定了坚实的基础。

19世纪我国批判现实主义主流时期的故事体小说

19世纪俄国批判现实主义文学创作进入了宏大叙事的时代，即便如此，故事体小说仍占有一席之地，这种依靠叙述人支撑起整个文本结构的作品常见诸于各大作家笔端。在果戈理的《彼得堡故事集》中，多数独立小说的开头都有一位叙述人"我"的存在，在"我"的叙述中，19世纪上半期的彼得堡世间百态逐步呈现出来。屠格涅夫《猎人笔记》中的叙述人以忧郁贵族青年的形象出现，在看似平淡的叙述中向读者展示了如画的俄国风光。

在俄国文学中，列斯科夫的创作在故事体小说的发展、成熟进程中处于举足轻重的位置。如果说在普希金、果戈理、屠格涅夫那里，叙述人的设置只是一种技法的展现，一段情节的铺设，那么列斯科夫对于故事体文体样式的选择则更倾向于"基调与氛围"的营造，其作品中的叙述人掌管着情节发展的走向，与作者平起平坐甚或超越作者。想要在文学作品中探得一个民族的真实，最行之有效的办法就是让其底层民众开口说话，列斯科夫显然深知这一道理，于是在趋于平民化的叙述人"口中"插入谚语、俗语、民间俚语等多样性的语言，这些语言同时还具有浓重的地域风情。由于故事体的口头叙述特质，列斯科夫有条件在创作过程中引入不同风格的文字，例如在《左撇子》中我们听到民间说书人在吟唱史事歌或历史歌曲，在《大堂神父》中则杂糅了叙述人带出的回忆、民间故事、日记、书信、笑话、趣事等。这些故事体文体样式鲜明的创作使原本高高在上的精英文学与底层民众发生了紧密的勾连，文学与底层民众不再处于两个隔断开来的空间。

需要指出的是，这里所列举的作品并非全部都是严格意义上的故事体小说，相当一部分应归属叙述体范畴。故事体与叙述体有很多相同之处，其中最重要的一点，即二者的文本结构都是依靠叙述人建立起来的，但严格意义上的故事体强调叙述人话语的纯口语性，而叙述体没有相关要求。20世纪20年代艾亨鲍姆首次提出故事体的明确概念之前，评论家们对于故事体与叙述体的研究常是混为一谈的，且多数作家在创作过程中突出强调叙述人的存在方式，而非其表述特征。19世纪知识分子身份的作家群与上流社会的读者群共同构筑了这一时代俄国文学的主体部分，确定其精英性质的文学属性。这些都使得19世纪经典批判现实主义文学无法以真正的"纯民间口头语"的方式进行创作，因此也就很难在这一时期找到严格意义上的故事体小说。如果以严格的"纯口语"标准来限定19世纪批判现实主义主流内的故事体小说，似乎只有列斯科夫一人的文学创作可以被纳入这一研究范围。其次，一种外来文体样式在民族文学中的真正接受与确立也是一个渐进的过程，因此，在这一部分的研究当中，我们将故事体小说的研究范围适当扩大，即靠叙述人支撑起整个文本结构的叙述性作品，相对宽泛的限定有助于我们将更多的作品纳入研究视野。

果戈理和列斯科夫的故事体小说创作被公认为是一种强大的文学遗产和文学传统，他们的叙述手法和布局为众多作家所借鉴，在20世纪，这一传统被列米佐夫、别雷、皮里尼亚克、高尔基和左琴科等人所继承。

19、20世纪之交的俄国故事体小说

尽管故事体小说在19世纪得到了长足发展，但那个时代毕竟还是长篇巨制的天下，真正的探索与变革发生于19、20世纪之交的多元文化语境下。自契诃夫开始，宏大叙事不再受到追捧，作家们开始转向对细微庸常的现实生活的体察，灵活多样的短篇小说和特写开始成为主流，长篇巨制被暂时搁置，即便是当时最有影响力的现实主义作家，如高尔基、布宁等，也很少写作真正意义上的长篇史诗。这一转向的实质，源于短时间内的思想爆炸冲破了作家们原有的世界观与理念架构。在19世纪批判现实主义文学中，宏大叙事的创作者自身皆持有完整、圆融的对人生、社会以及世界的整体构想，这种方式在托尔斯泰那里达到极致。俄国文学在19世纪80年代出现短暂停滞，随之而来的十年间，大量外来文化、思潮的涌入再次将俄罗斯带入一个崭新的文化语境，两世纪之交的30年成为俄罗斯文化思潮集中爆发的繁荣期。

在对世界完整构想有所缺失的状况下，作家们更倾向使用相对短小的、节奏明晰的诗歌来表达零散的、偶发的情绪，这是时代特

征下集体创作方式的转变。自19世纪40年代以来,散文创作在俄国文学中开始占据首要地位。然而,在19、20世纪之交的30年内,诗歌成为各流派作家们主要的发声筒,散文不得不明显地承受挤压,以至于白银时代的大诗人勃留索夫竟然要对其年轻的同代人发出这样的吁请:"请写点散文吧,诸位!"

在老一辈作家的呼吁下,一批年轻的作家在诗歌创作的同时也将目光转向散文。这一时期散文的创作者通常身兼二职,既是诗人又是散文家,如布宁、梅列日柯夫斯基、吉皮乌斯、勃留索夫、索洛古勃、古米廖夫、库兹明等。此时的散文类型大体分为长篇小说和故事体小说。故事体小说的本质是对超乎寻常的事件,对异域风情的关注,是以故事情节取胜的叙述类型,因此也被称为"情景短篇小说"。两世纪之交思想的活跃在文学创作理念方面表现为对传统斯拉夫情节和民间创作的浓厚兴趣,以及对古老文化传统的追溯,从传统民间文化中取材并赋予其新的艺术形式,这成为彼时作家们的整体创作基调。因此,故事体小说的短小与对"情景"的关注在作家们眼中成为描述新颖与奇异的最佳工具,并获得了整体关注。

此时的中短篇小说在内容上倾向于选择那些荒诞的偶发事件,无常的命运转折以及那些无法解释的"上天"的嘲弄,象征与神秘、节奏与音乐性成为叙述的常用技巧。有关情爱与死亡的生存话题成为这一时期故事体小说的中心主题,作家们常用心理小说的创作传统加以描绘,例如,阿姆费佳特罗夫的《孩子》、布宁的《一夜霞光》、扎依采夫的《死亡》。这些故事体小说突出描绘情感的微末,以及深陷情感世界中难以捉摸的下意识状态。此外,撒旦与魔鬼的力量是这一时期故事体小说的另一主题。在古米廖夫的《森林恶魔》、索洛古勃的《遭毒害的花园》、吉皮乌斯的《虚构》等短小的作品中,人类精神文明的"灯火"全部被熄灭，取而代之的是人性野兽罪恶一面的释放。

19、20世纪之交的故事体并不仅仅局限于现实主义作家群，而是普遍存在于当时的各个文学流派之中，"可见之于那些大相径庭的流派、各种各样的社团与旗号各异的派别，可见之于俄罗斯古典散文传统的承传者（布宁、契诃夫、扎依采夫以及安德列耶夫创作中的一部分），可见之于新浪漫主义者——高尔基与阿·托尔斯泰在其创作的一定阶段就属于这种流派。还可见之于那些我们由于习惯而依旧笼统地称之为现代派的作家"[①]。

20世纪30年代之后及当代俄国故事体小说

20世纪20年代起，假面叙说的创作手法逐渐在俄国文学中流行开来，作家们在文本中植入一位叙述人以支撑整个文章布局，人称不定，观点不一，这或可理解为单一政治话语掌控下知识分子变相的民主情绪表达方式。典型的代表作品有皮利亚克的《裸年》、巴别尔的《敖德萨故事》、左琴科的一系列短篇小说以及战争文学中的部分作品等，其中巴别尔的《敖德萨故事》获得了极高的赞誉，巴别尔也被称作是"苏维埃文学中恢复'故事体'文学类型的第一位作家"[②]。这一时期的故事体小说创作专注于从心理层面回应、表达特定时代的情绪，或积极迎合当时的主流意识形态，或表达持不同政见者们压抑下的隐忍不发。

[①] 德米特里耶娃：《20世纪初的俄罗斯故事体小说》，见《俄罗斯文艺》1998年第1期，第4—5页。

[②] 巴赫金：《巴赫金全集》，白春仁、顾亚玲译，河北教育出版社，2009年，第4卷，第460页。

苏联解体对文学的影响并不亚于其对政治、经济和社会生活的冲击，长达半个多世纪的主流文学生存土壤在顷刻间分崩离析，之前竭力塑造的人物形象以及对理想世界的构想也遭到前所未有的质疑。人们逐渐复苏了压抑已久的情绪，回归文学、解构主义、后现代主义、反乌托邦情绪、新现实主义等都是这一时期应运而生的产物。此时的俄罗斯正处于多极话语共同发声的嘈杂语境下，文学创作也相应地表现出了极大的包容性。在这种特殊的背景中，故事体小说在写作手法不发生重大改变的前提下，以思想内涵的突破应和着时代及本民族的强烈韵律。女性文学的代表人物彼得鲁舍夫斯卡娅的中篇小说《夜晚时分》以第一人称的叙述方式，从不同侧面展示了当代俄罗斯女性的生存状况。在《夜晚时分》中，女性所向往的美好、安宁与温暖不再，有的只是接续不断的恐怖、无休止的痛苦以及疲惫不堪的无望与麻木。此时的叙述已经成为女作家解构女性生存实质、解构当下女性形象的手段[①]，是对传统文学树立的经典女性形象的颠覆。此外，2008年俄语布克奖的获奖作品就是一部以故事体形式创作的文集，作者叶利扎罗夫被称为"新的果戈理"[②]，作品以看似闲谈、轻松的语调和尖锐的讽刺口吻营造出了一种别样的魔幻色彩和惊悚氛围。

19世纪德国浪漫派曾把"逆转点"（Wendepunkt）看作是故事体小说的一个本质特征，并认为正是这一基本特质使故事体小说承载

[①] 刘文飞、陈方：《俄国文学大花园》，长江出版集团，2007年，第266页。
[②] 赵丹：《虚构世界中的真实——俄语布克奖新书〈图书管理员〉初论》，见《外国文学》2009年第6期，第7页。

了丰厚的象征意蕴:"把偶然的、几乎是平平常常的事情转化为惊人的奇诡的事件,透过这事件去洞悟'世界生活'的奥秘。就故事体小说的叙事而言,这种逆转点的确是非常重要的。……荒诞不经的偶发事故,乖戾无度的命运之逆转,环境对人的神秘兮兮的戏弄——成了世纪之初一系列故事体小说的内容。"[①] 在这一观点的影响下,动感强烈的故事性,鲜明独特的突发事件,不同寻常的描述方式以及出人意表又实属情理之中的收尾,成为众多俄国作家故事体小说创作的鲜明标记。尽管在叙述中安插讲故事人的方法最早并非源于俄国文学,但一种全新文学样式的引入、推广、普及、繁荣以及自成一派,却需要各时代文学家在创作实践中的不断探索。在这一探索中,时代印记以及作家的个人风格、创作理想等均有所渗透,这一渗透过程既包括对前人已有成就的吸收和创新,也包括自我风格确立后对他人与后世的影响。

说明:"narratology"一词既可译为"叙事",也可译为"叙述"。以普罗普为代表,在研究文本过程中竭力抛开叙述表达,仅研究故事本身结构,尤为注重探讨不同叙事作品所共有的时间功能、结构规律、发展逻辑时,在这种情况下,"narratology"应翻译成"叙事学"。另一类研究呈相反走向,以热奈特为代表性人物的一类学者认为作品以口头或笔头的语言表达为本,叙述者的作用至关重要,看重叙述"话语"而非所述"故事"的内容层面,在这种情况下,"narratology"应译为"叙述学"。本文着重讨论故事体小说在俄国文学中的发展进程,简略涉及故事体口头语表达特征及叙述人在故事体小说内部的话语位置,因此,本文一律采用"叙述"一词。

[①] 德米特里耶娃:《20世纪初的俄罗斯故事体小说》,见《俄罗斯文艺》1998年第1期,第4—5页。

别林斯基在韩国的传播与接受

周旋子*

别林斯基（1811—1848）是19世纪俄国最杰出的批评家，是俄国现实主义文学理论的奠基人。在短短14年（1834—1848）的文学活动中，他创作了一千多篇评论文章，对俄国文学产生过持久而深远的影响。他的理论在世界美学体系中亦占有重要的位置。在1990年俄韩建交后，别林斯基对文学和美学的一系列重要见解也开始在韩国传播。

历史语境

与19世纪20年代别林斯基及其文艺思想就传入我国相比，别林斯基进入韩国的时间着实晚了一些。这与当时的历史语境有很大关

---

* 周旋子，首都师范大学文学院教师，2016年起在首都师范大学文学院随刘文飞教授攻读博士学位，研究方向为别林斯基在中、日、韩译介和接受的比较研究。

系。俄韩两国在建交之前交往甚少，俄语以及俄国文化被视为共产党人使用的"赤色语言"。因为南北韩关系紧张，韩国对"赤色语言"一直保持相对敌对的态度，甚至对俄国相关的图书内容也要进行严格的审查。整个韩国仅有三所大学教授俄罗斯语言及文学，与俄国历史、政治、经济等相关的专业也寥寥可数。

20世纪80年代末，韩国开始为韩俄两国外交正常化做准备。被韩国国家教育部派往欧美的留学生，在获得与俄国相关学科的博士学位后回国，成为韩国初期的俄罗斯语言与文学人才。这些学者在1985—1989年间相继组织成立了四个重要的俄国学学会：韩国斯拉夫语学会、韩国斯拉夫暨欧亚学会、韩国俄语语文学会、韩国俄国文学会。学会通过定期举办主题讨论会和刊发会刊，在韩国国内进行与俄国相关的研究。

俄韩两国1990年建交之后，两国间人员、商品、文化交往有了更多的可能性。特别是1992年叶利钦访韩后，两国总统发表联合声明，表示要共同促进俄韩关系在政治、经济、文化各个领域的全面发展。于是，韩国的俄国研究日益活跃，研究领域和方向得到拓展，别林斯基的文学批评思想在这时进入了韩国。

研究的开始：20世纪90年代初

1988年，韩国俄国文学会的会刊《俄罗斯文学》首次发刊。在1993年的第四辑会刊上，时任韩国檀国大学俄文系讲师的沈晟辅发表了题为《陀思妥耶夫斯基的初期创作和别林斯基——以〈穷人〉和〈双重人格〉为中心》的论文。这篇论文主要介绍的是陀思妥耶夫斯基的初期创作历程，如论文开篇所述："当代具有指导性的文学批评家别林斯基的批评,以及陀思妥耶夫斯基对别林斯基文学批评的反应态度,是一种对陀思妥耶夫斯基初期创作的投影,是对陀思妥耶夫斯基创作进行全面理解的重要项目。"在这种投射下,分析别林斯基对陀思妥耶夫斯基作品的评论与陀思妥耶夫斯基的创作关系时,作者也介绍了别林斯基的美学观点。例如,在论文的第二部分,作者通过别林斯基 1842 年发表的批评文章,阐述了别林斯基关于"艺术"的观点;通过别林斯基 1846 年发表在涅克拉索夫主编的《彼得堡文集》中的文学批评文章《关于俄国文学的感想和意见》(以下简称《意见》),介绍了其哲学上的唯物主义原则,也集中翻译了《意见》中关于对陀思妥耶夫斯基小说《穷人》的批评部分。别林斯基并不是这篇论文的主角,因而关于他及其理论的介绍也是断片式的。

1994 年,在韩国俄语俄文学会第六辑会刊上,诚信外国语大学的金基烈教授发表了题为《果戈理与别林斯基围绕〈与友人书信选〉的论争》的论文。该论文第一部分介绍了论争的过程。曾被别林斯基视为俄国现实主义文学奠基人的果戈理,其思想在 19 世纪 40 年代趋于保守,这一思想转变在他 1847 年发表的《与友人书信选》中得到了比较集中的体现。别林斯基无法接受果戈理的"变节",他先是在 1847 年第二期的《现代人》杂志上撰文予以抨击,之后又写下《致果戈理的信》予以讨伐,果戈理则发表《作者自白》为自己的立场进行辩护。在该论文第二部分,作者着重翻译了别林斯基 1847 年发表在《现代人》第一卷第二期《尼·果戈理的〈与友人书信选〉》中的部分段落,例如对果戈理的五条批判等。作者写道:"别林斯基认为俄国的发展榜样应该是文明化的欧洲……他们两人的论争即是文学在改善人类生活的命题中的立场和作用的论争……强调通过文学手段恢复人性的作家果戈理和想通过赋予文学存在意义改善 19 世纪 40 年代俄国现状的社会批评家别林斯基的主张,终归是两条平行线。"作者认为,"整体上来看,别林斯基的主张是攻击性的、感性的,果戈理的态度是防御性的、理性的……这场关于文学和社会的论争引得世人的瞩目,从拓宽和加深 19 世纪俄国现实主义文学的层面上来说意义非凡"。

在 1997 年的韩国俄国文学会第三辑会刊上,时任韩国建国大学俄国文学系副教授的沈晟辅发表了名为《别林斯基文学批评中出现的普希金作品解说的现代意义的相关研究》的论文。论文的第一部分介绍了别林斯基发表《普希金作品集》之前的批评家们对《叶夫盖尼·奥涅金》的评价,第二部分介绍了在发表《普希金作品集》之前别林斯基对普希金作品的评价,第三部分则主要介绍别林斯基对《普希金作品集》的评论。1843—1845 年间,别林斯基接连发表了十篇名为《普希金作品集》的文学批评文章,该论文以第八、第九篇中关于《叶夫盖尼·奥涅金》的评论为主,介绍了别林斯基对普希金的论述。作者在结语中表述了自己的立场和观点:"站在文学史的视角上评价别林斯基的批评遗产,根据时间空间背景的不同,会出现多样的形态。前苏联的文学研究者认为他是现实主义文学批评的奠基人,与此相反,西方的俄国文学研究者虽不否认别林斯基在俄国文学批评史上的地位,但指出他需要为俄国批评语言的粗鄙负不小的责任。"此外,作者还阐释了别林斯基文学批评的当代启示:"别林斯基在研究普希金的创作过程后得出结论,即俄罗斯文学作为俄罗斯民族文学乃至具有世界史意义的文化现象的前提条件是'确立必要的民族性意义',并将此作为他批评理论的基础。更何况,这一问题并非是过去式,从当下的视角上看也是有效的。把民族性的意义作为文化批评的标尺,在苏联解体以后,在新旧价值观的摇摆和经历严重政治经济混乱的过程中,在经历19—20世纪俄罗斯文化遗产价值损毁的当今,俄罗斯应该进行有意义的继承。从这个意义上来说,别林斯基的《普希金作品集》可以说是'维护和发展俄罗斯文化遗产的支柱'……在目前社会主义市场经济重组的状况下,在俄罗斯文化带动历史发展的先驱性作用相反的经济理论形成的视角上,重新回味别林斯基的理论也是对本国文化遗产的整理。这不仅适用于俄罗斯,作为文化价值的启蒙,在人性化机能消失殆尽、主体性和全球化概念尚未确定的状态下,对缠绕在'后近代'荒诞概念中的韩国文化现状,也有直接的启示意义。"

1997年韩国俄国文学会会刊上发表了高丽大学李丙勳教授的论文《创作过程、艺术家、艺术性的"情志说"——以别林斯基"情志说"为中心》。论文指出,别林斯基的情志说源出黑格尔,他在此基础上加以改造和发挥,使之具有更加丰富、更加合理的内涵。别林斯基将"情志"的概念从美学范畴具体化到了文学批评的范畴。他所说的"情志",是体现在作品中富于个性的情理交融的统一体,也成为他评价艺术作品的基准。这涉及很多方面,主观性与客观性的关系,感情与思想的关系,创作个性与时代精神的关系。文末,笔者写道:"从历史的角度来看,别林斯基的批评理论不断地经过他之后的文学批评家以及20世纪初的文学理论家的再诠释,特别是他的'情志说'理论成为20世纪50、60年代俄国美学者和文艺学者争论美学价值的重要依据并不是偶然,他的批评理论在现代文化语境下依然有积极的意义。"

研究的发展与暂停：21世纪初

2000年以后，韩国的别林斯基传播与接受更加体系化，比较有代表性的事件是出现了研究别林斯基的学位论文和文学批评专著。

首尔大学俄国文学专业的硕士论文《别林斯基与近代性：近代自我意识的形成和近代文学批评的基石》集中对别林斯基的思想转变及自我意识的形成问题做出了阐释。在先行研究部分，作者为避免理念的偏差，没有按照"英美—苏联"的地理类别进行整理，而是按照"社会历史—文学艺术"的脉络对研究史做出梳理。文中似乎将"黑格尔主义"与"近代性"等同，认为"问别林斯基黑格尔主义是什么就等于问他什么是近代"。论文的本论部分细致地对"别林斯基进入黑格尔主义，又从中脱离的过程"进行了探究，把"和解期"和"后和解期"作为主要的研究对象。作者分别从两个方面来考察别林斯基思想的发展，一是纵向的，即"分裂的意识—和解与统一的理念—主观性与主体性—历史与批评"，别林斯基逐渐放弃黑格尔的"绝对理念"而转到黑格尔的辩证观点；一是横向的，"文学的作用—艺术的审美本质—主观与客观的关系—批评的目的"，对别林斯基重要的思想理论进行了诠释。

由沈晟辅和李丙勋共同翻译的《典型说、情志说、现实性——别林斯基文学批评选》，于2003年在韩国出版发行。这是迄今为止在韩国发行的第一本，也是唯一一本别林斯基文选。这本文选选用1955—1959年苏联科学院编辑出版的13卷本别林斯基选集进行翻译，共收录了《论俄国中篇小说和果戈理君的中篇小说》、《莱蒙托夫诗集》、《普希金作品集》（第五篇）、《给果戈理的一封信》、《一八四七年俄国文学一瞥》等五篇文学批评文章。与我国学者满涛、辛未艾编译的《别林斯基选集》(6卷本)相比,韩国这本别林斯基文选的充实程度的确不高。并且,在我国编译的选集中,编译者在多处加以注释,并在每册选集最后对该册出现的批评文章进行简单的概括总结,在题解和译后记中补充了大量的史料,为很多学者(特别是不懂俄文的学者)的研究提供了保障。韩国的别林斯基选集只在开篇简述了别林斯基的生平年代背景以及在结尾处填附了别林斯基的创作年表。尽管如此,这依然是一本开创性的文选。正如译者所说:"这本书能为韩国带来'别林斯基'和'19世纪俄国文学批评'进阶性的研究和论旨。"

如果说20世纪90年代的韩国别林斯基研究多数是"剪报"式的"浏览",那么21世纪初期的传播方式终于走入"抽丝剥茧"式的"精读"。遗憾的是,这样渐进的趋势并没有继续下去,21世纪初之后,韩国的别林斯基传播与研究出现了停顿。

通过梳理别林斯基在韩国的传播与接受过程可以发现,别林斯基传播与研究的发展状况与斯拉夫学在韩国的发展脉络高度一致,厘清这个问题对整个斯拉夫学在韩国的发展研究也将会有很大助益。

"绿灯社"在巴黎

杜林杰[*]

由于政治、经济、宗教、文化等各方面原因而流亡国外的侨民人群问题，一直是俄国学界研究的重要主题。1917年十月革命后，俄国域外人员流亡情况发生巨大改变。"历史上第一次有如此之多的俄罗斯人离开俄罗斯"[①]，大规模的难民潮不断涌向欧洲。作为20世纪俄国流亡者三次大迁徙的头阵，"第一浪潮"域外文学家的影响尤为突出。1923年受德国经济危机影响，俄国境外文学生活重心开始向巴黎转移。从20世纪20年代末至被德国法西斯占领，在巴黎居住的俄罗斯侨民近三十万。在这一相对稳定且稳定期相对较长的流亡阶段，以梅列日科夫斯基、吉皮乌斯、布宁、苔菲、别尔嘉耶夫等为代表的"老一辈"文学家和哲学家在继续个人创作的同时，组织

---

[*] 杜林杰，现旅居法国，2015—2020年在中国社会科学院研究生院外国文学系随刘文飞教授攻读博士学位，博士论文题为《巴黎俄侨文学团体"绿灯社"研究》。

[①] 阿格诺索夫：《俄罗斯侨民文学史》，刘文飞、陈方译，人民文学出版社，2004年，第2页。

了大量文学社团和各种形式的文学聚会，极大地促进了巴黎俄侨文学的繁荣和"年轻一代"文学新人的成长。巴黎被称为这一时期"俄罗斯域外文学的首都"。其中，由梅列日科夫斯基夫妇领导和组织的"绿灯社"（Зеленая лампа）是彼时最具代表性和影响性的域外团体之一，也是"战前侨民当中最有意义的活动"[①]。

巴黎"绿灯社"作为俄罗斯域外流亡者生活中的一大事件，在诸多文学作品中均有踪可循。但目前从对该专题相关文献的整理情况来看，巴黎"绿灯社"虽提及者众多，但研究者颇少；情感抒发类居多，系统分析类不足。对于国内的俄国文学研究来说，彼时几近所有巴黎俄侨均参与其中，存在时间达12年之久的的巴黎"绿灯社"研究尚留有大片空白。

一、巴黎"绿灯社"基本情况

巴黎"绿灯社"是一个文学—哲学团体，灯社的成立与梅列日科夫斯基夫妇组织的另一文学团体"星期日聚会"（Воскресенье），以及19世纪由普希金与众多十二月党人参与其中的彼得堡"绿灯社"之间有深厚渊源。

组建"绿灯社"的想法最初是"在博内街乙十一号'星期日聚会'的时候想出来的"[②]。"星期日聚会"是第二次世界大战前最为活跃的俄国侨民文学中心之一。每周日下午4点到7点，几乎所有在巴黎的俄罗斯知识分子全部会聚到梅列日科夫斯基夫妇的公寓中，谈论

---

① 奥多耶夫采娃：《塞纳河畔》，蓝英年译，文化发展出版社，2016年，第52页。
② 同上。

各种宗教思想，形而上的哲学问题，或文学、诗歌和侨民们的"共同理想"等问题，讨论最近出版的书籍、刊登的文章，分享文学聚会或晚会的观感印象。[①] 随着"星期日聚会"参与者的增多，聚会逐渐成为"某种'思想孵化剂'，某类秘密团体或者政治密谋"[②]。梅列日科夫斯基和吉皮乌斯决定组建一个新的组织，在"星期日聚会"的基础上扩大参与者圈子的外围，将聚会上所讨论的问题延伸到更广泛的社会领域，使之成为某种"公共性会谈"[③]，从而促使精神涣散的流亡者们"摆脱庸俗"，认识真理。在此目的的指引下，观点交锋、思想碰撞的辩论会从餐厅转移到了"社会场所"，"绿灯社"由此成立。

1927年2月5日，巴黎俄侨"绿灯社"在"俄罗斯工商业协会"礼堂举行了第一次聚会。霍达谢维奇在开场发言中指出，取名"绿灯"，是为了"向过去的同名团体——19世纪20年代前后的彼得堡'绿灯社'致敬"。[④] 彼得堡"绿灯社"于1819年初（一说1818年）在大地主和戏剧爱好者尼基塔·弗谢沃洛日斯基家中成立，雅科夫·托尔斯泰担任第一届主席。彼得堡"绿灯社"为自由组织，团体名称源于聚会厅中的一盏绿罩明灯，取"光明与希望"的象征意义。据现有资料统计[⑤]，已知灯社成员21人，其中军人12名（大部分为未来的十二月党人），另有普希金、杰利维格、格林卡、乌雷贝舍夫等诸多诗人和艺术家参与其中。彼得堡"绿灯社"倡导自由思想，

[①] *Терапиано Ю.* Встречи. Нью Йорк: Изд-во им. Чехова. 1953. С. 45.

[②] 奥多耶夫采娃：《塞纳河畔》，蓝英年译，文化发展出版社，2016年，第53页。

[③] *Терапиано Ю.* Встречи. Нью Йорк: Изд-во им. Чехова. 1953. С. 46.

[④] "Зеленая лампа, стенографический отчет: Беседы 1 и 2"//Новый Корабль. 1927. № 1. С. 31.

[⑤] *Модзалевский Б.Л.* Пушкин и его современники. Избранные труды (1898-1928). СПб.: Изд-во Искусство. 1999. С. 65-66.

在其"酒神狂欢式"的外表下有着鲜明的政治指向。该小组活动对普希金这一时期的思想成长和文学创作影响颇深,在普希金诸多作品中都可见对"绿灯社"聚会场面的直接描写以及"绿灯社"自由思想的间接渗透。1820年,因俄国当局加强了对秘密团体的侦查和惩罚力度,彼得堡"绿灯社"宣布解散。但"彗星之酒"并未散尽,一个世纪后,在俄罗斯再次面临重大历史考验的时刻,在"愚钝弥漫,智慧懒惰和内心平静无波"的流亡生活中,流亡者们需要这些沸腾的争论来刺激智慧,"磨砺最可怕、最惊人的武器——思想"[1]。

梅列日科夫斯基在巴黎"绿灯社"首次座谈中指出,侨民的悲剧在于"自由与俄罗斯的二律背反",所有的俄罗斯人要么放弃祖国以换取自由,要么牺牲自由以留住祖国。当前俄国流亡者生活中"弥漫着细小的毒药",疲倦与庸俗之风盛行。所以,"绿灯社"应该成为一间"实验室","用纯净的化学元素寻找社会的解毒剂"。侨民们要运用言语的力量,"构建意识形态,锻造思想武器,找到解毒剂,这是当下唯一现实之事务"[2]。

从1927年2月5日巴黎俄侨"绿灯社"举行第一次聚会,至1939年5月26日的最后一次聚会,灯社存在的12年间共组织各类座谈五十余次。灯社会谈有"开放性会谈"和"非开放性会谈"两种形式。"开放性会谈"时,社会大众均可参加,无需提前预约,也无需身份凭证;有时大型会谈的现场听众可达数百人。"非开放性会谈"则一般由梅列日科夫斯基夫妇及"绿灯社"内部主要成员提前确定参与人员名单,邀请文学家、哲学家、记者、文学杂志合伙人及

---

[1] "Зеленая лампа, стенографический отчет: Беседы 1 и 2"//Новый Корабль. 1927. № 1. С. 34.

[2] Там же.

其他行业精英与会，并发放邀请函。① 聚会当日，灯社秘书兹洛宾在礼堂门口迎接受邀听众，并根据实际情况收取一定会费（有时免费），作贴补会场租金用。灯社主席由格奥尔基·伊万诺夫担任。

经常参加"绿灯社"聚会的成员主要有四类。第一类为"老一辈"文学家或评论家，如布宁、苔菲、扎伊采夫、阿尔达诺夫、列米佐夫、霍达谢维奇、阿达莫维奇、奥楚普等，他们一般坐在听众席第一排；第二类为报刊编辑，如《现代纪事》杂志编辑维什尼亚克、鲁德涅夫和布纳科夫－丰达明斯基，《最新消息报》编辑德米多夫和塔林，《复兴报》编辑马科夫斯基等；第三类为哲学家，如别尔嘉耶夫、舍斯托夫、莫丘利斯基和费多托夫等；最后，在流亡过程中初露头角的"年轻一代"的文学青年，如波普拉夫斯基、杰拉皮阿诺、瓦尔沙夫斯基、沙尔顺、维尔德、费尔岑、切尔文斯卡娅、库兹涅佐娃等也是灯社常客。

"绿灯社"会谈开始的时间一般在晚上8点半或9点钟。灯社主要人物——梅列日科夫斯基、吉皮乌斯、灯社主席格奥尔基·伊万诺夫以及当晚聚会的报告人依次从侧幕走出，在铺着绿呢布②的主席台后按既定顺序落座。格奥尔基·伊万诺维奇宣布会议开始，报告人开始发言。会议主席负责维持会场秩序，报告人发言结束后，格奥尔基·伊万诺夫宣布中场休息，并在此期间确定接下来参与讨论的人员名单。辩论结束后，该次聚会的报告人对反对者的意见依次进行批驳。最后，梅列日科夫斯基针对报告人的结论进行总结性发言。

---

① *Терапиано Ю.* Литературная жизнь русского Парижа за полвека (1924-1974). Изд-во Альбатрос и Третья волна. 1987. С. 58.

② 取19世纪彼得堡"绿灯社"中"绿灯"的象征意义。

二、"绿灯社"的主要议题及整体特点

巴黎俄侨"绿灯社"首先是作为一个"文学性"团体而存在的。大批聚会以文学问题为讨论主题,如吉皮乌斯的《流亡中的俄国文学》(两次报告),阿达莫维奇的《诗歌是否具有目的性》和《论文学的终结》,格奥尔基·伊万诺夫的《第六感(论象征主义与诗歌的命运)》和《论俄国之屈辱(文学的良心)》,以及对某一作家或作品的专题讨论,如波普拉夫斯基纪念晚会、勃洛克诗歌讨论会、格奥尔基·伊万诺夫的中篇小说《原子的分裂》讨论会等。梅列日科夫斯基曾评价"绿灯社"说,它看起来是文学性团体,"只谈论俄国文学问题";但俄国文学的本质在于,"它不仅仅是文学,它其中有着宗教性因子;更直接一点说,基督教的因子"。[1] 所以对宗教和哲学问题的讨论也在"绿灯社"聚会中占据重要地位,如吉皮乌斯的《关于福音书》和《论旧约与基督教》、梅列日科夫斯基的《犹太教与基督教的矛盾》和《欧洲精神危机》、兹洛宾的《基督教正在消亡吗?》、瓦尔沙夫斯基的《基督教的另一面》等。巴黎"绿灯社"会谈的第三大类讨论主题是对社会现实问题,特别是当下侨民精神状态的思考,如吉皮乌斯的《我们为什么变得苦闷》、格奥尔基·伊万诺夫的《我们在受谁奴役?(论侨民的精神状态)》、阿尔费罗夫的《侨民的日常生活(我们要去往何方?)》和《侨民的复兴取决于什么》、瓦尔沙夫斯基的《钱、钱、钱……》和《孤独的流亡者》、梅尼希科夫的《找到自我(论侨民意识之悲剧)》等。与此同时,"绿灯社"对年轻流亡者的境遇也十分关心,如费多托夫作过《捍卫自由(论年轻人

---

[1] *Терапиано Ю.* Встречи. Нью Йорк: Изд-во им. Чехова. 1953. С. 80.

的心境)》、瓦尔沙夫斯基和吉皮乌斯作过《年轻侨民问题》等报告。报告人在选择报告主题时，一般会尽力避免直接触碰政治问题，措辞尽量"中立"，但有关政治类问题的讨论仍在"绿灯社"会谈中占据一定比例，如阿达莫维奇的《托尔斯泰与布尔什维主义》、奥楚普的《论革命的音乐（新俄国诗歌中的俄国形象）》、吉皮乌斯的《关于沙皇的幻想》、梅列日科夫斯基的《布尔什维克诱惑在哪里？》、凯尔别林的《革命与宗教》等。

巴黎俄侨"绿灯社"的前五次报告型座谈的会议速记稿分别发表在《新航船》（Новый корабль）杂志的第1—4期上。后因检查速记文章出现诸多困难，经全体成员决定，速记稿停发，后续会议预告及会议纪要等散见于侨民报纸《复兴报》，另有部分报告以个人论文形式发表在《数目》《岁月》《俄罗斯意志》等刊物上。

总的来看，巴黎"绿灯社"会谈具有以下几个方面的特征：首先，巴黎"绿灯社"会谈涉猎内容十分广泛，除了五十余次会谈主题整体上的多样性，就单次会议来说，所涉内容仍然极为广泛，甚至庞杂。一方面，主要报告人事先会做好充分准备，从各个方面对其论点进行阐述和辩护。另一方面，在主报告后的群体讨论过程中，文学家与哲学家、知识分子与社会大众各抒己见，原定的会谈主题常常会不由自主地转向其他方面，"文学主题会逐渐移向政治主题，政治主题又慢慢转向宗教性问题，个别性问题会发散到共性问题上，而从抽象问题的讨论中可能会得到实际性结论"[1]。其次，巴黎"绿灯社"内

---

[1] Темира Пахмусс, Королева Н.В. "ЗЕЛЕНАЯ ЛАМПА" //Литературная энциклопедия русского зарубежья 1918-1940 : Периодика и литературные центры. М.: Изд-во РОССПЭН. 2000. Т. 2. С. 173.

部具有"和谐性"。梅列日科夫斯基夫妇在创建巴黎"绿灯社"之初，将其定义为"思想孵化器"和"公共性会谈"。但实际上，在正式的"公共性会谈"举办之前，灯社领导者及其内部较为固定的核心成员会提前就会谈主题、报告人和邀请人的选择、持不同意见者（论敌）可能提出的论点等进行严肃讨论。从梅列日科夫斯基夫妇的通信集、日记集及其他相关文献资料中可以发现，他俩是巴黎"绿灯社"当之无愧的领导者和组织者，在灯社内部会谈中确实拥有较多的干预权，而在"内部成员"的选择上更是占据绝对的主导权。"绿灯社"正式会谈上主报告人所作的所有报告，"事先都应交由梅列日科夫斯基夫妇过目"[①]；他们甚至会就具体发言角度及具体细节与报告人进行讨论，提前做好一定的"控场"工作。第三，巴黎"绿灯社"外部具有"矛盾性"。虽然梅列日科夫斯基夫妇及其灯社内部的主要成员会前有所准备，但在正式举行的、面向特邀听众或普通大众的、参与者更为广泛的、以报告人作主题报告为开始以讨论（甚至是辩论）为结束的"绿灯"会谈中，现场时常"不可控制"。作为"参与者的圈子是整个巴黎"的"绿灯社"，其成员的社会立场和审美取向极为纷繁复杂，绝非"志同道合者的小组"[②]。东正教思想家与马克思主义者、坚决不与布尔什维主义妥协的流亡者与苏维埃作家协会的成员、新文学的探索者与古典文学的捍卫者、"老一辈"文学家与"年轻一代"的文学青年……这些"不可思议的混合"使得巴黎俄侨"绿灯社"

---

① Темира Пахмусс. "ЗЕЛЕНАЯ ЛАМПА" в Париже//*Королева Н.В.* Зинаида Николаевна Гиппиус: Новые материалы, исследования. М.: Изд-во ИМЛИ РАН. 2002. С. 352.
② *Зверев. А.М.* Повседневная жизнь русского литературного Парижа (1920-1940). М.: Изд-во Молодая гвардия. 2011. С. 96.

的报告现场时常成为"最具爆炸性的土壤"[①],各派代表精神紧绷,唇枪舌战,矛盾重重。

三、巴黎"绿灯社"的意义和影响

20世纪20—30年代,大大小小的俄罗斯域外团体层出不穷,但昙花一现者多,持之以恒者少。面对紧张的外部局势、窘迫的生存现实和复杂的内部矛盾,坚持时间达12年之久的"绿灯社",无疑是"俄罗斯的巴黎"中的耀眼一星。

首先,于流亡者自身而言,巴黎"绿灯社"在第一批俄国侨民知识分子的生活中有着举足轻重的地位。流亡带给他们"自由的空气",也带来了"家园的隔离、民族的隔离、语言的隔离、举目无亲和生活的重担"[②]。梅列日科夫斯基在1927年"绿灯社"第四次报告型聚会上提到,当下所有人都在漠视基督教问题、诗歌问题、文学问题以及俄国精神问题,"那在哪里可以谈论这些呢?"对身处"沼泽"的俄国流亡者来说,"绿灯社"就是他们遇到的第一个"草墩子"。用尽力气爬到上面,"去聆听","去争论",这是他们"唯一能做且需要做的事情"[③]。面对密不透风的内外压力,"绿灯社"给"老一辈"和"年轻一代"的俄罗斯域外文学家们提供了一个极为难得的发言平台。这些优秀的知识分子努力在"绿灯社"的辩论中寻找内心困惑的解答,寻找文学的意义、生活的意义,寻找"自由"与"祖国"的统一。

---

① *Зверев. А.М.* Повседневная жизнь русского литературного Парижа (1920-1940). М.: Изд-во Молодая гвардия. 2011. С. 96.

② "Зеленая лампа, стенографический отчет: Беседы 1 и 2"//Новый Корабль. 1927. № 1. С. 39.

③ "Зеленая лампа, стенографический отчет: Беседы 4 и 5"//Новый Корабль. 1928. № 4. С. 56-57.

他们在讨论文学问题的同时，试图找到宗教、哲学和政治难题的答案，找到"最炽热的时代问题的答案"。在一定程度上对俄罗斯域外知识分子而言，自救就是"救文学"，"救文学"意即"救祖国"。巴黎"绿灯社"对俄罗斯域外文学的另一重要贡献表现在对文学新人的培育上。作为大师荟萃的"文学讲堂"和"真正锻炼口才的学校"[①]，"绿灯社"给"年轻一代"的文学青年提供了极大的便利，不仅使其在文学专业领域受益颇多，更重要的是教会他们如何思考，如何"清晰地表达自己的思想"，推动他们去关注并研究一系列重要的文学问题、哲学问题和社会现实问题。诸如波普拉夫斯基、瓦尔沙夫斯基、杰拉皮阿诺、沙尔顺、维尔德、费尔岑、切尔文斯卡娅等一大批文学青年在其中迅速成长起来。

其次，从整个文学史的角度来看，这一大批以"俄罗斯民族文化的承载者和继承人"[②]身份自居的文学家们在流亡期间创作了大量优秀作品，为俄国文学史增添了诸多新的华章。而从作为俄罗斯域外文学史重要组成部分的巴黎"绿灯社"的角度来说，一方面，这些作家作为灯社一员，其专业的文学素养和深厚的精神积淀使"绿灯社"聚会的质量和深度得到充分保证，划定了"绿灯社"在文学价值和精神价值两个层面的高度线；另一方面，巴黎"绿灯社"又以其自身时间跨度的完整性加之组成成员的代表性为我们提供了一个从整体角度看待俄侨文学的机会。这使得我们对这一时期作家、诗人的研究重心，可以从个体的"我是谁"，转向团体的"是什么"，进而对巴黎俄侨乃至整个俄国域外文学史"第一浪潮"的大局特征做一观览。

---

① 奥多耶夫采娃：《塞纳河畔》，蓝英年译，文化发展出版社，2016年，第58页。
② 阿格诺索夫：《俄罗斯侨民文学史》，刘文飞、陈方译，人民文学出版社，2004年，第4页。

最后,"绿灯社"在俄国流亡者精神生活史中的意义毫无疑问是巨大的。俄侨作家兹洛宾在其著作《沉重的灵魂》中说道,"与外部敌人的斗争在最初的最初就已经打响",而"绿灯社"竭尽全力去做的,"是与内在的、秘密的、看不见的、'聪慧而可怕的无生命的灵魂'的斗争"。[1] 作为"思想的孵化器"和"寻找社会解毒剂的实验室","绿灯社"立志拯救的"如果不是全世界,起码是俄罗斯以及它的分支——俄国侨民"[2]。"绿灯社"前期十分注重话题选择的关怀性和敏锐性,因而吸引了俄国流亡者中的广大阶层。讲堂现场十分壮观,几乎每场聚会之后都能在与会者中间和俄侨圈子里引起长时间的讨论。这一大批流亡知识分子渴望"以语言照亮心灵",使人们"更认真、更深刻地理解世上所发生的一切"[3],认识自我,追求真理,并竭尽全力使流亡者们在精神上组织起来,树立起对未来的"光明与信心"。

流亡作家伊琳娜·奥多耶夫采娃在其回忆录《塞纳河畔》中提到,"绿灯社"的作用"比通常的看法要大得多"[4]。它虽未完全达到梅列日科夫斯基夫妇最初组建时的全部意图,但无论是对彼时在法的俄罗斯流亡界而言,还是对整个俄国文学史来说,"绿灯社"都具有独特的意义。俄罗斯流亡知识分子在灯社聚会上所作的报告和讨论,展现出"高度的精神内涵和对世界文化的精彩见解"[5],是研究俄罗斯域外文化史、文学史和精神生活史的重要资料。

---

[1] *Злобин В.А.* Тяжелая душа: Литературный дневник, воспоминания, статьи, стихотворения. М.: Изд-во ИНТЕЛВАК. 2004. С. 228.

[2] 奥多耶夫采娃:《塞纳河畔》,蓝英年译,文化发展出版社,2016年,第53页。

[3] 同上书,第54页。

[4] 同上书,第58页。

[5] *Темира Пахмусс.* "ЗЕЛЕНАЯ ЛАМПА" в Париже//*Королева Н.В.* Зинаида Николаевна Гиппиус: Новые материалы, исследования. М.: Изд-во ИМЛИ РАН. 2002. С. 356-357.

"最好的一部俄国文学史"

——纳博科夫为何激赏米尔斯基《俄国文学史》

文导微 *

米尔斯基《俄国文学史》中译本（米尔斯基：《俄国文学史》上下卷，刘文飞译，人民出版社2013年版）的封底引用了纳博科夫对它的一句评价："我认为这是用包括俄语在内的所有语言写就的最好的一部俄国文学史。"纳博科夫不为名人讳的挑剔"毒舌"早已众所周知，因此，当他慷慨给予米尔斯基文学史最高嘉奖，我们很难不对这部文学史满怀好奇。更何况，纳博科夫对它还有更为具体的肯定：纳博科夫著名的文学讲稿素来少借他人评论，而仅在其《俄罗斯文学讲稿》的《陀思妥耶夫斯基》一章，他就不止一次提及米尔斯基，盛赞后者的评论"非常恰当"[①]。自然，纳博科夫的好感"并非平白无

---

* 文导微，中国社会科学院外国文学研究所助理研究员，2012年考入中国社会科学院研究生院外国文学系随刘文飞教授攻读博士学位，研究方向为纳博科夫的俄语创作。

① Nabokov V.V. *Lectures on Russian literature*, Harcourt, 1981, p. 127.

故"[①],那么,究竟缘何之故?

一

略知纳博科夫的读者首先会从米尔斯基的《作者序》中看出一些线索。在《俄国文学史》下卷[②]的《作者序》里,米尔斯基对此部文学史写作的总体思路做了说明,其中有两句话值得特别注意:第一句,"我试图尽可能地诉诸事实,而特意回避概括"[③];第二句,"我的评价和批评或许是'主观的'、个人的,但它们均系文学和'美学'偏见之结果"[④]。这两句均在间接或直接地强调"个体",文学的个体、天赋的个体。而纳博科夫也持类似观点:"作为一个艺术家和学者,与概括相比我更偏爱具体细节"[⑤],"在我的所有课上,我只从文学吸引我的唯一角度研究文学,即从其所含艺术与个人天赋的角度"。[⑥]不难看出,二人文学观的大方向并无二致,都是从文学的角度来切实具体地考察文学本身。

始于方向一致的原点,他们对一些具体命题如"文学与思想"的理解也非常相似。对名著《复活》,纳博科夫与米尔斯基的反应及理由都如出一辙:纳博科夫坦言自己"厌恶《复活》",认为"托尔斯泰

[①] 见米尔斯基文学史俄译本(*Святополк-Мирский Д*. История русской литературы с древнейших времен по 1925 год. Пер. с. англ. Р. Зерновой. Новосибирск: Изд-во Свиньин и сыновья. 2009)封底。

[②] 米尔斯基先在 1926 年写了下卷,此后才在 1927 年写了上卷。

[③] 米尔斯基:《俄国文学史》,刘文飞译,人民出版社,2013 年,下卷,第 2 页。

[④] 同上书,第 3 页。

[⑤] Nabokov V.V. *Strong Opinions*, Vintage, 1990, p. 7.

[⑥] Nabokov V.V. *Lectures on Russian literature*, Harcourt, 1981, p. 98.

"最好的一部俄国文学史" | 59

的宣传冒险让人不忍卒读";米尔斯基则道托尔斯泰的《复活》"显然远逊于《战争与和平》和《安娜·卡列尼娜》……应被视为他最不成功的作品之一",重要原因即"源自《福音书》的大量道德观念并未有机地融入作品的构成",而此前他由于"道德倾向并未生硬外露"肯定了托翁在《忏悔录》之后写作的第一批小说。米尔斯基的肯定或者否定,都是与曾称"总的思想毫不重要"[1]的纳博科夫在表达同一个意思,都是在拒绝那种被生硬植入文学作品中的、空洞概括的思想或观念,都更关心思想进入文学的方式。

他们对功利主义发出的抗议之声也如出一辙。米尔斯基认为"功利主义的多年统治妨碍他们看到普希金的伟大",这恰好也是纳博科夫在其最后一部俄语长篇小说《天赋》中着墨甚多的一个主题。纳博科夫在小说第四章《车尔尼雪夫斯基传》有过相似慨叹:"可怜的果戈理!他那声'罗斯'的高呼(如同普希金的高呼)被60年代的人们甘愿重复,可如今三套马车也已需要铺好的马路,因为就连俄国的忧郁也变得功利了。"[2] 引起这番慨叹的原因,是车尔尼雪夫斯基认为果戈理只是个微不足道的小人物,普希金的诗歌也只是奢侈品,而他持此看法也不足为奇,既然"艺术这一概念一开始于他而言……便是某种实用的、附属的东西"[3]。以车尔尼雪夫斯基为代表的一系列批评家在小说里受到了纳博科夫毫不留情的冷嘲热讽,原因就在于他们均持功利主义文学观,无视天才诗人的艺术。纳博科夫借小说主人公之口道出:"衡量一位俄国批评家嗅觉、才智和天赋等级的

---

[1] Nabokov V.V. *Strong Opinions*, Vintage, 1990, p. 157.
[2] Набоков В.В. Дар: Романы. Сред.-Урал. кн. изд-во. 1989. C. 487.
[3] Там же. C. 549.

标尺，便是其对普希金的态度。"[1] 米尔斯基与纳博科夫坚持以非功利（或超功利）的眼光看待文学，其根源正是二人文学观的原点，即对艺术自身独立价值的尊重与维护。

不难推想由此思路导引而成的《俄国文学史》的主要着墨点是什么。以"普希金"部分为例，该部分共有23页，其中述及生平的文字仅占四页，生平陈述之后的每页几乎都可见"风格"一词。米尔斯基显然知道一部关于"文学"的历史主要应该写些什么，而纳博科夫谈狄更斯时恰也说过，"风格的功效是通向文学的关键"[2]，实际上，"风格"在纳博科夫的那些讲稿上也随处可见。纳博科夫，以及其他更关注文学本身的读者，似有理由青睐这样的批评文字。

二

跟纳博科夫一样，手执艺术标尺的米尔斯基自己的文笔也有较高艺术性，借此书译者刘文飞先生所言即"充满'文学感'"[3]。这便使其读者在阅读《俄国文学史》时屡屡获得如读小说一般的愉悦，乘此愉悦轻舟一朝千里。

《俄国文学史》的作者对史书中人的生平介绍不无类似小说的笔法。落笔处，米尔斯基时而带着作家塑造人物般的兴致，如"他（克雷洛夫）以慵懒、不修边幅、好胃口和机智刻薄的见解而著称。他肥胖迟缓的身影经常出现于彼得堡的客厅，他整晚整晚坐在那里，并不开口，一双小眼睛半眯着，或盯着空处看，有时则在椅子上打

---

[1] Набоков В.В. Дар: Романы. Сред.-Урал. кн. изд-во. 1989. С. 487.
[2] 纳博科夫：《文学讲稿》，申慧辉等译，上海三联书店，2007年，第101页。
[3] 米尔斯基：《俄国文学史》，刘文飞译，人民出版社，2013年，上卷，第27页。

瞌睡，脸上挂有一丝厌恶和对周围一切的无动于衷"；时而带着作家对人物的凝视，如"但就在他（费特）举刀自尽之前，却因心力衰竭而亡"，"他（列米佐夫）家的房间是各种各样玩具动物和精灵的乐园"，"就连他的笔迹亦精致无比，如同17世纪花体草书的神奇再现"。这些对传统文学史而言稍显多余的细枝末节，可能正合纳博科夫的心意，即使有冷静的读者疑心米尔斯基对费特之死的描写"小说化"了，纳博科夫大抵也会帮腔道，"目力不及之处"米尔斯基"是靠想象力看见的"[1]。因为，当纳博科夫读到普希金《叶夫盖尼·奥涅金》的结尾"自从那时，当我在朦胧的梦境，/初次见到年轻的达吉雅娜，/当时还有奥涅金和她一起，/许许多多的日子已经逝去"时，也曾若有其事地认真计数并注上："3071天（1823年5月9日—1831年10月5日）。"[2]就是在这些亲密的甚至略带"想象"的憨痴的文字中，执笔者透出对笔下人物的好奇与关切。它们都是纳博科夫所言的"好奇心"在场的证据，体现出执笔者对个体的尊重，摆脱了"漠视"与"残酷"，符合纳博科夫个人主义的伦理道德，也是在这些具体、个性、艺术的生平介绍中，一个个鲜活的个体跃然纸上。

此外，米尔斯基对作品的批评文字也不平面，它们生动可感：可闻，如"古米廖夫的诗迥异于通常的俄国诗歌……它始终处于高音区"；可触，如"《塔曼》为契诃夫的抒情结构手法之先声，只是较之于契诃夫世界温润柔和的'秋天'氛围，《塔曼》的基调更为冷峻清冽"；可嗅，如"这些小说……弥漫着他（普里什文）的斯摩棱斯克省森林大地那略带酸味的浓烈芬芳"；可尝，如"艾亨瓦尔德十

---

[1] 纳博科夫：《文学讲稿》，申慧辉等译，上海三联书店，2007年，第16页。
[2] Nabokov V.V. *Eugene Onegin: A Novel in Verse*, Pantheon, 1964, V. 3, p. 244.

分析中，甜得腻人，其风格被人形容为一层浓稠的糖浆"；也可让人仿佛看见破晓刹那的光线变幻，如"《草原》……取自琐碎沉闷、暗淡无光的生活……契诃夫抒情艺术更为明亮的层面，体现于《复活节之夜》"。

  以上所引"五觉俱全"的文字几乎都是隐喻。隐喻频现的诗性文字既以更为轻灵的方式让读者在展颜的瞬间对笔者的意图心领神会，又呼应了纳博科夫看重"想象力"的文学批评（而米尔斯基的批评亦重想象力，曾因"其作用对象并非想象力而是神经"对《木木》评价不高），这或许也是他对这部《俄国文学史》产生好感的原因之一。纳博科夫在一次访谈时还特别提到了隐喻，并称它为连接散文与诗歌的桥梁。在他的文学创作与批评中都常见这种闪光的修辞："在他的指尖下，各部声音忽离忽合，似同猫逮耗子似的：先是佯装让耗子溜走，但又狡猾地一笑，俯身琴键之上，用他骄傲的指头重把耗子逮住"[①]；"就这样，一个主题接着另一个主题，如同一朵家栽的玫瑰花，一瓣一瓣地展开了"[②]；"像《包法利夫人》、《安娜·卡列尼娜》这样的小说是作者的生花妙笔控制下的给人快乐的炸弹。而《曼斯菲尔德庄园》则出自一位小姐的纤手，是一个孩子的游戏。不过，从那个针线筐里诞生的是一件精美的刺绣艺术品，那个孩子身上焕发着一丝奇妙的才华"[③]。因此，不妨想象，纳博科夫应也曾会心微笑几回——当他看见米尔斯基的妙喻："《伊戈尔远征记》作者就是装饰的、浪漫的和象征的诗歌之最伟大的大师。他的作品就像一连串紫

[①] 纳博科夫：《菲雅尔塔的春天》，石枕川等译，浙江文艺出版社，2003年，第49页。
[②] 纳博科夫：《文学讲稿》，申慧辉等译，上海三联书店，2007年，第17页。
[③] 同上书，第7页。

色补丁，其最小的一块在当代俄语诗歌中都依然鹤立鸡群"；"甚至连顺从自然的善人列文和基蒂，他俩田园诗般的爱情亦结束于一种慌乱困惑的调性。这部小说犹如沙漠旷野中一声恐惧的呼号，在渐渐地隐去"；"她（茨维塔耶娃）是一位断音节奏大师，这一节奏给人的印象恰如耳闻一匹飞奔骏马的马蹄声"。

应无疑问，纳博科夫以及其他尚有"内容"之外的诉求、对文辞还有些计较的读者，更容易被这类文学性更强的文学史所吸引。

三

米尔斯基在《作者序》中还写道："我相信我的趣味在一定程度上代表我这一代文学人的美学观，我的评价就整体而言不会让内行的俄国读者感觉悖论。"他确有底气如此自信，眼光挑剔如纳博科夫这样的读者也难以不对品位上乘的《俄国文学史》着迷。

文学史常以作家为单元，按年代先后分述。可《俄国文学史》却未囿于自然时间，章节也不全以自然生命的始终为限，它自有其内在的节奏、天然的呼吸，依据的是比线性时间更为重要的文学逻辑。米尔斯基强大的文学直觉不允许自己把陀思妥耶夫斯基那一"伟大系列"的、"远远超越其时代，与其后的文学发展融为一体"的后期创作"放在诸如阿克萨科夫和冈察罗夫等人的作品之前进行论述"，因此陀思妥耶夫斯基被分置两处论述，与其相似的还有别的作家，托尔斯泰甚至因"足够伟大，能够承受此类手术"被分别纳入上下两卷。

称"细节就是一切"的纳博科夫在创作与批评中都强调细节，文学视觉敏锐的米尔斯基解读作品时也不放过文本中的每一个线头。他没忽略穆拉托夫长篇小说《伊吉丽亚》末尾的落款"莫斯科，

1920",品出它"赋予全书以某种奇特的哀婉调性"。他常谈及细节,特别在评论果戈理、托尔斯泰、契诃夫等作家之时。他看到在契诃夫的艺术世界里,"强者仅为无人性的粗人,他们外皮过厚,感觉不到生活中唯一重要的东西,即那些'细枝末节'"。米尔斯基此处批评的"外皮过厚",与纳博科夫在多处(尤见于《天赋》)嘲讽过的"短视"是类似的意思,它们都会导致对"生活中唯一重要的东西,即那些'细枝末节'"的忽视,而生活内在的本质却是"灵感与精致"。

而米尔斯基对语言(原文、译文乃至字母、标点)高入云霄的"尖新"体会,也许是既非语言大师也非母语读者的人难以企及的。当他谈到普希金《青铜骑士》八音步诗行"浓缩的充盈和紧张"、托尔斯泰《忏悔录》的"雄辩律动"时;当他赞莱蒙托夫的散文为有史以来最好的俄语散文、"晶莹剔透",认为莱蒙托夫的优美悦耳比普希金"具有更纯的音乐感"时;当他听出陀思妥耶夫斯基一在小说中亲自发言就会出现"某种神经质的刺耳调性",辨出《陌生女郎》的格律"在俄语中的效果与英语中的效果截然不同"时,我们大概云里雾里,可纳博科夫一定会懂,既然他曾灵敏地觉出陀思妥耶夫斯基的小说语言是"一股词语的涌动与跌倒,喋喋不休,咕咕哝哝",普希金在手稿中所用的"茂密的"(дремучий)一词像"一片穿不过的长满青苔的昏暗",莱蒙托夫某行"湿润的诗"里有种"天堂般的美景和苍穹般的透明"。

四

《俄国文学史》还有一个重要特点:态度分明,坦诚褒贬,摆脱了陈词滥调,有别于一些无懈可击却也了无生趣的史书。米尔斯基作出的评价是参差的、立体的，因而这部文学史也更加真实、迷人。同样不藏好恶、"固执己见"的纳博科夫自然会是他的知音。对小心翼翼、四平八稳的文学史心有厌烦的读者，应该也会更加偏爱米尔斯基严肃的坦白。

在普希金、莱蒙托夫、果戈理、屠格涅夫、费特等人的语言获得肯定的同时，契诃夫与高尔基的语言却未能入米尔斯基法眼，他认为契诃夫的俄语"没有色彩，缺乏个性……没有任何一位如他一般重要的俄国作家，会使用一种如此缺乏色彩和生气的语言……在所有俄国作家中，他最不担心译者的背叛"，高尔基的俄语"除某些口头禅外，它们可被视为来自任何一门外语的译文"。高尔基的长篇小说也受了批评，它们"几乎总是开头出色"。《黑修士》是契诃夫"唯一一部确凿的失败之作"，而《三死》甚至被质疑"不像是出自托尔斯泰之手"。至于纳博科夫那些关于托马斯·曼、帕斯捷尔纳克、陀思妥耶夫斯基、福克纳、加缪等名家不太客气的言辞，则早已广为人知，此不赘述。

米尔斯基与纳博科夫锋芒毕露的言辞都太冒险、太容易受到攻击，也太可爱、太珍贵了。他们或许说错了，但他们却从不惧于坦诚自己的观点，因为这些观点都是认真得来的，是严肃的。事实上，并非任何人都有底气做到如此"分明"，有卓越禀赋与深厚习得的人才能站在一定高度来"指点江山"。

此外，米尔斯基对普希金那首《为了遥远祖国的海岸》的热爱、对"庸俗"（пошлость）一词译法的费神、对作品次要人物的关注、对弗洛伊德的嘲讽等等，或许都会引起纳博科夫的共鸣。他对果戈理锐利鲜活的视力以及托尔斯泰笔下人物所产生的熟悉感的论述，也在纳博科夫的《俄罗斯文学讲稿》中得到了呼应。

综而观之，纳博科夫对米尔斯基《俄国文学史》的激赏绝非偶然，二者都有较为纯粹的文学观、优美的文笔、不俗的品位和分明的态度。

纳博科夫被米尔斯基《俄国文学史》吸引的首要且最根本的原因，便是二位文学家对文学的默契理解，即视文学本身为目的，绝对认同和推崇文学作为独立个体的自身价值，坚持从文学的角度研究文学，拒绝将其视为思想的苍白附庸或传输实用意义的手段。所幸的是，心念文学价值的米尔斯基自己的文字也有较高的文学价值，不仅体现于笔尖的流彩，如某些闪耀的修辞，也体现于执笔者对笔下人物的紧密注视，这些无疑都能继续博得挑剔读者的好感与继续深入的兴趣。此外，米尔斯基的高级品位、分明态度，以及我们发现与尚未发现的其他细微之处，应当也能获得纳博科夫的进一步认可。

可见，从总体思路及态度，到品位与文笔兼优的具体论述，米尔斯基的《俄国文学史》都有值得纳博科夫赞扬的理由。尽管纳博科夫自己未能在书中获取应得的一席之地——米尔斯基的传记作者史密斯教授在其所著《米尔斯基：俄英生活》一书中认为这或许是此书"最惊人的瑕疵"[1]——但这"最好的一部俄国文学史"却已拥有足够魅力让人忘我欣赏。

---

[1] G. S. Smith. *D. S. Mirsky: A Russian-English Life. 1890-1939*, Oxford University Press, 2000, p. 90.

普希金创作中的骑士形象

郑艳红 *

何为"骑士"？学术界对此的解释林林总总，但不外乎两条路径：一、历史中真实存在的欧洲中世纪贵族出身的军人；二、文学作品中背负多重身份的骑士，是骑士制度的产物，承载着欧洲中世纪封建制度的核心价值观。但随着骑士制度的消亡，其内涵在不同作家笔下尤其是塞万提斯之后更加宽泛，骑士已经成为一种思想符号或荣誉符号，强调精神素质和英雄情调，只要具备骑士气质便可称为"骑士"。

俄国没有经历骑士制度，因此不存在欧洲中世纪历史中的骑士。然而，在俄国文学的前浪漫主义时期和浪漫主义时期，更多的骑士形象被带入文学作品，例如，茹科夫斯基、十二月党人诗人、普希金、莱蒙托夫等人都对欧洲中世纪的骑士给予观照，这种特殊的文学现

---

* 郑艳红，黑龙江绥化学院外国语学院副教授，2010—2016 年在中国社会科学院研究生院外国文学系随刘文飞教授攻读博士学位，博士论文题为《普希金创作中的骑士形象》。

象在欧洲以外的文学作品中是不多见的。而普希金是这些作家中涉猎骑士形象最多的作家，其笔下的骑士存在范式更为多样，内涵也更加丰富。

普希金作品中存在三类骑士形象：一类是对过去文学作品中已存在的文学形象如鲍瓦、鲁斯兰、唐璜、堂吉诃德的再加工，一类是普希金自己独创的文学骑士即文学创作中的骑士形象，还有一类是普希金绘画作品中独创的具体真切的骑士形象。

一

鲍瓦形象和鲁斯兰形象都是俄国传统文学中的固有形象，也是作家进行文学创作的重要素材。鲍瓦形象最初出现在俄国是在16世纪，这个形象源于中世纪法国的一部骑士小说，16世纪时这本小说的意大利文版本被译成塞尔维亚语和克罗地亚语，接着又转译成白俄罗斯语，俄文版本的鲍瓦故事来源于白俄罗斯版本。俄国的翻译家们在翻译鲍瓦故事的过程中赋予鲍瓦以俄国勇士的特点，同时保留了鲍瓦身上的某些骑士气质，但他们更多的是将鲍瓦当成俄国的勇士来对待。米尔斯基认为："18世纪和19世纪初的诗人们正是依据这两部作品形成其俄国民间文学概念，直到史诗被发现之前，它们始终是俄国民间文学的主要代表。"[1]

在普希金之前，拉吉舍夫和巴丘什科夫都曾对鲍瓦形象给予观照。普希金一生中五次提到鲍瓦形象，从1814年到1834年，几乎

---

[1] 米尔斯基：《俄国文学史》，刘文飞译，人民出版社，2013年，上卷，第35页。米尔斯基在此所言的两部作品即《鲍瓦·科罗列维奇》和《叶鲁斯兰·拉扎列维奇》。

贯穿于作家的创作始终。在诗歌《梦》（1816）中，普希金向我们展示了他童年印象中的鲍瓦形象，他在诗中谈到了"鲍瓦的功勋"，将鲍瓦看成是"穆罗姆荒原的多勃雷尼亚和波尔坎"①。但是在长诗《鲍瓦》的创作中，普希金却给我们留下了诸多迷惑。普希金在1814年、1822年和1834年三次动笔构思这一作品，均未完成。值得注意的是，1814年的长诗片段中出现了欧洲中世纪的"骑士"一词，而1834年的提纲中对达顿宫廷骑士的称谓却改成了俄国的"勇士"一词，难道普希金是想探讨骑士与勇士这两种既相互冲突又相互融合的文化概念吗？

在对鲁斯兰形象的分析中，我们也发现了这一问题，普希金时而称鲁斯兰为"骑士"，时而称其为"勇士"，我们统计了一下，在整部长诗中，"勇士"一词出现66次，"骑士"一词出现四次，用在鲁斯兰身上两次。

与鲍瓦和鲁斯兰形象不同的是唐璜和堂吉诃德的形象。唐璜和堂吉诃德是西欧文学中的骑士形象，在普希金笔下，唐璜这一骑士形象一方面带有普希金个人生活印记的某些特点，如唐璜的流放、渎神、滥情、传闻等等，另一方面是普希金对骑士制度盛行时西班牙形象的思考。而普希金笔下的堂吉诃德并不是塞万提斯笔下的那个堂吉诃德的改写，而是作为一种符号出现在普希金的作品中，《大尉的女儿》中的格里尼奥夫被称为"白山的堂吉诃德"，《射击》中的堂·希尔维奥的名字也与堂·堂吉诃德有互文性关系，普希金在刻画他们的时候让他们身上具备了堂吉诃德的气质。

---

① 多勃雷尼亚和波尔坎都是俄国史事歌中的英雄。

二

　　除了对传统文学中固有的骑士形象进行重构外，在普希金笔下还存在一些独创的骑士形象，这些形象或为普希金作品中的文学形象，我们姑且称为"文学骑士"。这里需要说明的是，在普希金现存的六部直接以骑士命题的作品中，《青铜骑士》虽然以"骑士"为题，但就其内容来看与我们所探讨的骑士形象关联不大，故不列入我们的研究范畴。

　　在普希金独创的文学骑士中有一类骑士最为引人注目，这就是"诗人骑士"。普希金在《鲁斯兰与柳德米拉》中明确提到了"诗人即骑士"这一观点，"在武艺上竞争的对手，/ 你们之间不会讲和 /……/ 还有另一种艺术的对手，/ 就是你们——帕耳那索斯山的骑士"[①]。实际上，将诗人称为骑士并非普希金的"专利"，中世纪的某些宫廷诗人本身就是骑士，而普希金同时代的一些贵族诗人也愿意以骑士自居。然而第一个在文学作品中提出"诗人即骑士"这一概念的却是普希金，其笔下的诗人骑士同中世纪的诗人骑士的主要区别就在于，中世纪的诗人骑士大部分是随军的游吟诗人，是历史中的真实存在，而普希金笔下的诗人骑士则是一种超越时间与空间的存在，是一种为自由而战的文学冒险精神，即普希金心目中的诗人使命的体现。

　　普希金独创的第二类文学骑士就社会构成而言是社会的统治阶层、国家安全的倚仗力量，是负有牺牲精神的勇敢军人。就生存时空而言，他们又分为两类，一类是中世纪骑士制度中的骑士，如《世间有个贫穷的骑士》《吝啬的骑士》《骑士时代的几个场景》中的形象；

[①] 《普希金文集》，卢永选编，人民文学出版社，1995年，第3卷，第30页。

另一类是泛指的骑士，如《阵亡的骑士》《骑士们》中的人物。在《世间有个贫穷的骑士》中，普希金刻画的骑士是为圣母而献身的忠贞不渝的形象，对骑士外表质朴、忧郁的刻画，作品中极力渲染骑士对女性的单相思式的爱慕、崇拜，希望通过建立军功来获得爱情的甜蜜奖励，这些都延续了中世纪骑士抒情诗的手法。作品中包孕的骑士爱情至上观念，是普希金对中世纪理想骑士形象的理解，也与普希金对未来妻子冈察罗娃的爱情有关。与《世间有个贫穷的骑士》中展示的骑士崇高的精神世界不同，《吝啬的骑士》和《骑士时代的几个场景》为我们展示的则是骑士制度末期，骑士的崇高心理和因过多物质追求而降低的骑士品格之间的对立及冲突。作品中的骑士身上出现了"骑士"与"反骑士"品格的对立与交锋，骑士的正义感与其内心的虚荣、贪婪和品行不端构成了难以解决的矛盾。《吝啬的骑士》中，阿尔伯一方面是一个充满正义感的骑士，鄙视维持骑士体面生活的金钱；另一方面他也明白，骑士的时代已经一去不复返，为了参加比武大会，过上骑士的体面生活，他不得不向高利贷借钱，甚至可鄙地希望自己的父亲死去，好继承遗产。他无法解决骑士荣誉和骑士荣誉无法实现这两者之间的矛盾，在与父亲的对峙中，他身上出现了反骑士的行为。这种矛盾的骑士形象同样存在于《骑士时代的几个场景》中。

《阵亡的骑士》和《骑士们》反映了普希金早期心理历程的两个方面，一方面诗人渴望军功，另一方面诗人又在享乐与荣誉中彷徨。在《阵亡的骑士》中，诗人塑造的骑士是单枪匹马的英雄，"折断的矛""连着手套的宝剑""铠甲""扎在潮湿青苔中的马刺"等细节再现了骑士激烈的拼搏、厮杀和血腥的场景，诗中充满了对英雄血染沙场、壮烈死亡的歌颂。而在《骑士们》中，骑士是威武善战的诗人，是忧愁的歌者,同时也是荒野上的流浪者,曾经英勇无惧,但是在预感到牺牲来临的时刻却犹豫不安,向骑士追求的荣誉提出了质疑,这种质疑恰与他后来成为逍遥自在生活的俘虏有关,这是在享乐与荣誉中彷徨的军人骑士形象。

普希金独创的第三类文学骑士即贵族骑士。在普希金的《书信体小说》《暴风雪》《杜勃罗夫斯基》等作品中,主人公都是出身贵族。普希金在刻画他们对待爱情的态度时,更愿意使用骑士一词。骑士在这里已跳脱时空,作为一种文化符号或思想符号出现在作品中。在《书信体小说》中,女主人公丽莎渴望的理想恋情模式即骑士之恋,她希望自己的"骑士应当是有大胡子的百万富翁的孙子"[①]。而弗拉基米尔对丽莎的追逐则完全像一个中古骑士,他时刻陪伴在丽莎的身边,在舞会上他总会坐在她的身边,散步时也找机会和她相遇,在戏院里总会将单柄眼镜对向她的包厢,他向她表白陈情,唉声叹气,赌咒发誓,时而醋意大发,时而怨气冲天……萨沙为此评价他像古时候的骑士。"你那位骑士的行为使我感动,这不是开玩笑。当然,古时候情人为了得到欢心的一瞥可以跑到巴勒斯坦去打三年仗。但是在我们这个时代,从彼得堡跋涉五百俄里去会见自己心灵的主宰,这确实很不简单。"[②] 普希金通过出身官僚贵族之家的弗拉基米尔对出身世袭贵族之家的丽莎的骑士之恋的描述,传达的是他自己对俄国贵族命运的思考。

在《暴风雪》中,布尔明对马利亚的爱也类似于中世纪骑士对贵妇人的爱。对骑士形象的塑造是普希金对俄国文化定位、道德思

[①] 《普希金文集》,卢永选编,人民文学出版社,1995 年,第 6 卷,第 60 页。
[②] 同上。

考和人生审视的表达。小说中的布尔明具有欧洲骑士的典雅风度，他聪明，彬彬有礼，善于鉴貌辨色，绝不强人所难，性情平和谦逊。在对他具体的描写中，普希金使用了骑士一词，赋予他欧洲小说中骑士的典型特征，如见到心爱之人时脸上经常出现"有趣的苍白"（作品中出现三次），与中世纪骑士爱情守则相同的爱情表白，对情人不撒谎的他向马利亚坦陈秘密，与中世纪骑士确立爱情关系的仪式相同的脸色煞白地跪倒在马利亚脚旁，等等。

《杜勃罗夫斯基》中的骑士描述与前两部作品有所不同，小说中的男主人公首先被描述成一个被迫走上反抗道路的强盗骑士，在对他的描写中也使用了骑士的词汇。他在非同寻常场景中有非同寻常的行为举止，他刚见到玛莎就立刻爱上她并放弃复仇，他甚至乔装成法国家庭教师笛福查待在玛莎的身边，他还给玛莎递纸条向玛莎坦陈自己的秘密，利用树洞作邮箱把戒指交给玛莎作为求救信号，在偏僻的森林里劫婚车等，这些行为都表明他具有冒险小说中骑士的性格气质。而他对玛莎的爱延续了普希金作品中爱情描写的一贯风格，"羞怯"、"颤抖"和"变调的声音"等骑士之爱的特征出现在作品中，有人认为："杜勃罗夫斯基的爱情，带有中世纪的骑士遗风。"[①] "正是在这个浪漫骑士般的男主人公身上，体现着普希金关于大小贵族的斗争、贵族与农民的矛盾、俄国乡村的分化、贵族青年知识分子的出路等问题的认识。杜勃罗夫斯基是一个浪漫的复仇英雄，同时，他也是一个19世纪20年代俄国农村各种关系相互交织中的一个现实

---

① 陈星鹤：《贵族复仇者的悲歌——评〈杜勃罗夫斯基〉》，见戈宝权：《普希金创作评论集》，漓江出版社，1983年，第219页。

人物。"①

三

在普希金的创作中，骑士不仅是文学作品中的人物，而且还是绘画中具体真切的形象。诗人不仅在用诗行和文字来塑造他心目中的骑士，同时也拿起画笔，直接描绘他心目中的此类形象。我们在普希金的绘画作品中发现了两类骑士形象，一类是普希金创作的中世纪骑士的画像，一类是诗人自己的骑士自画像。

在普希金现存绘画作品中共有三幅穿着铠甲的中世纪骑士画像，即1822年画在《塔夫里达》手稿上的骑士人像、1829—1830年间画在乌沙科娃纪念册上的手里挂着剑的骑士和1830年11月作于波尔金诺《戏剧场景》扉页上穿着盔甲的静态骑士。这些作品中的骑士，一方面代表着普希金对中世纪骑士的理解，另一方面带有普希金个人生平印记的特征。《塔夫里达》插图中的骑士是一个处在防守状态或者正在败退的骑士形象，他左手推出去的盾、稍微拱起的臀部、未及拔出的剑都说明了这一点。乌沙科娃纪念册上手里挂着剑、整装待发的骑士与普希金求婚冈察罗娃被拒后的埃尔祖鲁姆旅行有关。《戏剧场景》手稿上穿着盔甲的静态骑士是普希金小悲剧创作过程文思轨迹的漫画表达，画中的头像应该就是吝啬的男爵，而站着的骑士则是他的儿子阿尔伯，佩戴铠甲装备的骑士身后的"武器废墟"、倒了的旗帜是封建社会末期、结束战争之后的骑士在战场上已无用武之地的象征。

---

① 普希金：《暴风雪——普希金中短篇小说选》，刘文飞译，敦煌文艺出版社，2013年，第16页。

在普希金的画作中，还有一幅诗人身披斗篷、手执长矛的骑士形象的自画像。这幅画像作于 1829 年，其线条清晰明快，富有素描风格，画面中的普希金是一个头戴圆帽、身披斗篷、手执长矛、骑在马背上的军人形象。这幅自画像的出现与 1829 年普希金的求婚经历有关。在没有得到明确答复后，诗人去了外高加索，当时那里正发生战争，诗人参加了那里的因扎—苏山谷战役，他以"诗人特有的冲动，冲出了司令部，跨上一匹战马，眨眼之间就飞奔到前哨处，当时诗人正被一股新兵特有的勇气鼓舞着，从一个死去的哥萨克身上抓过长矛，朝敌军骑兵猛冲过去"[①]。 关于这次战役的官方记载还写道："可以想象，目睹那样一位身着披风、头戴圆帽的无名英雄，我们的战士该是多么震惊。"[②] 显然，这幅自画像就是普希金关于这次战役的内心记忆之反映，普希金似乎表现出了那种堂吉诃德式的骑士冒险精神。

综上所述，骑士形象贯穿普希金的整个创作，几乎见诸他各种体裁的文学作品，他笔下的骑士形象丰富多样，既有俄国古代文学中骑士形象的变体，又有在其他作家作品影响下完成的再创造，更有他自己富有时代精神和民族内涵的独特的形象塑造。骑士在他笔下的出现不仅反映了当时俄国贵族社会的文化现状，也反映了普希金通过骑士这种中世纪的文化现象对俄国社会文化、个人人生的一些思考与建构。从初涉文坛到悲然离世，普希金为我们留下了一幅独特的骑士群像众生图。

[①]　比尼恩：《为荣誉而生》，刘汉生译，国际文化出版公司，2005 年，第 363 页。
[②]　同上。

陀思妥耶夫斯基的根基主义思想及其研究价值和意义

万海松[*]

根基主义[①]是 19 世纪出现在俄国知识界的一个思想流派。根基主义（почвенничество）[②]一词是俄国人的独创，它源自俄文的"根基"（почва）[③]一词。根基的引申意义有两层：第一层是指人民、老百姓、民间；第二层更高的引申意义是指俄国文化，特别是东正教文化。根基主义从爱国主义和民族主义的立场出发，批判斯拉夫派（славянофильство）思想中某些陈腐的观点和不切实际的因素，同时也指责西方派（западничество）思想无视俄国现实，认为西方派企

---

[*] 万海松，中国社会科学院外国文学研究所副研究员，2003—2008 年在中国社会科学院研究生院外国文学系随刘文飞教授攻读博士学位，博士论文为《陀思妥耶夫斯基根基主义思想研究》。

[①] 又译"根基派""土壤派""土壤主义"。

[②] 英文音译作 pochvennichestvo，意译作 Native-Soil-ism, native soil conservatism, Return to the Soil。

[③] 又译"土壤""大地""乡土"。

图利用资本主义社会产生的某些激进思潮和盲动举措,来达到腐蚀俄国、使俄国失去独特性,并最终让俄国沦为他国和他族的臣民和奴隶的目的。根基主义反对在当时的俄国已呈泛滥之势的虚无主义等激进主义思潮,认为这些都是非俄国固有的异己思想,主张知识分子立足于俄国本土和国情,呼吁在尊重、保护和发扬本国和本民族特色的前提下,对外来文化采取有选择的拿来主义态度,力图克服西方文明中已经出现的道德和精神危机,希望知识分子和贵族接近人民(即根基),团结人民,从人民那里汲取艺术的养料和生命的价值,将俄国和俄罗斯文化建设成一个可供世界各国、各民族借鉴和学习的样板。持有这种认识或者与之思想接近的文化人,一般就可以被称为根基主义者(почвенник)。

严格意义上的根基主义者,主要是指出版人兼作家米哈伊尔·陀思妥耶夫斯基(1820—1864)及其弟弟、作家费奥多尔·陀思妥耶夫斯基(1821—1881),以及他俩共同创办并存在于19世纪60年代的两个杂志《时代》(Время)和《时世》(Эпоха)的编辑部同人。除了陀氏兄弟,还包括文学评论家格里戈里耶夫(1822—1864)、哲学家斯特拉霍夫(1828—1896)、作家迈科夫(1821—1897)、批评家兼诗人阿韦尔基耶夫(1836—1905)、作家巴比科夫(1841—1873)、别格(1839—1909)、布纳科夫(1837—1904)、弗拉季斯拉夫采夫(1840—1890)、克列斯托夫斯基(1839—1895)和拉辛(1823—1875)等人。其中,思想理论贡献最大的根基主义者当数陀氏兄弟、格里戈里耶夫和斯特拉霍夫。根基派所有思想家的思想有机结合在一起所体现出的共同倾向,才能被看作是根基派的思想。但是,如果将根基派等同于陀思妥耶夫斯基,或将根基主义思想等同于陀思妥耶夫斯基的根基主义思想,肯定会不可避免地抹杀或掩盖陀思妥耶夫斯基根基主义思想的特点。

从陀思妥耶夫斯基的精神发展历程可以看出，虽然他和其他根基派思想家存在众多互不影响却殊途同归的相似看法，但其本人的根基主义立场也具有与众不同的鲜明特点，以下略举几端。

第一，陀思妥耶夫斯基心目中的根基包含两个层面的含义：一是客观存在的作为处于社会较低阶层的普通百姓，一是作为抽象的精神实体的俄国民间文化，主要是以信仰和仁爱精神为主的东正教文化。作为实际存在的客体，根基主要包括居住在城市的商人和市民、生活在农村的农民，他们都是陀思妥耶夫斯基眼中的普通百姓。在1878年写给几名大学生的一封信里，陀思妥耶夫斯基指责大学生们存在蔑视人民的心理，他说，商人也是人民，"先生们，现在你们自己与知识界的所有报刊异口同声地把莫斯科居民称作'卖肉的'。这是怎么啦？为什么卖肉的算不了人民？这就是人民，名副其实的人民，米宁就是卖肉的"①。由于陀思妥耶夫斯基本身出生和生活在城市，纳入他思维范畴的根基主要是精英阶层（贵族和知识分子）以外的城市各阶层。正如别尔嘉耶夫所指出的："人民的、农民的生活的静止状态，它的日常生活，并没有引起他（指陀思妥耶夫斯基。——引者注）的注意。他是描写来自城市知识分子阶层，或者来自小官吏和小市民阶层的人民的作家。在人民的生活里，主要是彼得堡市民的生活里，在脱离了人民之根基的公民的灵魂里，他揭示了独特的发展变化，发现了人性的本质的边缘。……引起他兴趣的是具有强烈的根基主义情结的人们，是大地的人们，过日常生活的人们，

---

① *Достоевский Ф.М.* Полное собрание сочинений. В 30 т. Т. 30. К. 1. Л.: Наука, Ленинградское отделение. 1988. С. 23.

忠实于具有根基特色的日常生活传统的人们。"[1] 当然，陀思妥耶夫斯基在西伯利亚时期也的确接触过很多来自农村的农民，把他们也看作根基的一部分，但在陀思妥耶夫斯基的大多数著述中，他们并不是主体，作为其议论和文学描绘对象的仍然主要是城市的底层人物。而那些接受过高等教育的人，特别是大学生群体，无论其出身平民还是贵族，在陀思妥耶夫斯基笔下，都是知识分子的主体。而且，在陀思妥耶夫斯基那里，在很多情况下，贵族基本上等同于知识分子，有时还与以沙皇为核心的统治阶级相提并论。

第二，陀思妥耶夫斯基对根基的认识也经历了一个变化过程。从他早期的作品来看，他笔下的来自根基的小人物基本上都是完美的，他们低下的社会地位和窘困的经济状况，并没有使他们高尚的心灵和美好的品质有任何变质或褪色，他们那熠熠闪光的品德，让人心不古、世风日下的周围环境，乃至整个社会顿时黯然失色。在这些尽善尽美的形象身上，读者能够隐约感受到他们作为中坚、榜样的力量。随着陀思妥耶夫斯基对社会论争和周围现实之认识的加深，他不再过于美化这些来自根基的小人物，而是尽可能立体地描绘他们，在指出他们永不泯灭的美德的同时，也用各种细节来形象而生动地表现他们的缺点。陀思妥耶夫斯基还数次试图在小说中塑造来自根基的、具有榜样力量的典型人物。不过，陀思妥耶夫斯基始终认为，一部分根基有缺点和腐败，并不代表整个根基或者大部分根基已经变质，因为根基的整体一直是完好的，人民完好无损地保存了东正教文化的精神基础，因此，他始终对人民的力量充满信心。

---

[1] Бердяев Н.А. Откровение о человеке в творчестве Достоевского.//Смысл творчества: Опыт оправдания человека. Харьков: ФОЛИО; М.: АСТ. 2002. С. 359-360.

第三，在陀思妥耶夫斯基看来，知识分子有能力担当人民领路人的角色，不过他们容易受异己思想的淫惑而暂时迷失方向。知识分子本来就是与人民一体的，由于一时偏信异己思想，他们也许会暂时脱离人民，不过，暂时的脱离反而有助于他们之后的回归，就像一个人的成长往往要在少年阶段付出一定的代价才能获得终身受益的人生观和世界观。正如《少年》中一个非专业评论家指出的那样："尽管您描写的全是混乱和特殊的事，只要写得真诚就行……这样的札记至少保留着一些真实的特色，使人借此推测出在那混乱时期有的少年心中可能藏着些什么想法，了解这些不能说毫无意义，因为不管哪一代人都是从少年成长起来的……"[①] 值得注意的是，对于作为受过高等教育的知识分子主体的贵族，陀思妥耶夫斯基却不承认或者说不愿意承认他们是一个单独的阶层，或者不妨说，他认为整个俄国都是一个阶层。波兰学者拉扎里就认为："对他（即陀思妥耶夫斯基。——引者注）来说，俄国不存在作为阶级的农民或资产者。他没有注意到俄国的阶级斗争。"[②] 从某种角度看，陀思妥耶夫斯基这是将理想当成了现实，有阶级调和论的影子，但这也正符合他在小说和政论中反映出来的一贯追求：知识分子既能与人民融为一体，又能胜任人民领路人的角色。

此外，陀思妥耶夫斯基关于彼得大帝改革及其对俄国之影响的看法，也与其他根基派思想家存在较大差异。陀思妥耶夫斯基指出，斯拉夫派等一味对彼得之前的俄国大唱赞歌，而对彼得大帝及其改革

[①] 陀思妥耶夫斯基:《少年》，文颖译，人民文学出版社，1985年，第715页。

[②] Лазари, Анджей де. В кругу Федора Достоевского. Почвенничество. Пер. с польск. *М. В. Лескиненым, Н. М. Филатовой.* М.: Наука. 2004. С. 73.

的历史功绩基本否定，其实是无视历史真实，因为"在彼得之前的俄罗斯，特别是莫斯科时期，谎言和虚伪是够多的"[①]，况且彼得大帝的改革瑕不掩瑜，其全部事业的意义在于开拓了眼界，让俄国获得了"自我意识"（самосознание），即认识到俄国在欧洲文明中的地位和使命，尽管彼得改革只是触及了俄国的贵族（包括知识分子在内）的利益，并没有到达人民的最底层，只是使得贵族暂时脱离了人民（比如彼得大帝制定的《官秩表》的颁布），并未伤及俄国东正教文化的元气。要改造人民很困难，需要好几个世纪的时间，而彼得的毛病就在于急躁，企图毕其功于一役，结果两百年不到的时间只是触及皮毛而未伤内脏：人民只是看到改革败坏了风气，改革并没有给人民生活带来实质性的变化。因此总体上说，人民与彼得改革前毫无二致，彼得改革反而使得俄国明白了一个事实："在自己的身上蕴藏着任何地方再也没有的珍贵财富——东正教，基督的真理，而且是事实的真理。"[②] 按照陀思妥耶夫斯基的这个说法，俄国的传统文化根本不需要斯拉夫派刻意去恢复，因为它一直完好无损地保存至今。

陀思妥耶夫斯基死后，俄国大地上发生了一系列翻天覆地的变化，一桩桩风起云涌的事件让各种思潮在俄国的历史舞台上轮番上演，程度不同地印证了陀思妥耶夫斯基当年的担忧。当后来人回顾陀思妥耶夫斯基包括根基主义在内的许多思想时，似乎能切实感受到陀思妥耶夫斯基用各种方式阐述它们时的忧虑和迫切心情，因此也不能不佩服这些思想的前瞻性和普适性。

[①]《陀思妥耶夫斯基全集》，陈燊、白春仁、刘文飞编，第18卷《文论》（下），白春仁译，河北教育出版社，2010年，第475页。

[②]《陀思妥耶夫斯基全集》，陈燊、白春仁、刘文飞编，第19卷《作家日记》（上），张羽等译，河北教育出版社，2010年，第354页。

综上所述，对于什么是陀思妥耶夫斯基的根基主义思想，本文试图定义如下：陀思妥耶夫斯基的根基主义思想是一种出于爱国主义和民族主义的激情对同时代争论不休的斯拉夫派和西方派观点所持的调和立场。陀思妥耶夫斯基批判斯拉夫派的主张过于保守、脱离俄国现实，指责斯拉夫派流于形式的和不切合实际的言行，同时也批评西方资本主义文明对俄国根基和俄国本土文化的腐蚀和入侵；为了俄国的现在和将来考虑，陀思妥耶夫斯基从俄国东正教文化中寻求可以抗击异质文明和异己思想入侵的力量，主张对西方物质文明采取拿来主义的态度，认为俄国文化一定能理解并同化西方文化，并使俄国文化和俄罗斯民族在欧洲乃至世界上立于不败之地。陀思妥耶夫斯基认为，彼得大帝的改革基本上没有破坏俄罗斯的传统文化，只是强行把知识分子和人民隔离开来。鉴于知识分子是接受外来思想的主体，陀思妥耶夫斯基批判那些被异己思想所迷惑因而一时飘浮在空中、在俄国土壤找不到立足之地的知识分子，呼吁这些知识分子尽快结束飘浮状态，回归人民的根基，从他们那里汲取为艺术和为人生的营养，希望知识分子胜任人民领路人的角色，带领全体人民将俄国文化和俄罗斯民族发扬光大，使之成为世界人民学习的榜样。

在文史哲相互代言、互不分家的19世纪俄国的思想氛围中，作为思想家型的文学家，陀思妥耶夫斯基的根基主义思想还在俄国文学史和文学思想史研究方面具有其独特的价值和意义。

众所周知，自俄国文学在19世纪崛起以来，几个具有社会思想史意义的问题一直是俄国文学无法逃避的主题，比如其中最常见的"谁之罪""怎么办"等问题。从卡拉姆津（1766—1826）发表于1792年的中篇小说《苦命的丽莎》开始，俄国文学就形成了描写身处社会底层的小人物命运的传统。小人物的穷困出身和悲惨遭遇在引起读者强烈的共鸣之后,往往还能引发读者对小人物之所以命运悲惨的追问:这是"谁之罪"?应该"怎么办"?当然,不同的读者对此有不同的解读。但不可否认的是,由此,以描写小人物遭际和表现小人物美德为主题的作品,作为一股势不可当的现实主义潮流,涌进了俄国文学。在普希金发表了《驿站长》(1831)之后,以小人物为题材的现实主义文学俨然成为俄国 19 世纪文学的主流。

1812 年,俄国遭受拿破仑的入侵,全体人民奋起反抗,在战争后期,一部分贵族军官在将拿破仑部队赶回法国的征途中真切地观察欧洲社会,认识到了俄国和欧洲国家在各个方面的差距。在战争取得最终胜利后,他们返回俄国,以这部分贵族知识分子为主的各种小组开始建立起来,知识界研究和比较俄国社会和西方社会的兴趣越来越浓,终于酝酿了 1824 年 12 月发生的十二月党人起义。在十二月党人起义后不久,俄国文学中就出现了描写"多余人"的作品。普希金的诗体小说《叶夫盖尼·奥涅金》(1825 年开始陆续发表)被认为是俄国文学中第一部表现"多余人"形象的作品。随着莱蒙托夫和赫尔岑等人的传承接力,描写"多余人"也成了俄国文学的一个重点。陀思妥耶夫斯基对俄国文学的贡献不仅在于他继承了俄国文学的特质,还在于他开创了俄国文学的新领域,这其中就包括了他对"小人物"和"多余人"主题的开创性继承。他继承和发展了这两个主题,并以自己对这两个主题的独特阐释和表现,用小说和政论的方式,解答了困扰俄国文学很久的"谁之罪"和"怎么办"的问题。

陀思妥耶夫斯基的答案和解答方式,体现了他将思想和文学完美结合的非凡才能,更反映出他的根基主义思想的核心内容。在他那里,小说中的小人物是根基的代表,体现了根基的力量和价值;"多余人"是那些热衷异己思想的知识分子,是已入歧途或正在迷途中的西方派,他们之所以在俄国的土地上显得多余,是因为那些跟俄国和俄国人民格格不入的思想诱惑了他们,使他们迷失了道路,于是他们脱离根基,肉身和灵魂(俄罗斯思想)分离,成了在故土上漂泊又无所皈依的人。那么,造成知识分子的迷失和小人物的悲惨命运的元凶是谁呢?在陀思妥耶夫斯基看来,就是来自欧洲的异己思想。它一方面直接损害了知识分子,使他们感觉在自己的祖国无事可做,另一方面又通过知识分子间接地造成了小人物被侮辱与被损害的遭遇。因此,知识分子和小人物都是异己思想的受害者。就这一点而言,陀思妥耶夫斯基"关于俄国文学的系列文章"中的第三篇论文《食古不化与明达事理(论文之一)》(1861)最有代表性。它在论述第一部"多余人"小说《叶夫盖尼·奥涅金》时说:"奥涅金的怀疑主义从一开始便带有某种悲剧成分,并且有时还具有刻薄讽刺的意味。在奥涅金身上,俄国人第一次痛苦地意识到,或者至少是开始感觉到,他在人世间无事可做。他是欧洲人:他将为欧洲带来什么?欧洲是否还需要他?他是俄国人:他将为俄国做什么?他还理解俄国吗?奥涅金这一典型恰恰就应该首先在所谓的俄国上流社会形成,这个社会脱离根基最为严重,它表面的文明已经发展到最高程度。"①

那么,面对这种已成事实的局部损害和或将呈现蔓延之势的状况,应该怎么办呢?在陀思妥耶夫斯基看来,知识分子必须先自救,然后才能救人。首先是知识分子必须回归根基,在根基处吸取抵御异己思想入侵的养料,产生抵御引诱和防止被腐蚀的抗体,然后,再

---

① Достоевский Ф.М. Полное собрание сочинений в 30 т. Т. 19. Л.: Наука, Ленинградское отделение. 1979. С. 11.

义不容辞地肩负起人民领路人的责任，与人民一起，借助根基的力量反击异己思想，并将其逐出祖国，同时将俄国文化建设成为一个不但可以抗衡与自己格格不入的欧洲文化，而且可以作为世界典范的独特的文化类型。

这是陀思妥耶夫斯基根基主义思想具有的独特的、正面的文学史和思想史意义。但是，毋庸讳言的是，在陀思妥耶夫斯基的晚年，在不容乐观的现实的重重包围之下，他有点急切和急躁，他急于想把自己的追求和理想变成现实，以至于模糊了现实和理想的界限，走向极端的民族主义，过度夸大俄国人和俄国文化对一切外来文化的理解能力和包容性，将民族主义具有健康意义的凝聚力，转变成令人反感、使人担心的进攻性。在公然宣扬俄国文化至上、俄国人肩负着解放世界的使命的同时，其根基主义思想开始具有走向极端和反动的危险性。这一点尤其体现在陀思妥耶夫斯基于1880年发表的"普希金演说"之中。这种论调也为后来的泛斯拉夫派和极端根基派打下了一定的思想基础。

这样一来，陀思妥耶夫斯基根基主义思想的研究价值和意义也就不言而喻了。

首先，陀思妥耶夫斯基的根基主义思想作为俄罗斯思想中非常重要的一部分，显然有了解的价值和必要，而在目前专著浩繁的陀思妥耶夫斯基研究界，尚未见有陀学专著按照根基主义思想的发展线索来专门梳理和考察陀思妥耶夫斯基的各种文本。因此，对他以各种方式体现出来的根基主义思想进行剔抉爬梳，是进行初步认识和深层次解读的基础。在目前的俄国，新思想层出不穷，许多思想往往把自己的源头追溯至陀思妥耶夫斯基，在他那里寻找支持自己思想的资源。而且，这种情况不仅仅发生在纯思辨哲学领域，还大量地出现在文学领域。在苏联时代风靡一时的"乡村散文"热潮中，有相当一部分作品能在陀思妥耶夫斯基根基主义思想那里找到源头，它们仿佛是陀思妥耶夫斯基的根基主义思想在新时代的再生和复活。再比如，获得诺贝尔文学奖的俄国作家索尔仁尼琴（1918—2008），因其思想和批判激情与陀思妥耶夫斯基相似而被很多论者誉为"20世纪的陀思妥耶夫斯基"。对新时代的这些新思想和文学作品的解读，在相当程度上有赖于对作为根源的陀思妥耶夫斯基根基主义思想的基本把握。

其次，根基主义思想是理解陀思妥耶夫斯基各种论断的一条主线，是解读陀思妥耶夫斯基作品的一把重要钥匙。以往的研究界从心理学、宗教学、人类学、民族学的角度对陀思妥耶夫斯基作品的研究和解读，当然是从一些比较容易引出创见的研究视角出发，但是往往不能囊括陀思妥耶夫斯基的全部作品，有些解读后得出的结论在陀思妥耶夫斯基的这部作品里适用，在另外一部作品里就显得十分牵强。因此，以偏概全或者顾此失彼的情况往往不可避免。这似乎是这些研究视角与生俱来的缺憾。在这一方面，比较有代表性的是弗洛伊德对陀思妥耶夫斯基小说中"弑父情结"的解读。而我们这个从根基主义角度进行的解读尝试，属于社会学的研究视角，它是俄苏学界已经用过并且直到如今似乎也没有被完全弃用的解读方式。这是一种统摄性的视角，关注的是一条能穿行于各种领域的思想主线，在一定程度上能避免我们上面提及的遗漏和缺憾。在这里需要指出的是，原来那些从这个角度解读陀思妥耶夫斯基作品的研究成果，在我们看来依然存在许多不尽如人意的地方。概括起来说，一是只从非小说作品中解读，而缺乏对小说中所蕴含的思想的关注；二是研究结论往往走向两个极端，对陀思妥耶夫斯基的根基主义思想要么给予毁灭性的批判，认为它一无是处，斥之为反动思想，要么就尽可能地规避乃至美化其中与陀思妥耶夫斯基的文学大师身份不相称的某些极端主义论调。相比之下，我们的这个视角，必须利用他的小说和非小说作品进行相互参证，如果我们对以上的这些研究视角的缺点有意规避，还是可以从总体上基本把握那些政论、小说以及介乎于小说和随笔之间的作品中的根基主义思想。

再次，研究陀思妥耶夫斯基的根基主义对认识中国晚清时期的"中西体用之争"和近代中国的"科学与启蒙"的争论有一定的借鉴意义。从哲学内涵上说，陀思妥耶夫斯基所处时代的斯拉夫派和西方派争论，其实就是直觉认知和理性认知的争论。直觉认知的主要特点是注重信仰和情绪，而理性认知高举的是理性和科学的大旗。因此，俄国的两派之争就关系到俄国在信仰（东正教文化）和理性（欧洲资本主义文化）之间何去何从的问题。实际上，对于一个文化相对成熟和民族历史相对悠久的国家来说，大多数有思想的文化人不可能做出两者必居其一的选择，而是采取调和的折中主义立场。俄国的根基派就是这种立场的典型代表。而作为根基派代表之一的陀思妥耶夫斯基，同时又是享誉世界的文学大师，凭借其广播世界的知名度，他在俄国文学乃至文化界中所持的观点和立场，也给世界各国的不同时代的文化争论提供了较具代表性的鉴例。鸦片战争之后，中国文化界也爆发了启蒙主义和国粹主义的论争，所涉及的也是外来文明和本土文明的取舍问题，在"五四"运动前后展开的关于"科学与启蒙"的思想辩论，同样关乎如何对待这两种文明的问题。以鲁迅为代表的大多数中国文人，最终还是采取了对两者不偏不废的文化立场，主张对外来文化采取拿来主义、为我所用的态度。"总之，我们要拿来。我们要或使用，或存放，或毁灭。……没有拿来的，人不能自成为新人，没有拿来的，文艺不能自成为新文艺。"[①] 因此，在鲁迅看来，继承中国传统文化和借鉴西方近代文化，是建设中国新文化的基础。"鲁迅所以强调'拿来主义'，是因为十分自觉地想要深深扎根于中国传统文化的土壤中间，有所澄清，有所裂变，有所调整，有所融合，有所革新，一句话是要立足于自己原来的华夏这片思想文化土壤上，建设自己民族的新文化，这就只能是'拿来主义'，'占有，挑选'，而绝对没有可能实现'全盘西化'。"[②] 这种将借鉴作为化为我用的文化本位主义，是调和执着两端的极端派的第三条道路，在思想史上具有一定的普遍意义。所以，考察陀思妥耶夫斯基的根基主义思想，对我国知识分子在面临此种文化论争时采取何种立场，具有一定的参照意义和启发价值。

最后，研究陀思妥耶夫斯基的根基主义思想，能为国际的陀学研究提供一种有益的参考。陀学研究成果众多，学者们从不同的民族、国家和价值观角度出发，采用不同的研究方法，得出了许多角度新颖、立论可靠的成果，为国际陀学研究做出了贡献。但是目前，在陀思妥耶夫斯基根基主义思想研究的诸多方面，学术界还存在着不尽相同、有时甚至截然相反的看法，本文的这项研究在一定意义上也只是一家之言。因此，对陀思妥耶夫斯基根基主义思想的研究，既有从思想中获得教益的吸引力，又具有一定的难度和风险。

[①] 鲁迅：《且介亭杂文·拿来主义》，见《鲁迅全集》，第 6 卷，人民文学出版社，2005 年，第 41 页。

[②] 林非：《鲁迅和中国文化》，学苑出版社，2000 年，第 358 页。

"荒唐人"遗梦

蔡恩婷[*]

陀思妥耶夫斯基同时代的许多作家常会在回忆录中提及陀思妥耶夫斯基"无法效仿的幽默"之特质,在作家笔下,即使最癫狂的思想和最悲伤的现实处境都难以遮蔽喜剧和幽默的光芒,它时而荒谬可鄙,时而又明朗愉悦,使陀氏的小说在矛盾中绽放出多维度的无限可能。

"荒唐人"最直接出现于陀思妥耶夫斯基1877年发表的《一个荒唐人的梦》。这部寓言式的短篇小说以一个准备自杀者的心路历程和转变重生为主线宣扬作者对自由、救赎和理想国的推崇与向往。"荒唐人"通过梦前、梦中和梦醒三个阶段完成了从"地下室人"之矛盾虚无到"人神"之自我崇拜再到"神人"之虔诚博爱的转变,浓

---

[*] 蔡恩婷,现供职于广州五所环境仪器有限公司,2014—2017年在中国社会科学院研究生院外国文学系随刘文飞教授攻读硕士学位,硕士论文题为《陀思妥耶夫斯基早期作品中"荒唐人"形象分析》。

缩地展现了陀思妥耶夫斯基笔下人物形象的三重递进式内涵。

地下室人与周围环境的格格不入和傲慢卑怯承自其前身——陀氏早期作品中的"荒唐人",后者由于不合世俗被排挤,由于行事滑稽怪诞被嘲笑。高傲自尊和残酷现实的摩擦,向往美好的愿望和实现手段的矛盾,焦虑的悲剧意识和滑稽的喜剧效果的交替转换……披上小丑外衣的"荒唐人"内心挣扎而痛苦。这种双重性以环境与人物的冲突为导火索引发主体矛盾分裂,主体的矛盾分裂反之加剧了外界和内在的冲突,二者互为因果,在人物形象循规蹈矩的传统基础上增添了冒险元素和神秘色彩。

人心本就是复杂的容器,美与丑、善与恶、真实与虚假、高尚与卑劣都共生于一人。当"荒唐人"改变现状的尝试告败,心灵在外力作用下扭曲变形,人性恶的因子被激发,同时善的本能还未泯灭,善恶同构使魔鬼与天使的战争以人心为决斗场。

陀氏早期作品中的"荒唐人"形象

"站在门槛上的人":戈利亚德金

陀思妥耶夫斯基对《双重人格》始终很看重,他声称其中的主人公"戈利亚德金比《穷人》高出十倍"。这是作家笔下的第一个双重人格形象,也是第一个"荒唐人"形象。戈利亚德金本是一个靠辛勤劳动换取面包的小公务员,心地善良,忠厚老实,可却处处受到欺凌排挤。他单恋克拉拉小姐,独闯其生日宴会被轰出来,之后精神遭到重创,在一个神秘的雨夜异化出了他的同貌人——小戈利亚德金。后者溜须拍马,谄媚钻营,卑鄙无赖到了极致。同貌人渐渐占据了大戈利亚德金的生活,并意图取而代之。完全相反的两种性格极端对立，正直高尚和猥琐卑劣，同时在一个人的身上交锋斗争，在自我意识中撕扯断裂，最后爆发至混乱无序。

戈利亚德金并非是从正常人变成疯子，而是从小丑的不稳定性中酝酿出精神分裂。在他异化出同貌人之前，小丑的影子始终如影随形。戈利亚德金去拜访医生，向后者袒露自己，可却闹出了笑话："他的嘴唇开始发抖，他的下巴颏开始抖动，我们这位主人公竟完全出人意料地哭了起来。他哽咽着，不住点头，用右手捶着自己的胸部，而左手也抓住克列斯基杨·伊万诺维奇家常便服的翻领，他想说什么，向他立刻表白什么，但一句话也说不出来。"[1] 随后他未受邀请便硬闯克拉拉小姐的生日宴会，更是令众人哗然。陀思妥耶夫斯基为他精心安排了一个极具滑稽效果的出场："他借弹簧之力闯进舞会，他仍旧被弹簧推动着，向前去……他撞在一个大官身上，踩痛了他的脚；凑巧他又踩住一位高龄老太太的裙边，把裙子撕下一小块，他又推了一个捧着茶盘的人，此外还推了什么人……"[2] 为了化解尴尬局面，戈利亚德金忽然一下子说起话来，可是，"他口吃了，张着嘴了……张嘴于是脸红；脸红于是心乱；心乱于是举目；举目于是四顾；四顾而茫然若失……所有的人都停住，所有的人都沉默，所有的人都等着；稍远一点的在耳语；靠近一点的在大笑"[3]。出乖露丑的戈利亚德金彻底沦为舞会的笑柄。

巴赫金把戈利亚德金的语言细分为三种成分："首先竭力表现自己完全不受他人语言影响，装作独立不羁和安然自若。其次，企图躲

---

[1] 陀思妥耶夫斯基：《陀思妥耶夫斯基作品集·中短篇小说》，周朴之等译，上海译文出版社，1983年，第1卷，第151页。
[2] 同上书，第173页。
[3] 同上书，第174页。

开它，不让它注意自己，想藏到人群中去，不让别人发现自己。最后，是对他人语言的退让、服从、恭顺的接受。"[1] 这三种语言分别是戈利亚德金性格中的自尊、自卑和怯懦的外在体现。清醒的自我认知让他以正直高尚为傲，不为"五斗米折腰"。可即便如此，他还是无法在郁郁不得志的生存困境里安贫乐道。"令戈利亚德金感到压抑的是一种常态的神话：该神话认为，他人总是强大的，成功的，自信的，迷人的，或者有力的，而自己，无论怎样努力，都似乎无法达到一个比较'正常'的形象。""一方面必须坚持自我以捍卫高贵的自恋，另一方面又在自卑的唆使下急于得到他人认同"[2]，自尊带来的对未来生活的美好憧憬和自卑导致的对现实生活的畏缩恐惧，这一矛盾集合始终制约着主人公的思想，自视清高又羞愤悔恨，戈利亚德金在自我肯定和自我否定中徘徊游荡，最终丧失了自我。

这种矛盾还体现在"初心"与"野心"的抗衡之中。他的道德准则要求他竭力保持自身的独立性和对人格尊严的珍视，用自己的坚守批判奴颜婢膝的小官员处世哲学。他怀有一份不轻易妥协的初心，在黑暗污浊的环境里圈划自己的领地。然而，无论戈利亚德金多么无悔地相信自己的坚守，多么不愿意承认同貌人的存在，后者都作为其对立面，像一面镜子般映射出他渴求权力与官阶，梦想飞黄腾达的野心，并为了这份野心做好了抛弃底线的准备。"初心"和"野心"的交锋让戈利亚德金时常处在两股力量的左右夹击之中，既割不下"初心"的道德操守，又舍不去"野心"的功名利禄。他在现实中进

---

[1] 巴赫金：《诗学与访谈》，白春仁、顾亚玲等译，河北教育出版社，1998年，第283页。
[2] 徐桁：《炙热的冷漠——谈陀思妥耶夫斯基笔下"双重人格"的心灵普遍性》，见《文学界》，2011年第3期，第144—145页。

退两难，举步维艰。

正是这种野心让陀思妥耶夫斯基在"荒唐人"身上发现了恶魔因素。戈利亚德金想得到上官青睐，又不屑于自我贬损，于是异化出小戈利亚德金。天使与魔鬼的激烈斗争让他的内心始终处于难以平静的躁动不安状态，正是主人公自身在善恶间的摇摆和立场的犹疑导致了其精神分裂。他站在了临界点和绝对边缘地带，野心未达又失却了初心……成了"站在门槛上的人"，无论是门槛内还是门槛外，都再也没有属于他的位置，所以他只能从冷漠麻木的人间黯然退场。

"最窝囊又最可笑的受难者"：波尔宗科夫

主人公波尔宗科夫一出场就以滑稽的神态和怪异的举止吸引了众人的眼球："他这个人，从头到脚都特别惹人注意，非常招眼……他生性好动，机敏灵活，简直像个风向标。"[①] 为了盖过客人们的争论声，把客人们的注意力集中到自己身上，波尔宗科夫跳上椅子，大喊大叫，说话兜圈子绕弯子，吊足了大家的胃口。为了刻意追求喜剧效果，他用夸张渲染的语调讲述了自己的亲身经历：故事恰恰发生在4月1日愚人节的前一天，上司为了拉拢手握其把柄的波尔宗科夫，对后者殷勤接待，甚至允诺要把女儿嫁给他，被蒙在鼓里的小职员欢天喜地地回到家，突发奇想地想跟自己的恩人开个玩笑，于是在4月1日这一天，他向上司递交了辞职报告，把未婚妻一家吓得不轻，他自己倒是乐得开怀。然而事实真相是，上司为了摆脱贪污受贿的嫌疑便拿波尔宗科夫作自己的替罪羔羊，主人公一时兴起的愚人节

---

① 陀思妥耶夫斯基：《陀思妥耶夫斯基作品集·中短篇小说》，周朴之等译，上海译文出版社，1983年，第1卷，第441页。

玩笑竟成了真！一夜间波尔宗科夫失去一切，沦为职业小丑。众人形成以波尔宗科夫为中心的狂欢场，随着其故事的发展迸发出一阵阵大笑。

和戈利亚德金小丑角色的被动地位不同，波尔宗科夫心甘情愿地逗人们放声大笑，"他跟天下的小丑几乎一模一样，老老实实地伸出自己的脑袋，任人摆布戏弄，精神上如此，甚至肉体上也如此"[①]。"最可笑的是，他的穿着跟大家几乎一模一样，不好不坏，干净整洁，甚至还有点考究"[②]，外貌的相同和内心的不同，高尚和愚蠢，自尊和自贱，温顺和反抗，大义凛然和惴惴不安……所有的一切都形成了一种惊人的反差，只能引起人们的嘲笑和怜悯。

但有别于为了谋生的真正职业小丑，波尔宗科夫还保留着"某种高尚的东西"，"他一心为众人效劳的愿望，更多的是出于他的一片好心，而绝非物质上的好处"[③]。身为小丑，波尔宗科夫却比所有嘲笑他的人都更智慧，"这个小丑不是幽默的对象，而是幽默的主体。他逗人发笑，但从不显得可笑，恰恰相反，他时而会吐露心声，并通过这种方式倾诉自己的渺小和对人之本性的不解"[④]。他身处社会底层，地位卑微，却怀有牺牲自我的悲壮英雄主义情怀。他甘心把姿态放进尘埃里供世人取乐，但在看众人捧腹大笑感到心满意足的同时，他也意识到自己处于一种愚蠢的境地。这种温和的反抗情绪虽

[①] 陀思妥耶夫斯基：《陀思妥耶夫斯基作品集·中短篇小说》，周朴之等译，上海译文出版社，1983年，第1卷，第441页。

[②] 同上书，第443页。

[③] 同上。

[④] Нельс С.М. "Комический мученик -- К вопросу о значении образа приживальщика и шута в творчестве Достоевского"//Русская литература. 1972. №1. C.129.

然每次都有，但很快便雁过无痕，波尔宗科夫的小丑一角不停地在欢笑和悲伤的刀尖上跳跃。他的付出甚或可以说是奉献，并没有给他积极的反馈，他始终无法得到平等的地位。在精神诉求远远达不到饱和的情况下，波尔宗科夫成了"道道地地的受难者，是个最窝囊因而也是最可笑的受难者"[①]。

"幻想的天才"：叶菲莫夫

在涅朵奇卡的童年，她的继父叶菲莫夫给她留下了深远的影响。后者本是地主家私人乐队里的单簧管乐手，机缘巧合下学会了小提琴，不甘才华被埋没的叶菲莫夫誓要去彼得堡一展所长。然而，这个自命不凡的小提琴手却沾染上了酗酒懒惰的恶习，在酒精的麻痹和自我催眠下梦想成为世界一流的小提琴演奏家，并深信不疑地坚持这一点。直到真正的艺术家 C-ц 撕裂了叶菲莫夫的幻想，终于让他认清了自己的平庸，他在现实的重击之下死于精神失常。

叶菲莫夫的确是个艺术天才，拥有过人天赋，但本该在乐坛崭露头角的他却沾染上了酗酒的恶习，引以为傲的才华也在这一日日挥霍中消磨殆尽。七年的颠沛流离并没有唤醒他对艺术的坚守，他的执着永远停留在缥缈模糊的意识层面，靠着朦胧的狂热激发自己。"他的热情有点歇斯底里，焦躁不安，喜怒无常，仿佛他想用这种热情来自己欺骗自己，并且通过它使自己相信，他身上原先的活力，最初的热情和早先的灵感还没有枯竭。"[②] 然而，这种自命不凡背后没有

[①] 陀思妥耶夫斯基：《陀思妥耶夫斯基作品集·中短篇小说》，周朴之等译，上海译文出版社，1983 年，第 1 卷，第 443 页。
[②] 同上书，第 68 页。

精湛技艺加持,只能沦为不切实际的笑话。昔日小提琴手最后竟成了疯疯癫癫的酒鬼,身着破衣烂衫,不断在人们面前散布流言蜚语,拨弄口舌。"人们把他当成有精神毛病的小丑,闲着没事时找找他,让他胡说一气,寻个开心。"[1] 幸灾乐祸者最喜欢在这位"天才"面前提及新的小提琴手,哪怕只是小有名气,也足以让叶菲莫夫立刻变脸,痛苦非常,定要亲自见识其演技并挑出毛病,大肆宣扬,心理才会得到平衡。一个蹩脚乐师资质平平,却偏偏盛气凌人,不可一世,把自己的落魄不如意幻想成伟大天才多舛的命运,用备受欺凌和饱经坎坷为自己荒唐可鄙的人生增添虚妄的悲剧感。如果说在《双重人格》中,只有戈利亚德金是真实存在的,而其化身小戈利亚德金只是他的幻想,那么《涅朵奇卡》中的叶菲莫夫本身就是一个虚幻的影子,一个荒诞的存在。

除了自己"被魔鬼缠身"外,他还坑害了另外两个人,即他的妻子和女儿。他不是因爱结婚,而是看中了妻子一千卢布的嫁妆。挥霍完妻子的财产后,又拿她作借口,恬不知耻地到处宣扬,妻子是他攀登造诣巅峰的绊脚石。叶菲莫夫幻想着,妻子一死,他就立刻能摆脱现状,功成名就。他毫不怜惜甚至仇恨这个可怜的女人,在她勉力维持生计时出言讥讽。绝望而无助的妻子"陷入极度可怕、无穷无尽的苦恼之中,有时候她泪流满面,也许往往连她自己都不知道为什么,因为她时常陷入一种不自知的状态"[2]。两人之间根深蒂固的敌意和无法跨越的鸿沟,让这个摇摇欲坠的家庭一直处在愁苦压

---

[1] 陀思妥耶夫斯基:《陀思妥耶夫斯基作品集·中短篇小说》,周朴之等译,上海译文出版社,1983年,第1卷,第78页。

[2] 同上书,第87页。

抑的氛围之中。

这种昏暗阴沉的氛围在年幼的涅朵奇卡心中留下了"强烈的，郁郁寡欢的印象；这种印象后来每天都出现，而且与日俱增；它给我与父母同住的那段日子，还有我的整个童年生活，涂上了阴暗、古怪的色调"[①]。父母长期敌视对立，这让小女孩时刻处于战战兢兢的恐惧状态。对继父的爱和对母亲的恨杂糅成混乱矛盾的情感，在一个本该拥有纯真童年的孩子身上留下了不可磨灭的创伤。她恨透了那个穷家，恨透了自己那身破烂衣裳，冷漠和残忍让她选择对妈妈的劳累和痛苦视而不见。她硬起心肠，站在继父一边，旁观着妈妈的艰辛无助，甚至认定，等妈妈一死，爸爸就会成为富翁，带她离开这个破落住处，获得新生。涅朵奇卡善良包容，深切地爱着继父，却常被后者利用，向妈妈撒谎骗钱。每每至此，小女孩的心中总是忍受着剧烈的煎熬——对妈妈的心疼愧疚和对爸爸的怜悯不忍，像锯齿横亘在她心中，来回拉扯。叶菲莫夫将自己的一事无成全都归咎于妻子，杀害她之后连涅朵奇卡也不放过，丧心病狂之下竟要砸死小女孩！无助的孤女将他视为唯一的依靠，却被他狠心遗弃在大街上。一个疯子在孩童懵懂的心灵上引起了多么大的震动！被救后，敏感又有些神经质的涅朵奇卡时常沉浸在过去的回忆里难以自拔，胆怯、焦虑、怀疑和懊恼啃噬着她，失去至亲和被抛弃的阴影在此后很长一段时间里都挥之不去。

叶菲莫夫的每一桩罪行都沉甸甸地压坠在他心头，一旦认识到他有罪，他会立刻死去。如果说戈利亚德金和波尔宗科夫的荒诞中蕴

[①] 陀思妥耶夫斯基：《陀思妥耶夫斯基作品集·中短篇小说》，周朴之等译，上海译文出版社，1983年，第1卷，第80页。

含着底层人物挣扎的不甘和对抗,是在善恶"门槛上"的游移穿梭,那么叶菲莫夫就是在罪恶的深渊里奔腾叫嚣。他没有外界环境的施压逼迫,懒惰、贪婪、嫉妒、傲慢、愤怒在他内心膨胀发酵,将原初的起点推得越来越远,在虚幻中达到顶峰,却在现实真相面前狠狠摔落。

"荒唐人"形象在陀氏后期作品中的演变

戈利亚德金、波尔宗科夫和叶菲莫夫的矛盾二重奏在陀氏创作后期渐渐分化开来,戏谑与崇高走向两极。美与丑、善与恶、真实与虚假、纯洁与污秽、高尚与卑劣在"荒唐人"身上同时共生,他们是撒旦和上帝的角斗场。当黑暗吞噬光明,内心恶的因子被激发,厚颜无耻、幸灾乐祸成为他们的标签;当光明占领黑暗,良知和信仰压制邪念,他们就仿佛受到美好圣洁的天国光辉洗礼。"荒唐人"一面朝向恶魔,一面朝向天使,并在陀思妥耶夫斯基后期作品中开始向两个方向演变:小丑和圣徒"各自为营"。

丑角形象例如《被欺凌与被侮辱的》中的瓦尔科夫斯基公爵、《群魔》中的彼得·维尔霍文斯基、《卡拉马佐夫兄弟》中的老卡拉马佐夫。他们自私虚伪,愚昧自大,像跳梁小丑般哗众取宠,令人鄙夷。然而,即使在这类最卑鄙无知者的身上,陀思妥耶夫斯基都没有放弃救赎的希望。"精神自渎者们在这种极为夸张的自我贬低和自我放逐中似乎看到了一种神圣的独立于自身之外的东西的存在,正是这种非同一般的存在昭示了一条获得自我救赎与超越之路。"[①]

[①] 姜振华、陈小妹:《在质询中走向皈依——试论陀思妥耶夫斯基小说中的"精神自渎"现象》,见《江汉大学学报(社会科学版)》2009 年第 2 期,第 79 页。

陀氏后期作品中最为典型的"荒唐人"就是《卡拉马佐夫兄弟》中的德米特里。这位身为军官的长子"头脑容易发热又缺乏条理",他继承了卡拉马佐夫家族的共性,血液里流淌着狂热的情欲因子,父子争夺情妇的丑闻和财产纠纷让他沦为笑柄。在道德上德米特里也是劣迹斑斑,他利用卡捷琳娜的落魄处境逼她就范,当众侮辱斯吉尔辽夫,为了格鲁申卡与父亲反目,并扬言要杀死自己的父亲。尽管德米特里没有实施恶行,但在精神上他已经犯下了弑父的罪孽。然而德米特里荒唐暴烈的外表下依然有做人的尊严和底线的坚守,他把卡捷琳娜寄给亲戚的三千卢布一分为二,一半胡乱挥霍,一半缝起来带在胸前,就像戴着护身符时刻提醒着自己,只要把这一千五百卢布还给卡捷琳娜,他"或许还不算贼"。这个干了无数卑鄙勾当的混蛋,"却始终不失为一个君子"[①],他因重伤老仆格里果利而悔恨,良心难安,并彻夜祈祷。在检察官审讯期间,德米特里做了一个梦,梦中他坐在乡下人赶的马车上,看见许多母亲抱着啼哭的孩子,他们身后的房子被大火吞噬……"一种前所未有的恻隐之心在他胸臆中油然而生,他想哭,他想为所有的人做点什么,让娃子再也不哭,让又黑又瘦的母亲再也不哭,让每一个人从这一刻起都不掉眼泪。"[②]醒来后的德米特里恍若新生,充满感激之情地发现有个好心人给他垫了个枕头,这令他热泪盈眶,"整个灵魂都为之震荡",下定决心要走上一条充满光明和希望的道路。于是他担下弑父的罪名,想通过受苦受难洗净罪孽,寻求精神上的"复活"。在他身上一直存在着灵与肉、理智与情欲、所多玛理想与圣母马利亚理想的斗争。最终,

---

① 陀思妥耶夫斯基:《卡拉马佐夫兄弟》,耿济之译,人民文学出版社,1981年,第597页。
② 同上书,第649页。

灵战胜了肉,理智战胜了情欲,圣母马利亚理想战胜了所多玛理想。德米特里代表了从地狱到天堂的净化之路,瞬间顿悟昭示了他突变的最大可能性,展现了"荒唐人"自我救赎的复归历程。

完全圣徒的代表者是《白痴》中的梅什金公爵,他是甘愿牺牲自我拯救世人的"第二耶稣"。梅什金最大的特点是像孩子般单纯天真,无所欲无所求。他的这种孩童形象具有特殊意义,因为陀思妥耶夫斯基把儿童视为治疗青年的良方——孩子是没有罪孽的,没有狡诈圆滑的心机,也没有虚伪造作的掩饰,他们天性中的纯洁无暇能够感染、净化备受折磨的苦难灵魂。"梅什金始终保持着孩子的天性,这意味着他在抽象的意义上展现着人类由上帝赋予的原初神性。"[①] 他有一股莫名强大的力量,吸引所有人围在身边,无论男女老幼,无论虚无主义者或是情欲狂,所有人都信任他、爱护他。正是在这种看似痴愚实则智慧的状态下,梅什金完成了"第二亚当"的重建,并成为超脱世俗肉体性的存在。

陀思妥耶夫斯基把主人公塑造成病态的、"白痴般的"人物,因为"梅什金的滑稽性是表现人物悲剧性崇高的必要条件。梅什金的喜剧特征和他孩童般的天真纯洁、难以置信的真诚与对理想的狂热追求是分不开的"[②],他的痴愚是为了基督的痴愚,与人类理性相悖。在陀思妥耶夫斯基看来,世俗理性使人僭越,自我封神,导致亵渎上帝、背弃信仰,那么解救之途就是自觉放弃"知识",回归混沌。他的天真纯净战胜恶毒冷酷,愚钝无知战胜了世故圆滑,基督之爱战胜

---

① 王志耕:《陀思妥耶夫斯基的"圣愚"》,见《河南师范大学学报(哲学社会科学版)》2010年第37卷第5期,第201页。

② *Чирков Н.М.* "О стиле Достоевского"//*Проблематика, идеи, образы*. М.: Наука. 1967.C. 303.

了个性自由。尽管最终美的形象破灭，梅什金回归疯癫，但在他的身上我们看到了作者对耶稣二次降临，清除人世污秽、拯救全人类的美好希冀。

在陀思妥耶夫斯基的文学世界里，不甘心被当作抹布的"小人物"，脱离实际、沉湎于梦幻的"幻想家"，唯利是图的伪君子，恶毒冷酷的投机者，恬不知耻的食客小丑，受困于自由意志的虚无主义者和善良悲悯的圣徒等一系列人物形象穿梭于各个时空。早期从"小人物"中剥离出来的"荒唐人"部分地重叠于所有形象，却自成一体，独立又不容忽视地贯穿始终。他们生存在世俗规则之下，但与这规则总是摩擦频发，顺从抑或反抗都是他们发声的尝试。不合时宜的言行举止与滑稽捧腹的逗乐效果，显露出格格不入的孤绝状态，敏感脆弱、慌张茫然导致了他们建立沟通渠道的失败，与外界切断联系又加剧了内心的压抑扭曲，从而将他们推向了悲剧的深渊。

在陀思妥耶夫斯基的文本里，现实世界的是非黑白都淡去，而个体存在的价值和意义在浓郁的神秘主义色彩中被突显。他探讨人性中各种庞杂对立的混合物演变的可能性，也为后世作家的思考和争论呈上题本。他的"荒唐人"形象塑造所具有的现代意义，就是对人心深处善恶共存、孤独意识和生存困惑的思索和再现。

追念古老的西方文明

——屠格涅夫笔下的古希腊罗马及意大利文化

孔霞蔚[*]

屠格涅夫对西方的历史和现状、哲学、科学、文学、艺术及日常风习、民族性格等方方面面的文化现象有着深入的了解,他时常将西方人物置于小说中所描绘的俄国的环境中,或者反之,以有当地人出现的西方某地作为事件发生的地点,展开俄国人的故事。因此,从他的作品中可以看到一个色彩斑斓的西方人物艺术形象画廊,甚至可以提取出一整部评价西方生活、评判其不同侧面的百科全书。[①]而在这部百科全书中,对古希腊罗马和意大利文化的描述,尤其突出的是其充满艺术气息、高贵典雅的特点。在作家笔下,古希腊罗

---

[*] 孔霞蔚,中国社会科学院外国文学研究所《世界文学》杂志副编审,2005—2010年在中国社会科学院研究生院外国文学系随刘文飞教授攻读博士学位,博士论文题为《屠格涅夫与西方文明》。

[①] Пумпянский Л.В. Россия и запад.//Под ред. Бродского Н.Л. И.С.Тургенев: Материалы и исследования, Орел: Обл. Совет деп. труд. 1940. С. 97.

马及意大利文化代表着古老的西方文明，崇高而圣洁，是一旦逝去便无可挽回的人类文明之理想状态。

屠格涅夫是一位有着古希腊罗马情结的作家，他同古希腊罗马文化和与之有密切关联的意大利文艺复兴时期的文化有着特殊的渊源和感情。早在1838年，他就开始在柏林学习拉丁语和希腊语，1842年用拉丁语通过了希腊－拉丁语文学硕士学位考试，之后数度游历属于古希腊罗马文明范畴的意大利各地，并不断把古希腊罗马和文艺复兴时期的艺术珍品与意大利人的形象写入自己的作品，直到晚年，他仍然能轻松地阅读拉丁语书籍。屠格涅夫多次在致友人的信件中表达自己对古希腊罗马文化和留有这一文化印记的意大利城市的喜爱。他在1857年12月1日的信中写道："罗马实在太美、太迷人了！……在任何城市里您不会有这样经久不变的感觉：宏伟的事物、美好的事物、重要的事物离得很近，就在手边，经常围绕着你，因此，任何时候都能走进这神圣的殿堂……"[①] 在同年11月3日的信中他写道："罗马是一个离群索居的城市，单独一个人在这里，内心感到极为轻松……你要环视四周吗？那么等待着你的不是各种无聊的消遣，而是广阔的实际生活的巨大印迹。这印迹并不像人们所预料的那样，因你在它面前显得渺小而使你感到压抑；相反，它会使你升腾，让你内心具有一种有点儿感伤，但却是高雅而精神爽快的情绪。"[②] 对于屠格涅夫来说，古希腊罗马文化是不可复现的古老西方文明的象征，是西方世界共有的文化财富。这种文化所倡导的自由精神和对文明的追求，始终是作家心目中不可实现的理想。屠格涅夫在1880年的

[①] 《屠格涅夫全集》，刘硕良主编，张捷等译，河北教育出版社，2000年，第12卷，第311页。
[②] 同上书，第303页。

随笔《关于帕加马的考古发掘给编辑部的信》中，阐明了自己热爱古希腊罗马文化的原因："对于人民来说，拥有像希腊人这些人类的杰出人种所拥有的那些富有诗意、充满深刻意义的传说，是一种幸福。最后胜利无疑是属于诸神的，属于光明、美和理智的；但是，大地的愚昧的、野蛮的力量尚在反抗——战斗没有结束。"[1] 屠格涅夫对古希腊罗马的偏爱，表现了他对西方文化的浓厚兴趣和对文明的坚定信念。

在屠格涅夫的小说中经常出现古希腊罗马神话传说中的人物形象，意大利文艺复兴时期的雕塑、绘画等作品，它们一方面被用作再现昔日文化的诗学手段，另一方面，也具有特定的超文本意义。

《前夜》是屠格涅夫作品中较多涉及古希腊罗马和文艺复兴时期文化的一部作品，透过小说中的一些细节，可以品味出作家对这种文化类型的主观态度。小说开始不久，舒宾与别尔谢涅夫在河边散步时，舒宾说："瞧这河水：她像在朝我们招手呢。要是古希腊人，一定会以为那里面有仙女吧。可是我们不是希腊人。啊，仙女！……我们不过是厚皮的粗野不文的人罢了。"[2] 屠格涅夫通过人物之口，将俄国人和古希腊人对相同事物的不同见解作对比，以俄国人思想的粗鄙反衬出古希腊罗马文化作为文明之象征物的意义。在小说后半部分，作家对意大利城市威尼斯的美景做了细致的描绘："春天的温柔和娇媚，对于威尼斯是十分和谐的，正如光辉的夏阳正适于壮丽的热那亚，秋日的金紫适于古代雄都罗马城一样。威尼斯的美，有如春日，它抚触着人的心灵，唤醒着人的欲望；它使那无经验的心灵困恼而且

---

[1] 《屠格涅夫全集》，刘硕良主编，张捷等译，河北教育出版社，2000 年，第 11 卷，第 420 页。
[2] 屠格涅夫：《前夜·父与子》，丽尼、巴金译，人民文学出版社，1982 年，第 13 页。

苦痛，有如一个即将来临的幸福的许诺，神秘而又不难捉摸。在这里，一切都明丽，晴朗，然而，一切又如梦，如烟，笼罩着默默的爱情的薄霭，在这里，一切都是那么寂静，一切都散发着深情；在这里，一切都是女性的，从这城市的名字开始，一切都显示着女性的温馨；巍峨的宫殿和寺院耸立着，绰约而绮丽，犹如年轻的神灵的轻梦；……听不见嘈杂的市声、粗暴的击声、尖锐的叫声，也没有喧嚷咆哮——在所有这一切里，全有着神奇的、不可思议的、令人沉醉的魅力。"[①]屠格涅夫在其所有作品中描写较多的异域风光有德国和意大利。一般来说，他对德国风光的描绘很少具有超文本意义，至多是偶尔突出其不同于俄国的异域色彩，譬如《阿霞》中对德国某小城的描述："月光仿佛从明净的天空凝视着小城；而小城也仿佛感觉到了这目光，显出心领神会、宁谧安详的样子，让自己沐浴在月光里，沐浴在宁静平和同时又叫人心里暗暗激动的月光里。高高的哥特式的钟楼顶上的金鸡雕像闪耀出淡淡的金光，河里黑魆魆的水流也泛起同样金光闪闪的粼粼波光。石板屋顶下一个个窄小的窗户里昏暗地点燃着细细的蜡烛（德国人是精于持家的），葡萄藤从石头围墙后面神秘地伸出蜷曲的蔓须；三角形空地上一口老式井台边的阴影里有东西一掠而过，蓦然间巡夜的更夫吹起一声睡意蒙眬的口哨……"[②]在这段文字中，我们很难感受到德国文化特别的内涵。而屠格涅夫对意大利风光的描写显然不同，其中不仅展现了具有古希腊罗马和文艺复兴时期文化特点的城市面貌，同时也渗透着古老文明之庄重、典雅的色调，换言之，它所突出的不仅仅是风景中所包含的历史文化内涵，

---

① 屠格涅夫：《前夜·父与子》，丽尼、巴金译，人民文学出版社，1982年，第172页。
② 《屠格涅夫全集》，刘硕良主编，张捷等译，河北教育出版社，2000年，第6卷，第233页。

还有文明的气息，能够抚慰人的心灵的气息。这种文明的气息足以使身处其中的人在精神上得到升华，所以，在屠格涅夫笔下，意大利成为《浮士德》中男主人公幻想在其中展开美好爱情的理想之地，成为《贵族之家》中拉夫列茨基在遭妻子背叛后不知不觉中选择的疗治心灵创伤之地，也成为《前夜》中英沙罗夫与叶连娜舒缓因英沙罗夫病情恶化带来的内心痛苦的地点。小说结尾部分，在威尼斯的一个美术馆里，"对艺术都没有什么理解"的英沙罗夫和叶连娜突然喜爱上了艺术。叶连娜和英沙罗夫喜爱的与其说是美术馆里文艺复兴时期画家的作品，不如说是作为这些艺术珍品得以产生之背景的古老的西方文明，在古老文明的遗赠面前，他们感受到了美的实质，对真正的美，他们心怀敬意。

尽管屠格涅夫珍视古希腊罗马和文艺复兴时期的文化遗产，也认识到了它们所代表的古老文明同当代西方文明之间的传承关系，但他只把对这种文化和文明的热爱当作一种崇高的、纯粹的、能够净化心灵的精神追求，因为毕竟它们同19世纪俄国的现实生活几乎没有任何直接的联系。于是，屠格涅夫的作品中便出现了一种近乎矛盾的现象。一方面，屠格涅夫将他笔下美好的人物形象同古希腊罗马神话传说中的神灵或文艺复兴时期的艺术珍品联系起来，它们通常被作家用来形容俄国人的外在美：在《浮士德》中，强壮结实的俄国乡下小伙儿被比作古希腊神话中的大力士；《草原上的李尔王》中，健康的农家女形象同文艺复兴时期的名画联系在了一起；《僻静的角落》中，来自俄国草原的美丽的女主人公被比作古希腊神话中的女神；《烟》中，玛丽安娜独特的气质和健美的身材，使人联想到文艺复兴时期的雕像。有时，古希腊罗马和文艺复兴时期的艺术形象也被作家用来表现美好人物高尚的道德品质和坚强的内心力量，譬如在

《烟》中,当塔吉扬娜决定同背叛感情的里特维诺夫分手时,她的身姿和面容表现得像古希腊雕像般高雅而又决绝,令男主人公自觉卑微。另一方面,屠格涅夫又对19世纪现实生活中念念不忘古希腊罗马文化的人物加以嘲讽,这主要表现在他对《父与子》中巴扎罗夫之父亲瓦西里·伊万诺维奇的描写上。后者时常将古希腊罗马时期的代表人物和传说中的诸神挂在嘴边,譬如他说:"我爱在这个地方对着落日冥想:这对一个像我这样的隐士倒合适。那儿,再远一点儿的地方我栽了几棵贺拉斯喜欢的树木"[①];"我想,现在是我们的旅客投入摩尔普斯的怀抱里的时候了";"您瞧我在这儿像辛辛纳图斯那样挖种晚萝卜呢";"你们有多大的力量,精力最旺盛的青春,多大的能力,多大的才干!简直是……卡斯托耳跟波卢克斯"。瓦西里·伊万诺维奇深爱巴扎罗夫,想方设法消除同儿子的代沟,所以他极力显示自己的学识,在同儿子谈话时"言必称希腊",试图以此来拉近同巴扎罗夫的距离,但结果,他的努力根本于事无补,甚至遭到了儿子的揶揄。屠格涅夫借此表明,不同的时代有着不同的价值观,尽管古希腊罗马文化和文明在西方的整个历史发展过程中意义重大且极具魅力,但它在19世纪早已失去了其赖以存在的现实土壤,所以只能作为追念和缅怀的对象、作为一种追求光明与美好的理想存在于后世人的心中。

屠格涅夫很少在其作品中直抒胸臆地表白自己对古希腊罗马文化的热爱,除借助古希腊罗马及文艺复兴时期的艺术形象抒发这种感情外,他还通过对当代意大利和意大利人的描述来表达自己的思想。意大利是古希腊罗马文化的直接继承者,它在方方面面都体现着这

---

① 屠格涅夫:《前夜·父与子》,丽尼、巴金译,人民文学出版社,1982年,第338页。

种文化的影响及特点，即便19世纪距古希腊罗马文化辉煌的年代已经相当遥远，正如屠格涅夫在《前夜》中所说："'威尼斯死了，威尼斯荒凉了'，它的居民会对您这样说；可是，也许，在它的容光焕发之日，在它的如花怒放之日，它所没有的，也就正是这种最后的魅力，这种凋落的风情吧。"[①] 意大利人作为古希腊罗马和文艺复兴时期文化遗产的最直接的负载者，古老文化深厚的内涵已经深入到了他们的血液和骨髓中，构成他们的气质与品行的要素。

屠格涅夫作品中意大利人的形象主要出现在小说《幻影》、《浮士德》和《春潮》中。在《幻影》中，一位不知名的意大利女性仿佛古希腊传说中女神的化身，作家只对她的外貌进行了描绘。在这位女子身上，显示着古老文明熏陶下形成的艺术底蕴、对艺术的热爱和强烈的尊严感。《浮士德》中表现的是意大利人性格的另一面。女主人公维拉的外祖母是意大利阿尔巴诺的一位农家女，她追求个性自由，为了爱，她抛弃未婚夫而同维拉的外祖父结婚，并因此招来杀身之祸。在她年轻时代的肖像画上，展现着由健康和力量构成的美，展现着旺盛的生命力和奔放热烈的气质。

以上两部作品对意大利人形象的刻画都极其有限，而在《春潮》中，作家以较大篇幅表现了意大利人美好的感情和高贵的品格。杰玛一家人中，除杰玛的母亲路塞里太太外，杰玛、爱弥儿和潘达列昂身上都散发着意大利民族自古老文明时期传承下来的特点。他们充满艺术天赋，心灵纯洁，热爱自由，富于激情，有着高尚的精神世界。杰玛的外貌和举手投足显示着纯正的意大利人独特的美感和热烈的气质，犹如古希腊罗马神话中的女神：她的"波浪形的头发就像比蒂

---

① 屠格涅夫：《前夜·父与子》，丽尼、巴金译，人民文学出版社，1982年，第172页。

宫里阿洛里的尤狄菲";她有一双"如同奥林匹斯女神一样的大理石般的素手",有着"灵活、修长、彼此分开、像拉斐尔的福尔纳里娜那样的手指";当她准备给家人朗读文学作品时,她"在桌子前的灯光下坐定,向四周看了一圈,竖起一个手指——那是说'安静'的意思,纯意大利的手势";即便是撒娇,她也是以意大利人特有的方式,"杰玛也假装和母亲对抗,同时又跟她亲昵,但不是像猫那样,也不按法国人的方式,而是带着意大利式的优雅,在这种优雅里总是可以感觉到力量的存在";杰玛热爱音乐,拥有动人的歌喉,她还擅长表演,朗读时"完全是演员式的带表情朗读。她鲜明地表演了每一个人物,在使用与她的意大利血统一起继承来的脸部表情时,恰到好处地把握了人物的性格"。杰玛性情爽直、无所畏惧,当她受到德国军官的侮辱时,勇敢地捍卫自己的尊严,"起先她愕然、惊恐、脸色煞白……继而转为愤怒,涨得满脸通红直到耳根——而她那双紧紧盯着侮辱者的眼睛,在同一时间黯淡下来,又迸射出光芒,充满了黑暗,继而燃起怒不可遏的火焰"。杰玛家的用人和朋友潘达列昂同样是一个吸引人的真正的意大利人的形象。在他身上,首先体现着意大利人的一个重要特点:"任何一个意大利人都是演员,他们的天性如此……"潘达列昂年轻时曾在意大利从事歌剧表演,因而热爱严肃的、表现理想主义精神的音乐,内心充满艺术激情,但是在讲求实用的德国的现实环境中,他那过时的艺术家气质时常令他显得如小丑般可笑。潘达列昂更重要的特点,在于他有着高尚的灵魂。他性情真挚,挚爱祖国,时常怀念"但丁的国家";他深深地理解生活的悲剧,最早感觉到萨宁的轻率,所以尽管他因为萨宁为杰玛决斗而万分崇拜萨宁,但对二人匆匆谈婚论嫁还是感到郁郁不乐。潘达列昂对朋友的忠诚和对背叛者的仇恨尤其令人感动。当萨宁离开杰玛一家去外地谈出卖农庄事宜时,唯有潘达列昂担心萨宁有负于杰玛,所以"蓬头散发地跟在他后面从糖果店的门里跳出来,摇摇摆摆地对他喊着什么,似乎还举高了手向他威胁着"。而当萨宁真的负心时,潘达列昂"怒气冲冲地"出现在他面前,"老人的一双眼睛红得像燃烧的煤块——于是听见了可怕的叫喊和咒骂声:'可恶!'还听到了甚至更为可怕的骂人话:'胆小鬼!可耻的叛徒!'"杰玛的弟弟爱弥儿也是典型的意大利人物形象。他热爱艺术,渴望有所成就,自认为"生来就是个当画家、音乐家、歌唱家的料;知道演出才是他的使命"。爱弥儿年龄虽小,却也有着与杰玛和潘达列昂同样的毫不掩饰的热烈感情。看到萨宁决斗归来时,他把萨宁当作了英雄,"嘴里愉快地呼叫着,拿帽子在头顶上挥舞,蹦跳着又从树后头蹿出来,直向马车扑过去,险些儿碾在车轮子底下,他不等车停下来,就爬进关着的车门,一头扎进萨宁怀里";而当他看到萨宁在情变后仓皇离开时,他"那高尚的脸上流露出来的却是厌恶和蔑视;一双眼睛……盯着萨宁,双唇闭得紧紧的……又突然张大了嘴来骂他"。长大后,爱弥儿从美国返回祖国意大利,投身于民族解放斗争,并为之献出生命。

屠格涅夫以充满柔情和敬意的笔触,塑造了普通意大利人的形象,突出了他们爱憎分明、自由奔放的民族性格,渗透着艺术气息的民族气质和高贵的内心世界。在屠格涅夫的艺术世界中,古希腊罗马文明具有至高无上的地位,这主要表现在,他笔下受这种文明滋养的意大利人在精神上普遍高于其他西方民族。屠格涅夫把19世纪,特别是19世纪50年代以前的德国文化视为当代西方文明的代表,认为它相对于法国文化具有无可比拟的优势,但是在古希腊罗马文化面前,德国文化大为失色,显得格外粗俗。《春潮》中,这种对比首先表现在屠格涅夫对路塞里夫人形象的塑造上。路塞里夫人与杰玛、爱弥儿和潘达列昂有着明显不同的性格特点，在她身上，较为突出的是德国市侩式的实用思想。作家将此归咎于德国文化的影响："由于久居德国，她几乎完全德国化了。"路塞里太太虽然曾经"是个出色的女低音"，但并不支持爱弥儿当艺术家的梦想，而是固执地坚持要把他培养成会赚大钱的商人；当杰玛决定向富有但自私、懦弱的克留别尔退婚时，路塞里太太首先想到的是自家利益会因此蒙受损失，于是极力劝阻杰玛改变主意，甚至为克留别尔开脱。当杰玛把自己同萨宁恋爱的消息告诉家人时，路塞里太太的表现被作家描绘得不亚于她听到自己女儿得了霍乱或是干脆死亡的消息。直到萨宁说自己也有财产能够帮助她改善生意，并且杰玛出嫁后将获得俄国贵族身份时，路塞里太太才转悲为喜，接受了萨宁。屠格涅夫还通过描写潘达列昂对德国文化的态度来反映古希腊罗马文化的优势。潘达列昂为自己是意大利人而骄傲，他的意大利语说得非常地道，但德语却学得很糟糕，他把德语称作野蛮人的语言，只用它来骂人；他对意大利高雅的古典歌剧艺术满怀"真诚、无上的敬意"，对德国戏剧却唯有不屑。当杰玛表情夸张地朗读德国喜剧时，潘达列昂甚至为她扮演德国人的角色感到羞耻。潘达列昂厌恶德国式的实用主义，所以尽力支持爱弥儿将来从事艺术工作；而当萨宁与杰玛决定结婚时，尽管他觉得他们欠考虑，但"并不打算责备他们，而且准备在必要的时候袒护他们"，因为他厌恶克留别尔的德国市侩习气。在屠格涅夫笔下，潘达列昂所代表的文化在方方面面都胜过了德国文化。此外，就连在日常生活细节上，作家也通过对比着力表现了古希腊罗马文化影响下的意大利人之生活的精致。在杰玛家，款待萨宁的餐桌上，"高高耸立着一只盛满香喷喷的巧克力的大瓷器咖啡壶，壶四周摆着茶盏，盛糖浆的长颈玻璃瓶，饼干，小圆面包，甚至还放了花"。而在德国饭店里，德国的午餐是："稀溜溜的一碗清汤里放上几块面疙瘩和桂皮；一盘干得像软木塞的煮得烂熟的牛肉，浮着一层白色的脂肪，外加黏糊糊的土豆、圆鼓鼓的甜菜和洋姜泥；发青的鳗鱼加上白花菜芽和醋；拼上果酱的一盘炸冷盘，还有必不可少的一盘'麦黑尔斯沛斯'，一种浇上酸溜溜的红色作料的像布丁一样的东西……"饼干、面包和巧克力饮料的芳香与令人倒胃的饭菜形成鲜明对照。

需要强调的是，《春潮》中故事发生的时间是 1840 年。这一时期，德国文化的影响在西方和俄国都处于较大时期，是当时先进的西方文化类型，也是屠格涅夫在其他许多作品中用以代表当时西方文明程度的文化。因此，作家在《春潮》中将故事安排在这样的时间，并让意大利因素在方方面面都胜过德国因素，显然有着特殊的用意，即要表明我们在上文所论证的：古希腊罗马文化所代表的西方古老文明具有 19 世纪西方文明所难以达到的高度，是作家本人最高的精神追求。

列斯科夫创作中的俄罗斯性

栾　昕 *

著名的俄国文学史家米尔斯基曾在他的著作《俄国文学史》中对列斯科夫有过极高的评价:"那些真正想更多了解俄国的人迟早会意识到,俄国并不全都包含于陀思妥耶夫斯基和契诃夫的作品,他们若想了解什么,首先则必须要摆脱偏见,避免各种匆忙概括。如此一来,他们或许方能更接近列斯科夫,这位被俄国人公认为俄国作家中最俄国化的一位,他对真实的俄国人民有着最为深刻、最为广泛的认识。"[1] 米尔斯基肯定了列斯科夫的创作,也强调了列斯科夫与为人熟知的 19 世纪经典作家的不同之处,认为列斯科夫描绘了真正的俄国社会和俄国人,也为广大读者打开了解俄国民族心理的另一扇门。那么所谓的"俄罗斯性"（русскость）究竟指的是什么呢?

---

* 栾昕,南京师范大学外国语学院俄语系教师,2015—2018 年在中国社会科学院研究生院外国文学系随刘文飞教授攻读博士学位,博士论文题为《列斯科夫创作中的俄罗斯性研究》。
[1] 米尔斯基:《俄国文学史》,刘文飞译,人民出版社,2013 年,下卷,第 37 页。

作为一个与民族国家相关的概念，俄罗斯性涉及俄罗斯民族和社会的方方面面，可谓包罗万象。一切与俄国、俄罗斯人特质有关的认识①，都可列入其中，从而形成俄国独具本国特色的社会心理与道德标准。俄国学者哈依鲁琳娜从言语角度对"俄罗斯性"进行界定："俄罗斯性首先显然与俄罗斯民族心理、生活方式以及俄国人历经千年历史和文化所形成的'俄罗斯心灵'的特质相关。这些特质反映在日常生活之中，同时也内化于人民的内心世界，投射在民间传统与风俗、社会道德准则与评判，或者民族性格里。"② 同时，以东正教为代表的宗教思想是俄国区别于西方世界的重要标志之一，它关乎俄罗斯灵魂，是整个斯拉夫民族的文化之光，是俄罗斯民族重要的身份认同和集体意识。洛谢夫指出："没有宗教因素就不会理解果戈理的痛苦、陀思妥耶夫斯基和莱蒙托夫的牺牲与普希金语言中那明晰和非道德美学的真谛。"③ 因此，我们尝试将构建俄罗斯性的民族性、民间性和宗教性这三个重要方面转借至俄国文学的研究上，力求从作品本身探究列斯科夫的创作与"俄罗斯性"之间的相关性。

一、列斯科夫创作中的民族性

（一）早期"反虚无主义"创作

19世纪是虚无主义思想的勃发期，在俄国文学中也有显著反映。

---

① https://ru.wiktionary.org/wiki/%D1%80%D1%83%D1%81%D1%81%D0%BA%D0%BE%D1%81%D1%82%D1%8C.

② Хайруллина Р.Х. Картина мира во фразеологии: от мировидения к миропониманию. Уфа: Изд-во БГПУ. С. 33.

③ Лосев А.Ф. Высший синтез. Неизвестный Лосев. М.: Изд-во ЧеРо. 2005. С. 134.

然而俄国社会普遍存在着二元对立的现象,一种社会思潮出现并势头大振后,必然会出现另一种思潮与之对峙,力争将其平衡。因此,一种被称为"反虚无主义"的思潮在 19 世纪 60—70 年代随之产生。列斯科夫有些委屈地被卷入刻有保守派印记的"反虚无主义"阵营之中,只因写了一篇催促当局彻查彼得堡大火纵火犯的政论文章,就被群情激愤的大学生认为有影射他们的嫌疑,一时间列斯科夫成为众矢之的,他忍痛离开俄国。

在离开俄国的两年时间里,他创作了第一部长篇巨著《无路可走》,回国后他将作品发表在《阅读文库》上。在小说中,列斯科夫塑造了不同的虚无主义者形象,有褒有贬。显然,小说的发表非但没有拯救作家的命运,反而为他招致了更大恶名。但在《结仇》创作完毕之后,列斯科夫似乎与虚无主义者达成一种和解,他把更多注意力放在了具有善良内心和正面意义的俄罗斯人形象的塑造上。"这两部'政治'小说并非列斯科夫之杰作,列斯科夫当今的巨大声誉并非来自其'政治'小说,而是源自其短篇小说。但正是这两部长篇小说使列斯科夫成为一切激进派文学之噩梦,亦使那些最有影响的批评家难以对他作出公正评价。"[①]

列斯科夫是俄国文坛上一个十分独特的现象,他不属于任何一个阵营:"他不是民粹派,也不是西欧派,不是自由主义者,也不是保守派。……他描写的不是农民,不是虚无主义者,不是地主,而始终是俄罗斯人,是俄罗斯国家的人。"[②] 列斯科夫对虚无主义的反感,就源于他对俄罗斯民族特性的坚守,因为他在虚无主义中看到了某

---

① 米尔斯基:《俄国文学史》,刘文飞译,人民出版社,2013 年,下卷,第 29 页。
② 高尔基:《俄国文学史》,缪灵珠译,上海译文出版社,1979 年,第 468—470 页。

种与俄罗斯性格格不入的东西,即西方式的激进和盲目。

(二)列斯科夫的他者观

列斯科夫有着强烈的民族身份认同感及优越感,他的创作中始终贯穿着"自我"与"他者"这两个元素,而他者又可分为"文化他者"和"地域他者"两类。作家对"自我"所代表的俄国土地与俄罗斯人持褒扬态度,而往往对"文化他者"所代表的异国与异乡人做出批评或漫画化。但是对于俄国边远地区还未开化的"地域他者",列斯科夫在鄙夷的同时,有时也充满同情和理解。

列斯科夫的作品极具讽刺性,而这种讽刺的矛头往往就是指向"文化他者"的。如在《钢铁意志》中,作者以冷静、细腻的笔触,运用夸张的手法塑造了一个固执的德国工程师形象。这位德国人秉持自己的"钢铁意志",最终却导致自己的死亡。"这部作品无疑是反对日耳曼民族优越论的,而且带有泛斯拉夫主义色彩。1942年,正当德国法西斯蹂躏苏联的时候,《星》杂志曾将这部几十年前的古典作品重新发表,对于振奋苏联军民的反法西斯斗志曾经起过积极的作用。"[①]

"地域他者"时常作为"蛮夷"的形象出现,他们的文化水平较俄国来说偏低,处在原始和野蛮的状态,列斯科夫甚至将"他者"比喻为没有生命的事物,表明"他者"的异端性。如《着魔的流浪人》中的主人公伊万看到鞑靼人萨瓦雷基时想到了蔬菜:"他脑袋剃得溜光,就像经过磨床精加工似的,而且圆得像棵刚刚割下来的卷心菜;脸红得像胡萝卜。一句话,他浑身上下活像菜园子里种的新鲜茁壮

[①] 列斯科夫:《麦克白夫人》,李鹤龄译,漓江出版社,1982年,第10—12页。

的菜蔬。"① 同时,"他者"身上还具有约定俗成的"狡诈心理"和"欺骗性"。小说《天边》中主教见到西伯利亚的土著人以后,"我产生的第一个想法就是,我的野蛮人会比我先醒过来,自己溜掉,把我一个人抛在这荒郊野岭"②。但是经历暴风雪的死亡考验后,主教去除了危险认识,看到了土著人的美好品质——对痛苦给予怜悯。

对于这一点,洛特曼提出,相较于古希腊文明,所有其他民族都可以被视为"蛮夷":"古希腊文明视其为'蛮夷'……因此他们毫无区别,均是'蛮夷'。第一,他们可以拥有足够古老的文明;第二,当然,他们不能代表最高文明并促其发展。而且古希腊文明能够成为一种整体的文明,能够统治整个'蛮夷'世界,它的特点就在于缺乏和古希腊文明的共性。"③ 列斯科夫将异族人写成"蛮夷",或许与俄罗斯人自视为古希腊文明正宗传人的民族心理也有关联。

(三) 外省风光画家

列斯科夫以书写外省风光见长。列斯科夫出身外省奥廖尔,受教育程度不高,他认为:"书本告诉我的东西,不及我接触生活时了解到的百分之一。这是多么大的优越性啊!所有的青年作家都应该离开彼得堡,到乌苏里边区,到西伯利亚,到南方草原区……去工作。远远地离开涅瓦大街吧!"④

---

① Лесков Н.С. Собрание сочинений в 11 т. Т. 5. М.: Художественная литература. 1956-1958. C. 426.
② Там же. С. 494-495.
③ Лотман Ю.М. Избранные статьи в 3 т. Таллин: Александра. 1992. Т. 1. С. 15-16.
④ 列斯科夫:《列斯科夫中短篇小说选》,陈焘宇、臧仲伦译,外国文学出版社,1985年,第413页。

作家认为外省小城是真正的俄国，展示了俄国人民真实的生活和心理状态。列斯科夫的童年时期都在奥廖尔度过，奥廖尔的恬静生活和淳朴的民风为其提供了源源不断的创作灵感，作品中时常见到作家童年和少时的生活片段，足以看到奥廖尔的生活对作家的一生都有着深刻的影响，《巧妙的理发师》《野兽》都是以奥廖尔为背景的作品。除此之外，图拉、姆岑斯克县也成就了列斯科夫的经典之作《左撇子》和《姆岑斯克县的麦克白夫人》。"列斯科夫是19世纪末和20世纪初前25年里中级知识分子最爱阅读的作家。在中级知识分子和外省的圈子里，人们读他的书多于托尔斯泰、屠格涅夫和陀思妥耶夫斯基。"[1] 也许正是这种与都城截然不同的乡土气息最能打动读者，构建出唯美的艺术想象空间。列斯科夫并非不去描写都城的生活，在短篇小说《昔日的天才》中作家讲了一个发生在彼得堡的故事，但作家意在用彼得堡人的圆滑和外省老太婆的淳朴相对比，突出外省人的淳朴品质。列斯科夫以如此之多的笔墨、如此之深的情感描写俄国的外省，其心理动机主要仍在于论证俄国的独特和优势。

二、列斯科夫创作中的民间性

（一）故事体小说创作

列斯科夫被认为是俄国最会讲故事的作家之一，因其作品内容精彩、体裁新颖独特被利哈乔夫称为"俄国的狄更斯"。列斯科夫的中译者李鹤龄先生说道："列斯科夫……作为一名多才多艺的语言艺术家则是一致公认的。他是公认的叙事能手，说故事的天才，讽刺幽

---

[1] 利哈乔夫：《解读俄罗斯》，吴晓都等译，北京大学出版社，2003年，第310页。

默的大师。"①

故事体小说并不是列斯科夫的独创，俄国19世纪作家当中不乏热衷于讲故事的作家，但列斯科夫依然显得很出众。作家往往采用"故事套故事"的形式：在小说中出现一位讲故事的人，为听众讲述自己或他人的身世或经历，在他的讲述中偶尔加入叙述者的叙述，如旁白和结尾中经常出现总结性话语。小说的作者－叙述者在讲述体小说中处于次要地位，主要是引出讲述人，让他开启话题，一旦讲述人开始讲故事后，作者－叙述者便不再出现，以听众的形式和读者一起听故事。

他的短篇小说常常为一些叙述高超、饶有兴味的奇闻趣事，这与俄国小说的严肃传统有所不同，使得有些批评家们竟然认为列斯科夫只是一个逗趣之人，而不是一位具有内涵的作家。但是，列斯科夫做到了一件事："要想真正地对读者加以'说教'，得先会讲好一个故事（这里不用说，一个人只有在讲述他自己都感到有趣的境况时，才会让听众有兴趣去聆听他的指教），编织进实际生活的教诲就是智慧。"②

（二）民间文学传统

在语言风格上、在民间语言的使用上，列斯科夫绝对可以与普希金、果戈理相媲美。列斯科夫精通语言之美，他的文字纯粹简练，生动风趣。作家熟练地掌握和运用俄国各地的方言，让每个主人公发声时都独具特色："多年来，我留心聆听各种不同社会地位的俄国人

---

① 李鹤龄：《译本前言》，见《麦克白夫人》，李鹤龄译，漓江出版社，1982年，第8页。
② 本雅明：《单向街》，陶林译，江苏凤凰文艺出版社，2015年，第112页。

的谈吐。他们在我作品中按照自己的方式讲话，而不是按照规范。"①

列斯科夫很愿意对听来的故事进行改造，如《姆岑斯克县的麦克白夫人》就是以真实发生在奥廖尔的一桩刑事案件为原型写成的。小说的来源是"逸闻"，经过列斯科夫的加工和改编，便呈现出一种高于趣闻本身的深刻表达。艾亨鲍姆认为"逸闻趣事是列斯科夫艺术世界中的原子弹"②。

列斯科夫还保留了民间文学的歌唱性特色，在小说中融入抒情民歌、纪念日民歌和婚丧仪式民歌等，这些民歌在小说中促进着情节的发展，同时也使小说的内涵更加丰富。与此同时，列斯科夫的小说中使用了大量的谚语和俗语等元素，如《姆岑斯克县的麦克白夫人》中的题词便是一句俄国谚语："唱第一支歌前总要脸红一阵。"③《大堂神父》中的侏儒曾说："大人，这叫作：戴着帽子找帽子。"④民歌、民谚在作品里仿佛像一个个跳跃的音符，奏出极美的乐章，让人听而难忘。

三、列斯科夫创作中的宗教性

（一）小说中的宗教潜流

列斯科夫自幼便受到宗教思想的熏陶，在神学院般的家庭环境下

---

① 转引自陈馥：《译后记》，见列斯科夫：《大堂神父》，陈馥译，外国文学出版社，1984年，第440页。

② *Эйхенбаум Б.* К столетию рождения Н. Лескова.///*Лесков Н.С.* Избрание сочинений. М.-Л.: Художественная литература. 1931. С. 17.

③ *Лесков Н.С.* Собрание сочинений в 11 т. М.-Л.: Художественная литература, 1956-1958. Т. 1. С. 96.

④ 列斯科夫：《大堂神父》，陈馥译，外国文学出版社，1984年，第198页。

成长起来，因此在他的小说中体现出的宗教思想有一种与生俱来的自如，宗教仪式、圣经文本、道德训诫都与他的小说情节融为一体。列斯科夫的浓厚宗教思想从不生硬地表达，而仿佛随意流淌在小说中，无论他的哪篇小说，都会有或多或少的宗教因素出现，细节处张扬着神性传统。毫无疑问，宗教思想已经成为列斯科夫小说中不可或缺的一部分，也正是这一部分，成就了列斯科夫创作的独特性，并使其成为最具有俄罗斯性的俄国作家之一。在他的长篇小说《大堂神父》和《画中天使》、中短篇小说《天边》和《着魔的流浪人》中，宗教以及一切与宗教相关的仪式、活动等都推进着情节的发展。

列斯科夫的创作具有一个显著的特点，就是其作品中经常会出现宗教人物形象，他们常常会直接进行说教。这种说教或许是针对主人公行为的批评点拨，或许是作家本人通过宗教人物的口吻来升华主题。说教的用法在神话题材、回忆录甚至是历史故事中都有出现，是列斯科夫作品的一贯特色。作家认为在虚无主义盛行的年代，俄罗斯民族应该恢复并坚持纯正的东正教信仰，需要尊崇和恪守东正教教义，回归本真。如果能把宗教教义作为社会的标尺，那么俄国人民便能在崇高信仰的指引下拥有美好的道德情感。

（二）"三位一体"的义人形象

高尔基在评价列斯科夫的创作时写道："列斯科夫为俄国建立了一面由圣人和义人画像组成的圣像画壁。"[①] 19世纪70年代，作家用深情的笔触细致地描绘了各阶层中的义人们的生活，他们勤劳勇敢、热情好客，但有时也极易脆弱崩溃、斤斤计较，这种鲜明的反差表现

---

① Горький М. Собрание сочинений в 30т. М.: Художественная литература. Т. 24. С. 231.

了俄罗斯人性格深处的矛盾性，也将弥赛亚意识不断地具象化。列斯科夫这一时期的创作集中于塑造义人形象，他通过这些义人形象的塑造为19世纪俄国文学做出了巨大的贡献。众所周知，列斯科夫没有被当时的任何文学阵营的思想所禁锢，也不是那些既定观念的追随者。他不为自己的创作设限，把主要的精力置于"在每一阶层、每一群体中发现义人"①。

列斯科夫在创作《大堂神父》时深受东正教基本信条之一的"三位一体"影响，只不过他呈现的不再是"圣父、圣子、圣灵"的"三位一体"，而是努力把"神、魔、人"这三者融为一体，构成一种独特的文本机制，以实现东正教弥赛亚意识的救赎目的。作家在《大堂神父》中成功地塑造了三位神父的形象，分别是大司祭萨韦利神父、助祭阿希拉和扎哈里亚神父。这三位神父形象鲜明各异，分别代表着"神、魔、人"三位中的一位，是有机的统一体。小说中，作家对三位神父的描绘从不同侧面体现人性之复杂，也使得人物群像更加立体：萨韦利神父始终秉持基督心理，爱众生，解救贫寒；阿希拉神父好打抱不平，做事鲁莽不计后果；扎哈里亚神父则隐忍胆小，心地善良，希望按部就班地做好每一件事。这"三位一体"的神父群像实际上就是东正教的道德和伦理的具体体现。他们都在努力实现着弥赛亚意识的救赎，他们与旧城中的不公与官僚主义斗争，拯救苦难的民众，成为义人形象中的代表。

（三）列斯科夫与托尔斯泰

把列斯科夫与托尔斯泰这两位作家放在一起比较绝非偶然，托

---

① Горький М. Собрание сочинений в 30т. М.: Художественная литература. Т. 24. С. 234.

尔斯泰与列斯科夫不仅仅是"文学邻居",在更大程度上,他们还是思想上的同道。两位作家在追求真理的道路上皆具有相当大的热情,在不同程度上都在生活中实践和检验自身所肯定的真理。

列斯科夫与托尔斯泰结识于 1887 年,托尔斯泰十分欣赏列斯科夫的创作才能,并赞同列斯科夫的宗教认识,在读完列斯科夫的《关于基督徒费多尔和他的朋友阿布拉姆的故事》后,他在给切尔特科夫的信中说:"我收到了包裹——列斯科夫的手稿和文章。列斯科夫的文章,除了语言,在其中能感到超凡的艺术性。在我看来,什么改动都不需要,一切均已具备,直接就可以出版。这是非常完美的作品……这部小说表达了这样的观点,我们虽然信仰不同,但却生活在同一个上帝之下。"①

列斯科夫的晚期作品大多为其"新基督教"(новое христианство)学说所浸透,他认为自己这一宗教思想接近托尔斯泰学说。可以说,列斯科夫的基督教学说与托尔斯泰的基督教一样,是反教权主义的,是非教派的和纯伦理的。但他们两人的等同仅止于此,因为占主导地位的伦理调性全然不同。对列斯科夫来说,能动的仁慈即主要美德,而道德纯洁则意义不大,其价值甚至小于肉体纯洁。以《美丽的阿扎》为例,他笔下那些妓女的仁慈,往往与贵妇们的高傲冷漠构成鲜明对比。米尔斯基认为:"罪孽被视为神性的必要土壤,对自得傲慢的谴责即面对圣灵之罪孽,这一切非常接近俄国民众和东方教会之道德感,却与托尔斯泰高傲的新教和柳齐费尔主义的完美观相去甚远。"②

---

① Толстой Л.Н. Собрание сочинений в 22 т. М.: Художественная литература. 1984. Т. 19. С. 96.
② 米尔斯基:《俄国文学史》,刘文飞译,人民出版社,2013 年,下卷,第 35 页。

本文从民族性、民间性和宗教性三个方面对列斯科夫创作的俄罗斯性进行阐释：从内容上看，列斯科夫的创作具有鲜明的民族立场和民族身份认同感；从形式上看，其创作具有突出的民间文学风格特征；从作家的思想立场上看，其创作又具有融东正教传统教义和托尔斯泰主义于一体的宗教意识。据此我们才认为，列斯科夫是俄国作家中最具俄罗斯性的作家之一。

康·列昂季耶夫创作中的"东方主题"

——以长篇小说《奥德赛·波利克罗尼阿迪斯》为例

李筱逸[*]

康斯坦丁·列昂季耶夫（Константин Николаевич Леонтьев）是俄国 19 世纪作家、思想家、政论家和外交官。1863 年，列昂季耶夫进入俄国外交部亚洲司工作，先后在奥斯曼帝国统治下的克里特岛、阿德里安堡、图尔恰、约阿尼纳与塞萨洛尼基等地区的领事馆工作，担任过秘书、翻译及领事等职务。列昂季耶夫在领馆工作期间积累了丰富的外交事务经验，不仅对奥斯曼帝国东方各民族的生活、风俗和文化有了深刻的了解，而且对俄国在"东方问题"上的政策与方针也有着充分的认识。近十年的外交经历促使列昂季耶夫创作了大量"东方主题"的文学作品，包括中篇小说集《土耳其基督徒生活纪事》(Из жизни христиан в Турции)、长篇小说《奥德赛·波利克罗尼阿迪斯》

---

[*] 李筱逸，2016 年考入首都师范大学外国语学院随刘文飞教授攻读博士学位，研究方向为康·列昂季耶夫的创作。

(Одиссей Полихрониадес）（以下简称《奥德赛》）和《埃及的鸽子》（Египетский голубь），这三部作品可以被称作为列昂季耶夫的"东方三部曲"。

长篇小说《奥德赛》是列昂季耶夫"东方三部曲"的代表作。小说讲述了主人公奥德赛·波利克罗尼阿迪斯在意外结识俄国领事布拉戈夫后，从一个懵懂少年成长为俄国领事馆工作人员的故事。列昂季耶夫在小说中全面展现了巴尔干地区各民族人民的生活与习俗、奥斯曼帝国统治下基督徒与伊斯兰教徒的民族矛盾和宗教争端、俄国与西欧大国为争夺各自利益所进行的政治斗争与外交斡旋等，还借机表达了自己对"东方问题"的认识与思考，这些都是其东方主题创作的主要内容。

一、希腊与土耳其：民族矛盾与宗教冲突主题

在列昂季耶夫的创作中，"东方"并不是传统意义上的亚洲，而是近东和中东部分地区，在19世纪俄国则专指当时的奥斯曼帝国及其属地。奥斯曼帝国疆域辽阔，亚洲与欧洲的交汇，游牧民族与定居民族的融合，基督教与伊斯兰教之间的碰撞，都以矛盾和冲突的形式体现在了普通人民的生活之中。其中，希腊人与土耳其人之间持续数百年的紧张关系成为了欧洲各国势力干预巴尔干各国内政的最大突破口。列昂季耶夫在小说的开头就写道："希腊人憎恨土耳其人，土耳其人厌恶希腊人和阿拉伯人。"[①] 希腊人与土耳其人之间的民

---

① Леонтьев К.Н. Полное собрание сочинений и писем в 12 томах. СПб.: Владимир Даль. 2002. Т. 4. С. 393.

族矛盾和宗教冲突也成为了长篇小说《奥德赛》的首要主题。

虽然列昂季耶夫对两个民族都怀有好感，但他更偏向希腊人。在外交政策方面，俄国需要利用希腊削弱奥斯曼帝国的力量；在宗教方面，希腊人是东正教在东方最好的代表，因此希腊人是列昂季耶夫重点着墨的对象。别尔嘉耶夫也夸奖《奥德赛》"有很多优秀的因素，对希腊人民的生活有着出色的认识"[1]。小说的主人公奥德赛出生于希腊著名的扎戈雷山区。列昂季耶夫曾对这个地区赞赏有加："你们扎戈雷人是我们希腊的民族之光……是智慧和贸易之光。"[2] 奥斯曼帝国很多富有的商人都来自扎戈雷，他们的地位在一定程度上决定了整个希腊基督徒群体在奥斯曼的地位。奥德赛一家正是扎戈雷人的代表，他们勤奋、智慧、爱国，有着极强的家庭观和虔诚的东正教信仰。奥德赛的父亲伊奥尔加基在经商时由于疏忽陷入圈套而面临破产，他无力对抗土耳其富商，并且由于缺乏"后台"而难以在帝国的商业法庭上获得公正判决，所以父子俩希望通过进入俄领馆工作从而获得庇护，这也成为了小说的主线。可以看出，在奥斯曼帝国生活的部分希腊人虽然掌握了财富，但仍会因民族身份和宗教信仰而得不到公正待遇，这对于整个国家商业系统的长远发展显然是不利的，也暗示了手握大权的土耳其官员在行政管理上的不作为与腐败是19世纪中后期奥斯曼帝国逐渐衰落的原因。

虽然《奥德赛》中的故事情节发生于19世纪60年代，距离希腊独立已经30年，但大部分希腊人仍然生活在奥斯曼帝国强权的阴

---

[1] *Бердяев Н.А.* Константин Леонтьев. Алексей Степанович Хомяков. М.: АСТ, Хранитель. 2007. С. 52.

[2] *Леонтьев К.Н.* Полное собрание сочинений и писем в 12 томах. СПб.: Владимир Даль. 2002. Т. 4. С. 397.

影之下。小说中的希腊人大多有着坚定的民族信念和爱国情怀,他们虽然表面上对强势、跋扈的土耳其人毕恭毕敬,但私下其实一直在为希腊的进一步解放贡献力量,酝酿着与土耳其人的下一场战争。例如,一位希腊老人平时极为勤俭节约,对家人也非常吝啬,但他给家乡捐献了大量金钱,用以修建学校,修缮道路和桥梁;还有一位老人倾其所有在家乡建造楼房,整个建筑从表面上看来是普通的学校,但实际上是一个秘密的军事据点,如果希腊人再次起义,这里将供希腊人使用,以对抗土耳其军队。

除了希腊人为争取民族独立而与土耳其人持续数百年的对峙,伊斯兰教徒与基督徒之间的宗教冲突也贯穿了整部长篇小说。奥斯曼帝国是一个多宗教的国家,伊斯兰教、东正教和天主教的并存埋下了冲突的种子,其中伊斯兰教占有绝对的强势地位,也带有极强的排他性。著名学者萨义德就曾评价:"对欧洲而言,伊斯兰曾经是一个持久的创伤性体验……'奥斯曼的威胁'一直潜伏在欧洲,对整个基督教文明来说,代表着一个永久的危险。"[1]小说开头记叙了19世纪30年代圣格奥尔吉的故事:在伊斯兰教徒的威逼利诱下他誓死不屈,不愿意背叛自己的信仰,最后被投石处死并虐尸。传闻他死后身体周围发出圣光,吓跑了迫害他的土耳其人,因而他被称为"新时代的圣徒"[2],希腊人在遭受不幸时会向他祈祷,以抚慰自己的心灵。很多土耳其人经常对生活在奥斯曼帝国的希腊人公开使用"卡菲尔"(гяур,意为异教徒)的蔑称,有些士兵还会在大庭广众之下

---

[1] 萨义德:《东方学》,王宇根译,生活·读书·新知三联书店,1999年,第75页。

[2] *Леонтьев К.Н.* Полное собрание сочинений и писем в 12 томах. СПб.: Владимир Даль. 2002. Т. 4. С. 107.

随意推搡甚至辱骂街上的基督徒,这些都让他们很难拥有足够的安全感。主人公奥德赛就曾被土耳其同学殴打,最后是布拉戈夫出面警告殴打者,才让奥德赛恢复了正常的学习和生活。还有一次,奥德赛和父亲以及布拉戈夫三人在夜间乘船渡河,奥德赛在发现船夫是一位并不面善的土耳其人后,立刻陷入极度的恐慌,他害怕土耳其人会趁着夜色将他们推进湖中谋杀,因此一路上都在心中祈祷。列昂季耶夫用生动的笔触记录了奥德赛的焦虑和恐惧,让读者也充分感受到了紧张的气氛。虽然奥德赛的担忧后来被证明是杞人忧天,但也足以反映出部分伊斯兰教徒对基督徒的敌意、歧视甚至迫害已经渗透进基督徒的日常生活,严重影响了他们的心理和行为。

列昂季耶夫虽然对希腊人抱有同情,但在创作中并没有过度渲染这种敌对情绪,而是尽量选取客观的部分,毕竟小说的目的是为了真实展现出东方各民族的真实生活图景。而列昂季耶夫的亲身经历和细致观察也使小说中类似的冲突情节和敌对氛围显得尤为真实可信、引人入胜,奠定了整部小说突出的写实风格。因此有评论家评论:"列昂季耶夫的民族心理与民族风俗的各类观察以最高的浓缩形式汇集到了长篇小说《奥德赛·波利克罗尼阿迪斯》中。"[1]

二、俄国与西欧:政治斗争与外交斡旋主题

18 世纪至 20 世纪,欧洲各国为争夺奥斯曼帝国及其属地、瓜分在巴尔干地区的各项利益发生了无数的摩擦与冲突,由此产生的一

---

[1] Жуков К.А. Восточный вопрос в историософской концепции К. Н. Леонтьева. СПб.: Алетейя. 2006. C. 52.

系列国际冲突被称为"东方问题"。俄国是"东方问题"的主角,从彼得大帝时期到19世纪,俄国与奥斯曼帝国之间发生了九次战争。列昂季耶夫在奥斯曼帝国的任职时间是1863年至1873年,正处于克里米亚战争与第十次俄土战争之间,因此,他亲眼目睹了俄国与奥斯曼土耳其,与英、法、奥等国之间的激烈的政治斗争和外交斡旋,这些也成为了长篇小说《奥德赛》具体情节的来源,是列昂季耶夫"东方主题"创作中最具代表性的内容。

布拉戈夫的原型来源于三位外交官,即弗拉基米尔·约宁、米哈伊尔·希特罗沃和列昂季耶夫本人。约宁和希特罗沃是列昂季耶夫在外交部亚洲司的同事和朋友,他们三人在俄国政治、文化及外交政策等方面都持有相似的观点,都非常同情在奥斯曼帝国受到压迫的斯拉夫各民族,在工作中重视对这些民族解放事业的支持。除了俄国领事,小说中出现的主要外交人员有英国、法国、奥地利、希腊领事馆的领事,他们每个人都有鲜明的性格特点,在小说情节的发展中发挥了重要作用。英国领事科贝特·德莱西为人阴险、狡诈,表面上故作和善,但经常暗中使坏;法国领事布雷西亚仰仗着法国在巴尔干地区的实力,傲慢无礼,嚣张跋扈,不管是对基督徒还是穆斯林都颐指气使;奥地利领事艾森布伦纳行事作风较为低调,非常重视布雷西亚的意见与立场;地位最低的领事当数希腊领事馆的基尔科里季,他是众多领事中最有经验的一位,但是性格温和,甚至过于谨慎小心。可以看出,列昂季耶夫笔下的每一个领事的性格和处事方式与他们的国籍息息相关,他们代表的是自己的国家,而国家的实力和外交政策决定了他们的行事风格。

奥斯曼帝国的基督徒势单力薄,缺乏统一的组织,没有足够的实力对抗土耳其强权。依靠着对东正教徒的庇护与帮助,俄国在奥斯曼帝国乃至整个巴尔干地区都得到广泛拥护，成为最有影响力的大国，这是英、法等西欧国家不愿见到的。因此，法国和英国是俄国在巴尔干地区最大的敌人，列昂季耶夫对法国领事布雷西亚与英国领事德莱西的着墨也最多。德莱西生性多疑，经常怀疑布拉戈夫在暗中支持非法活动，替俄国笼络人心。一次，德莱西仅仅听说布拉戈夫送给了扎戈雷居民一幅圣像画后，就立即向其他领事"告状"，斥责这种行为是"纯粹的泛斯拉夫主义"[1]。他和布雷西亚、艾森布伦纳经常联合起来，指责俄国的各项政策，挑拨俄国领事馆和奥斯曼帝国的关系，制造了不少矛盾。大国关系中也没有绝对的朋友，只有永远的利益。长期与布拉戈夫交好的希腊领事基尔科里季每次遇到麻烦时都会像其他东正教徒一样求助于俄国领事馆，但为了不得罪英国和法国，他有时也会暗自"背叛"和布拉戈夫的友谊，避免公开自己的亲俄立场。一次，希腊领事馆庇护了一位为基督徒复仇而杀死穆斯林的希腊人，引起了土耳其政府的强烈不满，当地人在愤怒中包围了希腊领事馆。为了平息伊斯兰教徒的愤怒，土耳其政府准备派出军队进入希腊领事馆搜查。面对这种侵犯领土的无理要求，基尔科里季再次向俄国领事馆求助，布拉戈夫也因此亲自向帕夏提出正式抗议。但富有戏剧性的是，希腊领事馆在没有告知布拉戈夫的情况下主动选择了妥协，这让布拉戈夫陷入尴尬的境地。可以看出，各国领事只是维持了表面上的和睦，私下里其实为了各自国家的利益相互进行博弈。

层出不穷的外交斡旋情节在小说中占有极大的篇幅，列昂季耶夫不仅记录了整个巴尔干地区复杂的政治乱象与历史由来，还展现了

---

[1] *Леонтьев К.Н.* Полное собрание сочинений и писем в 12 томах. СПб.: Владимир Даль. 2002. Т. 4. С. 348.

每位外交人物的性格特征和政治立场，巧妙地将大国政治舞台中宏大而复杂的"东方问题"以一线普通外交人员的日常视角展现出来。他个人的外交经历丰富了整本小说的情节，让俄国文学中甚少出现的外交主题故事不仅具有独特的文学特色，还兼具了一定史料性的特征，为我们研究"东方问题"提供了生动的一手资料。

三、布拉戈夫与列昂季耶夫：自传性书写与拜占庭主义

列昂季耶夫的创作大多带有自传性质，不仅与其个人生活紧密联系，也是他政论思想的文学表达。虽然小说中的俄国领事的原型来自三位外交官，但通过对比可以发现，在布拉戈夫的人物形象塑造上，列昂季耶夫更多地借鉴了自己的亲身经历。列昂季耶夫通过布拉戈夫的言行充分表达了自己在"东方问题"上的观点与看法，提出了俄国在面对巴尔干乱象时应该遵循的政治原则和外交方针，其中的很多观点都可以看作是他后期拜占庭主义思想的雏形。

小说的主人公虽然是希腊青年奥德赛，但他的成长、命运甚至心路历程都与俄国领事布拉戈夫息息相关。布拉戈夫与列昂季耶夫不仅在外貌和性格上相似，还有着相同的生活习惯与人生理想。在小说中，布拉戈夫对领事馆的大小事务都尽心尽责，不遗余力地保护当地的东正教徒，在与欧洲各国领事的斗争中也总是斗志昂扬。列昂季耶夫同样如此，任职期间，他留下大量外交公文与笔记，里面详细介绍了奥斯曼帝国各地的政治形势和经济状况。他还熟练掌握了希腊语，每天都会外出同当地人民交流，这也是小说中布拉戈夫的工作日常。可以发现，列昂季耶夫将自己的性格特点与外交经历都投射到了布拉戈夫身上。除了外貌、性格、经历等外部特征，布

拉戈夫与列昂季耶夫的相似之处还在于思想观念的高度重合。布拉戈夫的言行其实是列昂季耶夫本人世界观与价值观的体现,《奥德赛》也融入了列昂季耶夫对某些政治、文化问题的基本认识。例如,在对待东方与欧洲的态度上,布拉戈夫与列昂季耶夫持有相同的看法。列昂季耶夫非常热爱东方文化,在很多作品中都对东方民族的装饰风格与民族服饰大为称赞,同时也不忘痛斥欧式礼服庸俗与丑陋,这一点与布拉戈夫不谋而合。小说中布拉戈夫第一次出现时,就身着普通棉质上衣,头戴土耳其头巾,腰间系着保加利亚的宽腰带,还挂着一把土耳其弯刀。布拉戈夫在私人房间摆满了东方风格的装饰品,让奥德赛大为惊叹。他和列昂季耶夫一样,也毫不掩饰自己对欧洲的厌恶:"东方人民比那些欧洲城市悲伤的人群们亲切多了。"[1] 另外,两人都十分排斥当时处于宣传顶峰的欧洲民主意识,认为民主会破坏国家与民族的特色,是不切实际的空想,这些观念也是拜占庭主义思想的基本立场。

列昂季耶夫的拜占庭主义思想具有明显的保守主义倾向,强调了拜占庭文明的重要性:"拜占庭主义将我们组织在一起,拜占庭思想的体系和我们朴素的宗法制起源以及我们最初古老、粗野的斯拉夫本原结合在一起,造就了我们的伟大。"[2] 拜占庭主义在列昂季耶夫的阐释中并不是单一或孤立的概念,而是包含了宗教、道德、哲学、艺术等多方面的思想体系,是他对俄国历史和未来发展道路的总结和预测。简单来说,拜占庭主义的观念包括:保守的专制政体,强大独

---

[1] *Леонтьев К.Н.* Полное собрание сочинений и писем в 12 томах. СПб.: Владимир Даль. 2002. Т. 4. С. 717.

[2] *Леонтьев, К.Н.* Византизм и славянство.//Россия глазами русского: Чаадаев, Леонтьев, Соловьев, СПб.: Наука. 1991. С. 198.

立的东正教会，带有宗法制特点的传统家庭和丰富多彩、相互联系、自我完善的文化。列昂季耶夫在拜占庭主义思想中进一步提出了关于发展的哲学概念——"三位一体进程"（Триединый процесс）思想："任何有机体都从始初的简单性进化到'繁盛的复杂性'，然而再从后者通过'二次简化'和'混合式均衡'走向死亡。"[①] "三位一体进程"理论强调个性与复杂性是所有有机体赖以生存、发展的根本属性，而欧洲民主意识的强势地位已经威胁到每个国家与民族的固有文化，对均产主义的过分推崇也会阻碍个性与复杂性的发展，因而欧洲民主思想是列昂季耶夫强烈排斥的对象。另外，列昂季耶夫重视东方文化的原因，也是由于东方文化丰富多样的文化特性和尚未被欧洲文化污染的天然与质朴。他认为，只有保留了这些民族特色与传统文化，才能对抗外来文化的入侵，获得进一步发展的可能。

对东正教的绝对忠诚是列昂季耶夫拜占庭主义思想的根基。《奥德赛》这部作品也带有明显的宗教性，处处体现了列昂季耶夫对东正教文化的推崇。奥德赛的父亲就经常向儿子强调，让他不要忘记去教堂。在当时的奥斯曼帝国，东正教教堂有着极为重要的意义："东正教同人民群众保持着密切的联系，教堂成了被奴役人民捍卫宗教和文化，以及保持民族意识的圣地。"[②] 奥德赛自己也对俄国的宗教、文化和艺术更为亲近，他曾经感慨："希望有一天我在扎戈雷的祖传旧居里也能有类似的圣像装饰，我们希腊人特别喜欢这样精致的俄国艺术，它以一种让信徒感动不已的方式，将迷人而崇高的拜占庭装饰、布满暗淡颜色和花纹的金色背景和自然的面容结合在一起；它

[①] 津科夫斯基：《俄国哲学史》，张冰译，人民出版社，2013年，上卷，第504页。

[②] 马细谱：《巴尔干纷争》，北京大学出版社，1999年，第113页。

能够将生动、温暖、亲切的表情，服饰甚至褶皱与完全的真实结合在一起，与千百年来静止不动的姿势、各类传说和我们的宗教鉴赏力结合在一起。"① 布拉戈夫也是虔诚的教徒，特意在办公室摆放了圣母的圣像，对各类宗教事务也颇为熟悉。由于列昂季耶夫在奥斯曼帝国最重要的工作就是保护东正教徒，团结他们以对抗天主教、伊斯兰教的势力，所以他自然也将布拉戈夫刻画成了"东正教信仰的庇护者"。另外，列昂季耶夫还不止一次在主人公们遇到困难时描写他们内心虔诚的祈祷，显示出这些人物突出的宗教意识，这些内容也符合拜占庭主义思想的基本精神。

《奥德赛》不仅是列昂季耶夫对巴尔干东方风情与政治乱象的文学记录，更是他对"东方问题"的思考，其中的大部分观点都是他对俄国具体外交政策和未来发展道路深思熟虑后的总结。列昂季耶夫以布拉戈夫的身份回忆自己的外交经历，表达了自己的政治见解；布拉戈夫也成为列昂季耶夫政治理想的化身，同时也传达了其拜占庭主义思想的基本立场。因此我们可以说，这整部小说成为了列昂季耶夫自传性书写的舞台和拜占庭主义理想的传声筒，其文学的表现形式背后是列昂季耶夫多年以来政治理想的总结。

俄裔美籍诗人、文学评论家，同时也是列昂季耶夫传记作者的伊瓦斯克这样评价《奥德赛》："拜伦，阿里帕夏，新圣格奥尔吉的身影，理想化的男性形象——领事布拉戈夫，强盗杰弗·达姆，相貌美丽、衣着华丽的年轻朋友，希腊人，土耳其人，阿尔巴尼亚人……街头斗殴，公开处决，领事馆里的宴会与纠纷，虚荣，阴险，豁达，勇敢……

---

① *Леонтьев К.Н.* Полное собрание сочинений и писем в 12 томах. СПб.: Владимир Даль, 2002. Т. 4. С. 107.

列昂季耶夫在巴尔干唱出了一曲真实生活的颂歌！"[①] 的确，长篇小说《奥德赛》情节曲折，内容丰富，对巴尔干地区的传统习俗和民间文化有着大量真实可信的描写，再现了19世纪后半期奥斯曼帝国复杂的政治与外交形势，作者还借机表达了自己的拜占庭主义思想，这些都是列昂季耶夫"东方主题"创作的主要内容。不管是从作品的艺术性还是思想性来看，《奥德赛》都是一部值得研究的优秀作品，是列昂季耶夫"东方三部曲"中当之无愧的代表作，而列昂季耶夫将其称为自己最为满意的作品，也就同样不难理解了。

---

① *Иваск Ю.П.* К. Н. Леонтьев: pro et contra. СПб.: РХГА, 1995, Кн. 2. С. 152.

安德列耶夫在中国的译介与传播

王 静[*]

列昂尼德·安德列耶夫是 19 世纪末 20 世纪初活跃在俄国文坛上的一位独具特色且对现代主义具有深刻影响的作家。处于历史新旧交替的过渡时期,他的作品既有以果戈理、托尔斯泰、陀思妥耶夫斯基、契诃夫为代表的批判现实主义传统,又广泛汲取现代派文学的表现手法,开创了俄国文学中新的表现手法,对后世的文学发展产生了深远影响。

安德列耶夫作品在中国的译介概况

"中国现代小说之父"鲁迅在 1908 年翻译了安德列耶夫的两篇短篇小说《谩》和《默》,由此开启了安德列耶夫在中国的译介的先

---

[*] 王静,2017 年考入首都师范大学外国语学院随刘文飞教授攻读博士学位,研究方向为安德列耶夫的创作。

河。鲁迅也曾表示，他受过安德列耶夫的影响，其作品也带有安德列耶夫式的"阴冷"。时至今日，安德列耶夫作品在中国的译介已有上百年的历史，经历了两次高潮，分别出现在"五四"前后和20世纪80年代。

1921年，鲁迅又翻译了安德列耶夫的两个短篇小说《黯澹的烟霭里》和《书籍》，均收入译文集《现代小说译丛》。在以后几年里，中国出版了七八种安德列耶夫作品的单行本，安德列耶夫终于被中国读者所认可。"五四"新文化运动的发展，推动了安德列耶夫在中国的广泛传播。从1908年到新中国成立初期，据统计，安德列耶夫的作品共有20部先后被译介过来，这其中有短篇小说《红笑》《蓝沙勒司》《七个绞刑犯》《归来》《齿痛》《残花》《一个小人物的忏悔》等，另有戏剧《比利时的悲哀》《往星中》《黑假面人》《邻人之爱》《狗的跳舞》等。翻译者包括中国现代文学史上最负盛名的作家茅盾、郑振铎、鲁迅、瞿秋白、周瘦鹃、沈泽民、李霁野等人。其中短篇小说《红笑》就有两个译本，一是周瘦鹃译述的《红笑》，于1917年问世，并被收录到中华书局出版的《欧美名家短篇小说丛刊》；另一篇为梅川于1929年翻译的《红的笑》，刊发在《小说月报》上。鲁迅也曾翻译过安德列耶夫的《红笑》，但未予发表。安德列耶夫的翻译作品均刊发在《小说月报》《学生杂志》《东方杂志》等刊物上，在当时具有很强的影响力，如《小说月报》曾归属于文学研究会，由郑振铎、叶圣陶先后担任主编。据统计，《小说月报》翻译最多的俄苏作家中，安德列耶夫排名第四位。总的来说，这一时期基本没有出现对安德列耶夫著作的集中翻译，大都只是零星作品的翻译，且大多为短篇小说。此时对俄国文学的翻译多用文言文，而且也属意译，有些地方与原作差异甚大。有些作品并非直接从俄文翻译过来，而是从日文转译,在翻译的准确度上必然会有所损失。

随着白银时代研究热的兴起和苏联的解体,20世纪80年代的安德列耶夫译介迎来了第二次浪潮,进入一个崭新的阶段。这期间我国对其作品的翻译取得了重要的成果,出版了如《七个被绞死的人》(陆义年等译,漓江出版社,1981)、《安德列耶夫小说戏剧选》(鲁民译,外国文学出版社,1984)、《安德列耶夫中篇小说集》(靳戈等译,上海译文出版社,1984)、《红笑》(张冰译,作家出版社,1998)、《七个被绞死的故事》(张耳等译,山东文艺出版社,1999)、《红笑:安德列耶夫小说集》(戴骢译,译林出版社,2000)、《瓦西里·费维耶夫斯基的一生》(靳戈译,上海文艺出版社,2003)、《撒旦日记》(何桥译,新星出版社,2006)等译作。较之20世纪二三十年代的翻译,20世纪80年代的译作已用现代汉语直译,文字顺畅准确,风格与原作也十分接近,而且出现了很多小说集、戏剧集,不再是零星的、单一的译作,更有利于对安德列耶夫的整体创作展开更深入的研究。

中国学者对安德列耶夫的研究

与安德列耶夫的作品在中国的译介史相同,中国学者对安德列耶夫创作的研究同样也经历了两次高潮。第一次高潮是在20世纪二三十年代。随着安德列耶夫越来越多的翻译作品出现在大众面前,瞿秋白、郑振铎等人也开始研究其创作及其在文学史上的地位。瞿秋白在《十月革命前的俄罗斯文学》(1927)中分析了安德列耶夫与西欧象征主义流派的差别,指出安德列耶夫式的忧郁带有浓厚的俄罗斯气息。钱杏邨在《安特列夫评传》(1931)中对安德列耶夫的颓废思想做出了独到的分析,他认为安德列耶夫的作品是不转瞬地凝视人类的苦恼。郑振铎在《俄国文学史略》（1933）中辟出专章《柴霍甫与安特列夫》，介绍安德列耶夫人道主义的主题思想，认为他是从残酷的人生悲剧里见到人道之光的。昇曙梦在《俄国现代思潮及文学》（许涤非译，1933）第四章中提到，安德列耶夫的创作特色即将象征主义、印象主义和写实主义巧妙地糅合在一起，这样的提法后来也被中国学者所接受。这一时期对安德列耶夫的评论主要是一些关于作家生平、创作经历的简要描述，涉及作品的思想及艺术特点方面的文章较少，理论深度也不够。

20世纪80年代，伴随着俄国白银时代文学研究热潮在中国的兴起，安德列耶夫再次进入学者的研究视野。这期间出现了很多高质量的专题研究论文，比如王富仁的《鲁迅的前期小说与安特莱夫》（《中国文学研究年鉴》，1982），这是新中国成立后我国出现的第一篇有关安德列耶夫的研究论文。王富仁运用比较文学的方法，分析了鲁迅在对安德列耶夫作品形式、精神内涵、表现手法等方面的传承与革新。周启超的《列·安德列耶夫的小说创作风格初探》（1984）对安德列耶夫的小说风格进行探讨。进入21世纪，我国对安德列耶夫的研究成果如雨后春笋，无论是作品的数量还是研究的角度都明显增多，它们大致可以分为以下几个方面：一、从比较文学的角度研究。学者们较多地从安德列耶夫与鲁迅的作品风格与创作思想之间的差异与相似之处入手，如李舒的《阴冷的真实——鲁迅与安德列耶夫小说创作之比较》（《江苏教育学院学报（社会科学版）》，2004），崔洁莹的《鲁迅与安德列耶夫创作思想之比较》（《黄河水利职业技术学院学报》，2010），蒋浩伟的《沉默的流变——从安德列耶夫到鲁迅》（《太原学院学报（社会科学版）》，2017）等。除了将安德列耶夫与鲁迅做对比外，山东大学李建刚教授的博士论文《高尔基与安德列耶夫的诗学比较研究》从小说诗学、文艺美学、哲学层面等不同角度对两位作家的创作进行了系统的比较。二、对安德列耶夫的表现主义风格的研究。俄国学者约费曾说过，安德列耶夫是俄国小说创作中的第一个表现主义者[①]，并将安德列耶夫列为俄国表现主义文学的代表。王宗琥的《安德列耶夫的创作与表现主义》(《外国语文》，2009)开创了国内研究安德列耶夫表现主义倾向的先河。随后出现两部硕士论文，分别为王鑫的《表现主义视阈下安德列耶夫的人的形象》(2010)和常景玉的《论安德列耶夫的戏剧〈人的一生〉的表现主义审美特征》(2014)。三、安德列耶夫作品研究，如郭秀媛的《安德列耶夫及其创作浅谈》(《河北大学学报》，1998)，高春雨、张坤的《浅析安德列耶夫的〈红笑〉》(《齐齐哈尔大学学报(哲学社会科学版)》，2008)，王英丽的《论〈加略人犹大〉的时空观》(《俄罗斯文艺》，2014)等。除期刊文章外，还有方鹏飞的硕士论文《安德列耶夫的长篇小说〈撒旦日记〉的创作研究》(2016)，李宏微的硕士论文《安德列耶夫〈红笑〉的战争主题研究》(2019)等。四、关于安德列耶夫的叙事研究，如王艳卿的《灵魂世界的协奏：〈红笑〉叙事的心理意义》(《俄罗斯文艺》，2002)，李墨的《〈红笑〉文本叙事中的读者参与》(《安徽文学》，2006)，万瑾的《列·尼·安德列耶夫小说作品的叙事艺术研究》(2008)等。五、安德列耶夫创作中的"死亡"主题研究。安德列耶夫酷爱描写死亡，一直把死亡作为自己作品的一个永恒话题，国内的研究者也注意到了这一点，代表性论文有潘海燕的《面对死亡的沉思——论安德列耶夫在〈红笑〉中的艺术创作》，郑永旺的《穿越阴阳界——从〈叶列阿扎尔〉到〈人的一生〉

[①] *Иоффе И.И.* Культура и стиль. Л. 1927. С. 324-348.

来分析列·安德列耶夫的死亡世界》(《俄罗斯文艺》,2000),王进波《俄罗斯作家文本中的死亡意识及安德列耶夫对死亡意识的变化》(2013),王英丽《冥界的风景》(2015)等。

时代因素与安德列耶夫在中国的传播与接受

文学的发展无法避开时代的因素,它是与社会历史变革的进程同步进行的。同样,对外国文学的接受也要受到社会发展、时代背景等因素的影响。对安德列耶夫的研究,从最初的零星翻译到后来的广泛传播,迄今为止已有一百多年的历史,我们不能回避时代因素对文学的接受、发展产生巨大影响这一普遍现象。20世纪初,欧美文学涌入中国,大量的外国文学作品翻译开始在中国的土地上生根发芽。在这样的背景下,俄国文学也悄然而至。据统计,在"五四"以前,俄国文学作品在中国的译介仅占全部外国文学作品中译本的5%,但是在"五四"以后形势出现了明显的转折,对俄国文学的译介开始在翻译界占据上风。为什么会出现如此变化?可能因为俄国作家敢于揭露社会的黑暗面,敢于抨击封建制度对人的压迫,这样的立场正好符合了当时中国的国情。19世纪末20世纪初的中国正处于半殖民地半封建时代,广大人民处于双重压迫中,而俄国文学作为一种为人生的文学,契合了当时国人的诉求。周作人曾说:"中国的特别国情与西欧稍异,与俄国却多相同的地方,所以我们相信中国将来的新文学,当然的又自然的也是社会人生的文学。"而安德列耶夫的作品更具有代表性,它们大多取材于作家从小熟悉的旧俄下层社会的生活,主要人物除几个不同类型的市侩外,更多的是挣扎在死亡线上的流浪汉、妓女、小偷、低级职员、苦孩子及各种重病患者，作者通过这些形形色色的底层主人公的不同境遇，写出他们不堪忍受的痛苦，偶然得到的微小欢乐和强烈但不完全明确的抗争，这样的文学主人公无疑更能得到中国读者的认可。

新中国成立的头十年，也是中苏的"蜜月"时期，中国文学界以极大的热情海量翻译苏联文学，《钢铁是怎样炼成的》《静静的顿河》《母亲》等更是被广泛阅读，它们不仅影响到了中国作家的创作，还塑造着人们的思想，甚至成为他们生活的指导。之后，随着中苏交恶，对俄国文学的翻译进入"停滞"期。在这样的时代背景下，安德列耶夫的作品自然也会受到冷遇。20世纪80年代，中苏（俄）文学关系进入一个新阶段，俄苏文学又开始大批量地被译成中文。20世纪80年代，我国共有70家出版社出版过俄苏文学作品，用"井喷"来形容20世纪80年代俄国文学在中国的接受和传播似乎并不过分。十余年间，全国近百家出版社先后出版的俄国文学作品多达近万种！这其中当然也包括安德列耶夫的作品。随着译介和翻译的深入，安德列耶夫及其创作已经比较完整地呈现在了中国读者的面前。

然而在当下，安德列耶夫的译介和研究依然存在某些不足。首先，尽管对安德列耶夫的译介已经有一个世纪的历史，但是国内至今还没有出版过一本完整的多卷本《安德列耶夫文集》。俄国学界有很多关于安德列耶夫的研究专著，如别祖霍夫的《安德列耶夫和现实主义》等，但这些学术著作也一直没有被译介过来。其次，在研究方面也存在着一些厚此薄彼的现象，比如国内出现了很多关于安德列耶夫短篇小说的研究，但是却鲜有人对其戏剧作品进行系统而深入的研究。安德列耶夫作为白银时代一位极有影响力的作家，我们对于他的译介和研究还是有继续深化的余地和可能。

诗文之间
——布宁同题诗歌与散文的比较分析

郑晓婷[*]

"散文和诗歌的界限在哪里？我永远弄不清楚……为什么诗和散文，幸福和不幸如此紧密相联？应该怎样生活？努力把诗和散文一下子结合起来呢，还是先享受一个，再听凭另一个摆布？"列夫·托尔斯泰曾提出这样的问题，尔后，他亲自给出答案："理想有比现实好的一面，现实也有比理想好的一面。两者结合才是完满的幸福。"[①]

诗歌和散文[②]的有机融合被视为俄国文学中最崇高、最动人的现象[③]，这是典型的俄式思维，或曰典型的俄国文学情绪。布宁作为

---

[*] 郑晓婷，2015—2018 年在首都师范大学外国语学院随刘文飞教授攻读硕士学位，硕士论文题为《诗文之间——布宁同题诗歌与散文的比较分析》；2018 年考入首都师范大学外国语学院随刘文飞教授攻读博士学位，研究方向为佩列文的创作。

[①] 《列夫·托尔斯泰文集》，陈馥译，人民文学出版社，1991 年，第 17 卷，第 13、19—20 页。

[②] 俄语中的"散文"（проза）指的是与韵文相对的一切非韵文作品，包括小说和各类散文体裁。

[③] 巴乌斯托夫斯基：《金蔷薇》，李时、薛菲译，漓江出版社，1997 年，第 276 页。

俄国文学传统的继承者和革新者，其诗歌与散文的内在联系贯穿了其整个创作。自 1887 年首次发表诗歌《悼纳德松》至 1953 年去世前未完成的回忆录《契诃夫》，在 67 年的写作生涯中，布宁共创作七百六十余首诗歌、三百多篇中短篇小说和一部长篇小说。1933 年，布宁凭借散文创作获得诺贝尔文学奖，而从未中断的诗歌创作无疑造就了其作为散文家的成功。在创作早期，布宁常常把诗歌和散文收入同一部文集出版，似乎有意在强调两者之间的联系。早在 1912 年接受《莫斯科报》采访时，他更是明确提出："不赞成把文学分成诗歌和散文"，"我没有在自己的诗歌和散文之间划一道界线。我的诗歌也好，散文也好，都是有韵律的……只是紧张程度不同而已"[①]。

布宁的散文就是诗，诗就是散文，这不仅体现在两者近乎融合的风格上，还直接表现在形式上。布宁常将不同体裁的作品冠以相同或相似的标题，且这一现象分布在不同的创作阶段。布宁的前辈亦同乡屠格涅夫也曾创作过同题抒情诗《乡村》（1846）和散文诗《乡村》（1878），两者内容、风格相似，只是后者的思想性更强一些，艺术性更高一些。[②] 但若从同题诗歌与散文的复杂性和数量上来看，在俄国文学史中布宁是独一无二的。据笔者统计，布宁同题以及与之相关的诗歌与散文有二十对之多，按照创作分期和主题一致性可以分为三大类：

一、同期的同题诗歌和散文，多为早期，且散文多在诗歌之前。例如，早期诗歌《田庄上》（1897）和早期散文《田庄上》（1892），

---

① 布宁：《我怎样写作》，见《布宁文集》，陈馥译，人民文学出版社，2011 年，第 4 卷，第 453 页。
② 刘文飞：《屠格涅夫的早期抒情诗》，见刘文飞：《墙里墙外——俄语文学论集》，中央编译出版社，1997 年，第 90 页。

早期诗歌《篝火》（1895）和早期散文《篝火》（1902），早期诗歌《墓志铭》（1902）和早期散文《墓志铭》（1900），早期诗歌《新年》（1906）和早期散文《新年》（1901）。

布宁早期同题诗歌和散文就近取材，主题多为作者所熟悉的贵族和农民生活，散文依托诗歌创作经验，具有很强的主观性和抒情性。布宁的家族起源可追溯至15世纪波兰名士西梅翁·本科夫斯基，其后人因作战英勇、效忠罗斯大公而获得封地和贵族头衔，但到了布宁父亲那一代，往昔殷实的贵族生活不再。同题诗歌和散文《田庄上》在人物背景、描写视角上的同源性颇强，甚至在面对业已衰败的田庄，两个主人公分别发出"哪里去了，黄金般的幸福？""从前的一切都到哪里去了？"的相似叹息。受其诗歌创作的影响，布宁有意简化小说《田庄上》的情节，突出抒情意象，从花园到星火，从迷雾到地板，在生长着荨麻草和牛蒡的老宅间，在嘎嘎作响的老旧地板上，甜蜜的忧愁噬咬着主人公的心。在这组同题诗文中，诗歌《田庄上》更像是一篇乐声悠扬、节奏舒缓的散文，而小说《田庄上》如同一首伤感的长诗。

另一组早期同题诗文《墓志铭》，是布宁诉诸永恒主题的较早尝试。诗歌《墓志铭》的情节是一位过早离世的少女对悲剧命运和爱情的哭诉，从内容上看是主题的变奏与交融：死亡情节—爱情主旋律—永恒抒情曲；从形式上看，全诗则经历了否定—肯定—过渡—升华的过程。而散文《墓志铭》在体裁上接近于一篇散文诗，以村庄和十字架上的圣母像为对象，描绘四季更迭中的大自然以及人与自然和谐生活理想的破灭。布宁通过诗歌《墓志铭》告诉我们，爱情可以超越死亡成为永恒，这个墓志铭是爱情的墓志铭；散文《墓志铭》则表现乡村从和谐到失谐的过程，发人深省，这个墓志铭是全人类的"墓志铭"。

布宁的诗歌创作比散文早五年,早期两种体裁在创作数量上基本相同。布宁早年生活在日益凋敝的俄国乡村,亲眼目睹了乞丐、农民、破产小地主等形形色色人物的生活,对俄国现实主义文学传统的坚守最初表现在其诗歌中。早在1898年发表的《谈当代诗歌之不足》一文中,布宁就明确指出:"诗人应当满怀欢乐和忧愁,做社会需要的忠实表达者,应该促使他人走向美和善。"布宁还热烈称赞公民诗人涅克拉索夫"是诗歌精神的代表,他触及到社会性的问题"[1]。这一时期布宁作品中的爱情主题也是服务于"社会性问题"的。短篇小说《新年》讲述一对夫妇从南方返回彼得堡,途中夜宿坦波夫省的庄园,二人起初陶醉于甜蜜的回忆和宁静清新的大自然,最后怅然意识到往昔不再、爱情不再,破败的庄园寂静得如同一座坟墓。在这里,爱情和庄园互为象征之物,布宁正是在对庄园破败的喟叹中表现爱情的无奈,形成非常鲜明的两条主线,一明一暗,庄园衰败为明,爱情逝去为暗;一显一隐,满目凄凉为显,内心空洞为隐。此外,布宁小说中浓郁的抒情氛围源于独特的"布宁式"语言。布宁被称为"文学语言的天才艺术家"[2],他字斟句酌,而又不留下斧凿的痕迹。布宁一向提倡保护自普希金以来的传统的俄罗斯语言,反对刻意追求华丽辞藻、标新立异的词句。布宁写人状物简练而朴实,却给人一种花团锦簇之感,被称为"形容词的盛宴"。同时,布宁笔下的爱情超越了一般的浪漫情感,他以敏感而深沉的体验营建了一

---

[1] 吴元迈编:《20世纪外国文学史》,译林出版社,2004年,第1卷,第147页。
[2] 特瓦尔多夫斯基:《论布宁》,见《布宁中短篇小说选》,陈馥译,外国文学出版社,1981年,第367页。

种独特的俄罗斯式的爱情悲剧,布宁用文字浇筑出永恒的情感世界,也许这个世界就是一首长诗,"只要在这个世界上曾经存在过的生命,就不会死亡!"[①]

二、不同时期的同题诗歌和散文,诗歌多创作于散文之前,散文是诗歌以另一种方式的继续。例如,早期诗歌《故事》(1903—1904)和中期散文《故事》(1913),早期诗歌《太阳神庙》(1907)和中期散文《太阳神庙》(1909),早期诗歌《夜》(1901)和晚期散文《夜》(1925),早期诗歌《盲人》(1907)和晚期散文《盲人》(1927),早期诗歌《初恋》(1902)和晚期散文《初恋》(1930),早期诗歌《四月》(1903—1906)和晚期散文《四月》(1938),中期诗歌《正午》(1909)和晚期散文《正午》(1930),中期诗歌《姑娘》(1913)和晚期散文《姑娘》(1930),中期诗歌《青春》(1916)和晚期散文《青春》(1930)。

1909—1912年是布宁创作成熟期的开始。首先,在中篇小说《乡村》的发表取得成功后,布宁更加专注于散文创作;其次,1900—1911年间,布宁曾五次出游欧洲和中东各国,境外之旅带来的思想冲击增强了其诗歌和散文的哲理性;最后,布宁的文学地位在这一时期得以确立。1909年,布宁再次获得普希金奖,被选为俄国科学院名誉院士,1912年成为俄罗斯文学爱好者协会荣誉会员,1912年10月,社会各界隆重庆祝布宁从事文学创作活动25周年,高尔基给予非常高的评价。

布宁早期和晚期作品在题材和思想上有着明显的延续性,就同题

[①] 布宁:《布宁短篇小说选》,张建华主编,陈馥译,外语教学与研究出版社,2006年,第181页。

诗歌和散文而言，在晚期创作中出现了与早期诗歌相对应的同题散文，且篇幅短小，它们在情境、意象、思想乃至细节描写上都有着诸多的相似性。早、晚期创作阶段在时间上跨越了二十年之久，在空间上更是跨越了俄国与法国之间的距离，不同时空范围内诗歌与散文的再次相遇，不是偶然的巧合，也不是作者的黔驴技穷，而是布宁一贯思想的回归，永恒艺术追求的体现，我们将这一现象称为"U"形结构或者"马蹄形"结构。以同题诗文《盲人》为例，诗歌《盲人》创作于1907年，散文《盲人》创作于1927年，两种体裁的主线都是盲人乞丐与施舍者之间的情感共鸣，"生命＝善＋爱"是布宁作为人道主义作家不变的信条。

在诗歌方面，值得注意的是，自第一次世界大战至十月革命这段动荡的岁月，布宁很少在诗歌中表现社会矛盾和危机，似乎有意避免纷繁的世俗惊扰了"美与永恒"的世界，亦可看作布宁对当时社会的一种反抗。诗歌和散文主题的一致性因此有所降低，并且，诗歌和散文比重已经有了非常明显的变化，即包括中短篇小说、游记等在内的散文作品在数量和影响上远远超过诗歌。散文创作的大气候与布宁散文的诗化趋向都是布宁抒情诗数量剧减的原因。但减少并不代表诗歌被遗忘了，布宁的诗学原则正是在这一时期稳步确立的。

三、题目相似或相异、主题高度一致的诗歌和散文，诗歌创作均早于散文。例如，早期诗歌《在远离我故乡的地方》（1893）和早期散文《走向天涯》（1894），早期诗歌《森林的寂静》（1898）和早期散文《寂静》（1901），早期诗歌《午夜时分，我走进她的闺房》（1898）和晚期散文《深夜时分》（1938），早期诗歌《茨冈姑娘》（1889）和早期散文《篝火》（1902），早期诗歌《墓志铭》（1902）和中期散文《轻盈的呼吸》（1916），早期诗歌《孤独》（1903）和中期散文《阿强的梦》

（1916）。

诗歌《孤独》和小说《阿强的梦》虽然标题相异，但在人物刻画、景色描写上都十分相似，而且诉诸的都是同样的主题——存在与孤独。诗歌《孤独》涉及抒情主人公画家和恋人，夏天结束，迎来的是恋人的离去和孤独的秋天。小说《阿强的梦》主人公也是一位忧郁、深情的人，只不过职业换成了船长，阿强是船长从中国码头买来的一只狗，与船长相处了六年，他见证了船长的春风得意、被妻子背叛后的痛苦不堪以及最后的死亡。虽然诗歌《孤独》是以人的视角展开，小说《阿强的梦》以狗的视角展开，但是这里的阿强已不再是一只简单的狗。整篇小说由阿强的梦境和现实两条主线构成，断断续续的梦是对过去的回忆，即阿强和船长共同的回忆。梦境的地点从中国的码头到敖德萨伊丽莎白大街上的住宅、小酒馆，梦境涉及的人物从第一个中国主人、船长到船长的妻子、女儿、船长的画家朋友，梦境中穿插着对"三种真理"的思考，而所有变换的中心就是阿强，它几乎与船长有着共同的视角，所以它最能体会船长的孤独。"狗"在布宁的创作中是一个独特的角色，它们常常具有超越人类的灵敏感觉，例如诗歌《狗》（1909）中写道："我是个人：命中注定要像上帝那样，/尝遍所有国家和一切时代的忧伤。"值得注意的是，在船长去世之后，阿强有了第三个主人，即船长的画家朋友，他在参加完葬礼之后，"连大衣也不脱，帽子也不摘，就坐在大圈手椅里吸烟，眼睛望着他的工作室的暗处。阿强躺在壁炉边的地毯上，闭上了双眼，把头搁在两只爪子上"。沉思的画家、狗、壁炉，这是一幅几乎完全与诗歌《孤独》相一致的画面了。诗歌《孤独》仅有24行，却像是一部情节完备的叙事小说，《阿强的梦》则像一首寓意深刻的"小说抒情诗"。更令人惊奇的是，两部不同体裁的作品中不乏一一对应的意象和句子。比如，秋天的晦暗和凄清、冰冷的壁炉、忧郁的画家、狗。在主题上，这组诗歌和散文共同揭示了作为人类永恒状态的孤独和死亡。

苏联评论界曾以政治事件为基准，将布宁的创作划分为"十月革命前"和"流亡阶段"，这实际上割裂了他创作中同题诗歌和散文所暗含的内在联系。在布宁的创作早期（1887—1906），诗文同题现象多发，诗歌与散文在主题上的一致性较高，诗歌的主导地位开始受到散文的挑战；在创作中期（1907—1917），他的散文完全超越诗歌成为主导，散文的辨识度提高，诗歌与散文的一致程度降低；晚期（1920—1953），其散文的主导地位不断巩固，优秀散文作品在世界范围内得到承认，诗歌以哲理诗为主，与散文保持高度一致性。

米尔斯基曾指出布宁在自己的时代"很难被归类"，他作为诗人远不如作为小说家重要，但他仍是一位天才诗人，是象征主义时代唯一重要的非象征主义诗人。[1] 被布宁同等关照的诗歌和散文也是"很难被划分"的，这也许就是"布宁式"诗歌和散文的识别标志。布宁的散文比诗歌更具有诗意，更为主观；诗歌比散文更偏向客观，以叙述性和现实性见长。把散文写好了，能达到诗的境界；把散文与诗的关系想得深了，能把文学与人生贯通。如果说，在诗与散文之间能找到一个完美的契合，并在这种契合中找到幸福，那么布宁无疑做到了这一点。

---

[1] 米尔斯基：《俄国文学史》，刘文飞译，人民文学出版社，2013年，下卷，第127页。

古米廖夫的中国主题诗作

张政硕 *

　　古米廖夫从未来过中国,却创作了一些中国主题的诗歌。值得注意的是,古米廖夫的第一首中国主题的诗《中国之旅》作于他试图脱离象征派之时,而后的几首中国主题诗作写于诗人实践阿克梅理论的巅峰之时,中国组诗《瓷亭》则作于诗人对创作产生新的思考之时,这其中暗含着某种必然的联系。古米廖夫创作的"模仿时期"、"成熟时期"与"综合时期"在时间上恰好对应着阿克梅主义的发起、兴盛与衰亡。古米廖夫亲历了俄国阿克梅派的起承转合,阿克梅派的历史与古米廖夫的创作生涯息息相关。在创作的三个阶段,古米廖夫都写出了一定数量的中国主题诗歌。中国主题的诗歌始于诗人对象征主义的反叛,并作为诸多异域题材之一存在于古米廖夫创作

---

* 张政硕,2017—2020 年在首都师范大学外国语学院随刘文飞教授攻读硕士学位,硕士论文题为《古米廖夫诗歌创作风格的发展演变》;2020 年考入首都师范大学外国语学院随刘文飞教授攻读博士学位,研究方向为俄语诗歌。

的成熟时期与综合时期的诗歌创作中。

以古米廖夫为首的几位诗人在"诗人车间"中创立了俄国 20 世纪初期著名的三大诗歌流派之一——阿克梅派。1913 年 1 月,古米廖夫在阿克梅主义的宣言《象征派的遗产与阿克梅派》中指出,接近阿克梅派的四位大师是莎士比亚、拉伯雷、维雍、戈蒂耶。古米廖夫不懂汉语,其所译中国诗集《瓷亭》为其从法文转译,而这些被译成法文的中国诗歌正是出于泰奥菲尔·戈蒂耶的女儿朱迪特·戈蒂耶之手。朱迪特·戈蒂耶的译作并不忠于原文,而是对原作的一种独具匠心的改写。[①] 仅剩中国意象而失去灵魂的中国诗歌依然能够给古米廖夫带来相当多的灵感,甚至引起了古米廖夫后期部分实践阿克梅派理论诗作的"克里纳门"[②]。

一、古米廖夫创作"模仿时期"的中国主题诗作

古米廖夫在诗坛的横空出世与俄国象征主义脱不开关系。象征主义是对现实主义文学反叛的探索,它追求神秘的世界,追求神灵与神智,长期探索未知的事物,因此渐渐不被读者欣赏;另一方面,俄国象征主义后期广开门户势必造成鱼龙混杂的局面,降低了象征主

---

① 胡学星:《古米廖夫所译中国组诗〈瓷亭〉之准确性》,载《山东外语教学》2011 年第 6 期,第 91 页。
② 克里纳门(Clinamen),即真正的诗的误读或有意误读。该术语借用于卢克莱修的著作,"克里纳门"指原子的"偏移",以使宇宙可能起一种变化。一个诗人"偏移"他的前驱,即通过误读前驱的诗篇,以引起相对于这首诗的"克里纳门"。这在诗人本身的诗篇里体现为一种矫正运动,这种矫正似乎在说:前驱的诗方向端正不偏不倚地到达了某一点,但到了这一点之后本应"偏移",且应沿着新诗作运行的方向偏移。

义的水准。在时代务实潮流的冲击下，人们期盼着文学的更新。[①] 古米廖夫 17 岁进入皇村中学学习，受到皇村中学校长、著名象征主义诗人安年斯基的器重和影响。安年斯基一反象征主义的宗教神秘主义而探索新的艺术表现手法的思想对古米廖夫一定会有影响。[②] 古米廖夫在创作初期是象征主义诗人们的模仿者和追随者，受象征派诗人维亚切斯拉夫·伊万诺夫等影响颇深，并与象征派诗人库兹明结为好友。这几位诗人都不是传统的象征主义者，他们或多或少地追求人间生活，追求现实生活中存在的物象，古米廖夫在受这些人的创作影响的同时，或已埋下脱离象征派的种子。

早在皇村中学学习期间，少年古米廖夫经常在沙皇的宫殿中四处游玩，彼得夏宫中国厅里陈列的中式家具、瓷器、彩灯等陈设和景物给了古米廖夫一些创作灵感。在古米廖夫于法国索邦大学学习期间，与拉里昂诺夫和冈察罗娃两位衷情东方艺术与文化的俄国画家结为好友，并对中国主题的意象产生了更为浓厚的兴趣。[③] 古米廖夫受此影响，在其模仿时期的后段开始诉诸中国主题。古米廖夫的第三部诗集《珍珠》是诗人模仿象征主义的巅峰，第一首出现中国主题的诗歌《女皇》便出自这部诗集。在诗中，古米廖夫尝试以遥远的西藏恰到好处地代替象征派向往的基督与上帝：

你藏在铜色发卷中的额头，

如同钢铁一般，你锐利的双眼，

---

① 曾思艺:《俄国象征派、阿克梅派诗歌研究》，光明日报出版社，2016 年，第 322 页。
② 张艳婷:《古米廖夫诗歌中的中国形象》，载《现代语文（学术综合版）》2015 年第 9 期，第 76 页。
③ 曾思艺:《俄国象征派、阿克梅派诗歌研究》，光明日报出版社，2016 年，第 193 页。

在西藏安静思索的僧侣

为你把篝火搭起……①

古米廖夫在法国留学期间一方面模仿象征派诗人，学习梅列日科夫斯基对通灵与神智的探索，学习勃留索夫"在美与梦幻中寻求纯诗"②，另一方面尽可能汲取历史地理知识，在创作中描写散布在世界各地的物象以寻求远游的缪斯。同样在诗集《珍珠》中，《中国之旅》（Путешествие в Китай, 1909）一诗被认为是第一首中国主题的诗作，这首致俄国美术设计师苏杰金的诗作被看作与拉伯雷著名长篇小说《巨人传》的文学联想有关。③ 这首诗的第三小节是这样的：

我们都深知罪恶的痛，

我们都离开了神圣的天堂，

同志们，我们都相信大海，

我们能扬帆远航，去遥远的中国。④

在创作这首诗的时候，古米廖夫应是有感于中国的种种形象，诗人联想到少年时在皇村看到的珐琅瓷器与亭台楼阁，看到客居法国的两位俄国画家向他展示的种种物件，不免对遥远的、陌生的、未曾到过的中国心生好奇与向往。诗人想离开基督教徒们敬畏的神圣天堂，而想借一艘船去往虽遥远但还是可以到达的中国，这是诗人

---

① *Гумилёв Н.С.* Малое собрание сочинений Николая Гумилёва. М.: Азбука. 2015. C. 78.
② 曾思艺：《俄国象征派、阿克梅派诗歌研究》，光明日报出版社，2016 年，第 193 页。
③ 谷羽：《诗人古米廖夫笔下的中国主题》，载《中华读书报》2011 年第 6 期，第 22 版。
④ *Гумилёв Н.С.* Малое собрание сочинений Николая Гумилёва. М.: Азбука. 2015. C. 89.

从向往虚幻到向往现实的一次迈进。"茶花园""铜狮子"等意象在诗人笔下的抒情主人公眼中俨然如天堂一般美好,为了这一段旅程,抒情主人公不畏"在船上度过几个星期",甚至不畏"在航程中遇见死亡"。在这首诗中,抒情主人公恳求拉伯雷来做船长,来引领这艘船开往中国。值得一提的是,在阿克梅主义宣言《象征派的遗产与阿克梅派》中,拉伯雷曾被古米廖夫视为阿克梅主义的四位大师之一。

在未收入诗集的《邂逅》一诗中,诗人渐渐尝试用遥远的现实意象取代曾潜心研究的通灵术与神秘主义,对遥远东方的向往再一次燃起:

我向我的胜利之星祈祷,
向古老东方的钻石祈祷,
向广阔的草原祈祷,那里我的
呓语——总是与命运邂逅。[1]

在创作的模仿时期,古米廖夫一方面学习象征主义的思潮与象征派众诗人的创作形式;另一方面,诗人渐渐意识到象征主义或已枯竭。正如其在《象征派的遗产与阿克梅派》中提到的,俄国象征派将主要的精力放在了神秘莫测的领域。俄国象征派时而钻研神秘主义,时而钻研神智学,时而钻研玄秘术,象征主义对这些领域的探索几乎接近创造神话。[2] 诗人开始对现实事物持明确的、客观的态度,

---

[1] *Гумилёв Н.С.* Полное собрание сочинений в одном томе. М.: Изд-во АЛЬФА-КНИГА. 2017. С.327.

[2] *Гумилёв Н.С.* Малое собрание сочинений Николая Гумилёва. М.: Азбука. 2015. С. 633-634.

尽管中国主题与中国形象是古米廖夫未曾经历过的现实，但是我们或应承认，诗人这种转向是朝阿克梅主义的一次迈进。诗人也认为，属于象征派的一页行将翻过，俄国诗歌史翻开了崭新的一页。

二、古米廖夫创作"成熟时期"的中国主题诗作

在模仿象征主义大师们的写作之后，古米廖夫渐渐开辟了一条属于自己的诗歌创作道路。古米廖夫继续在俄国以外寻找"远游的缪斯"，随着对诗的理解日益成熟，他对中国意象的理解也更为深刻。

1912 年，古米廖夫在一年前成立的"诗人行会"中宣布阿克梅派诞生。次年 1 月，古米廖夫在《阿波罗》杂志上刊登《象征派的遗产与阿克梅派》，堪称阿克梅主义的宣言。诗人在文中宣称：不可知的事物是不能被认识的，试图认识不可知的事物也是不贞洁的。[1] 他在文中提出的阿克梅派的四位导师分别是展示人们内心世界的莎士比亚，展示肉体欢乐与睿智肉欲的拉伯雷，毫不怀疑自己人生的维雍，以及在艺术中找到似乎毫无瑕疵的衣衫的戈蒂耶。[2]

《异乡的天空》——古米廖夫的第四部诗集通常被认为具有独特的面貌和色彩，其中一些诗作的表达准确、清晰，蕴含独立的、成功的思想。[3] 笔者认为，古米廖夫在这部诗集中较好地践行了阿克梅主义的理论。在这部诗集中，《我曾相信，我曾企盼……》是一首中国主题的诗作，这首诗的最后两节是：

---

[1] *Гумилёв Н.С.* Малое собрание сочинений Николая Гумилёва. М.: Азбука. 2015. C. 634.

[2] Там же. C634-635.

[3] 霍达谢维奇：《摇晃的三脚架》，隋然、赵华译，东方出版社，2000 年，第 287 页。

我曾梦见我的头不再疼痛，

　　它宛如——炎黄大地的瓷铃铛，

　　悬挂在斑杂的浮屠中，丁零丁零地响，

　　逗弄起珐琅色天空中的成群仙鹤。

　　而寂静的姑娘一袭红裙，

　　裙摆中绣着金色的蜜蜂、鲜花与巨龙，

　　小脚姑娘凝望着、仔细倾听着

　　轻盈的叮当声，而未陷入沉思与梦境。①

　　古米廖夫在这首诗中描绘了一幅中国的画面：宝塔中铃铛作响，成群的仙鹤飞行，接着出现了一位身着中国传统服饰、裹着小脚的中国姑娘。这首诗深刻地体现了古米廖夫作为阿克梅派诗人对诗歌绘画感的看重。刘文飞指出，象征主义诗歌最看重诗歌的"音乐性"，阿克梅主义则更强调诗歌的"绘画性"②。"音乐性"更多的是体现诗人们选择词语及词语排序的作诗法功力，而"绘画性"更偏重诗人们对意象的选择。中国的种种形象在俄语诗歌中是崭新的，是唯美的。古米廖夫是以男性的，以旁观者的视角来描写这幅富有中国色彩的画面。古米廖夫并没有像了解他曾三次去过的非洲大陆一样了解远方的中国，在这首诗中，古米廖夫是通过在俄国和法国看到的少量的中国意象来进行对中国的描绘的。诗人借抒情主人公眼中姑娘的温柔来反衬抒情主人公的阳刚之气，借对远方中国的向往含蓄

---

① *Гумилёв Н.С.* Малое собрание сочинений Николая Гумилёва. М.: Азбука. 2015. С. 120.
② 刘文飞:《二十世纪俄语诗史》，社会科学文献出版社，1996年，第45页。

地展现了抒情主人公的征服者心理。

郑体武认为，古米廖夫与其说是一位抒情诗人，不如说是一位叙事诗人。① 叙事性强的风格增添了古米廖夫诗作的"绘画性"，古米廖夫借中国主题展现其"绘画性"，来与当时俄国诗坛主流的象征派做抗争，或许可以称得上是一种"出奇制胜"。阿格诺索夫指出，异域情调的描绘不仅是创建"他人"世界的一种方式，而且还是与象征主义进行争论的一种手段，古米廖夫之所以将笔触伸向异域的天空，是想给俄国诗歌注入新的情调；他所倡导的并不是逃离熟悉环境中的现实，而是接近陌生环境中的现实。② 在致阿赫玛托娃的《归来》一诗中，古米廖夫讲述了一个抒情主人公与他的中国同伴一同跋涉许久，来到中国长城的故事：

当我们到达中国的长城，
我的伙伴对我说："那么，再见了，
我们要分路而行：你的路——是至圣的，
而我，我要去种植水稻与茶叶。"——

在白色的山丘，在茶园边，
在古老的佛塔旁，活佛静坐。
我在他身前鞠躬，心中窃喜，
这般甜蜜的感觉，前所未有。③

---

① 郑体武：《俄国现代主义诗歌》，上海外语教育出版社，1999 年，第 304 页。
② 阿格诺索夫主编：《白银时代俄国文学》，石国雄、王加兴译，译林出版社，2001 年，第 201 页。
③ Гумилёв Н.С. Малое собрание сочинений Николая Гумилёва. М.: Азбука. 2015. С. 120.

古米廖夫写遥远的中国不仅有对现实生活的反叛,有对象征主义的批判。也是在创作这首诗的时期,诗人提出了崭新的阿克梅派诗学主张。古米廖夫在几行诗中连用"长城""水稻""茶叶""茶园""佛塔"等中国意象的词语,勾勒出一幅中国主题的精妙简笔画,这些精准的词语是具有典型意义的,是西方人一想到中国就不难联想到的词语。另一位阿克梅派诗人曼德尔施塔姆在另一篇具有阿克梅主义宣言性质的文章《阿克梅主义的早晨》中提到,对于阿克梅主义者而言,词语的意义——"逻各斯"是极好的形式,正如音乐对于象征主义者们一样。[①]

《归来》一诗收在古米廖夫的第五部诗集《箭囊》中,这部诗集是诗人实践阿克梅主义理论的巅峰之作。《箭囊》中的另一首诗《中国姑娘》,也是一首地道的中国主题诗作。古米廖夫或许在模仿古时的中国男性诗人以女性的口吻作诗,整首诗在内容上一反古米廖夫平时的阳刚之气,多了些许阴柔,在形式上则诗行精短。这首诗显然受到一些中国"闺怨诗"的影响,笔者认为这首诗看似表达"闺怨",实则更多描写的是一位中国少女闲适的生活日常。有学者认为诗人在这首诗中误读了"闺怨"的主题,古米廖夫对中国只有片段式的了解,站在自己的立场上进行跨文化的阅读,诗人并没有深入地了解中国"闺怨诗"的内涵,在《中国姑娘》中,古米廖夫未提一字抒情主人公的思念与愁怨,而是用许多清新明快的意象描绘了一幅少女安逸悠闲的生活画面。[②] 笔者认为,古米廖夫的确误读了,但这种误读对

---

① Мандельштам О. Малое собрание сочинений Осипа Мандельштама. СПб.: Азбука-Аттикус. 2016. C. 464.
② 彭书跃、李莉华:《俄罗斯的"闺怨"——论古米廖夫〈中国小姐〉诗中对"闺怨"主题的误读》,载《考试周刊》2009 年第 43 期。

探索诗人自己的创作道路却有着积极的影响。哈罗德·布鲁姆提出，绝大多数所谓的对诗的"精确性"阐释实际上比谬误还糟糕，更好的方式也许就是或多或少具有创造性或趣味性的误读。古米廖夫每一次对中国诗歌的阅读都是一次"克里纳门"，诗人并未学过汉语，并非以成为中国诗歌的研究者为目的，也并未选择付出大量时间和精力去深入解读中国的诗歌，而是潇洒地以选择"克里纳门"为自由，这一点也十分符合古米廖夫的性格。在古米廖夫的诗中，关于中国的意象大都鲜明有加。在古米廖夫创作的成熟时期，诗人渐渐拥有了自己的作诗风格，诗艺也渐渐成熟。古米廖夫借中国意象充分地展现了阿克梅派诗人着重的"绘画性"，诗人对中国意象有了进一步了解，中国主题的诗歌也更能展现古米廖夫的诗学。

笔者认为，古米廖夫诗歌中俄国之外的形象与其阿克梅主义理论的实践有千丝万缕的联系。综观古米廖夫的全部作品，外国主题的诗歌和含有大量外国意象的诗歌超过半数，古米廖夫的诗歌涉及欧洲、非洲、美洲、阿拉伯地区和东方诸国，包括中国、日本、印度、老挝、柬埔寨等地，其中写到中国的最多。中国形象在俄国读者群体中充满了异域特色与神秘感，比欧洲的意象更新鲜，比非洲和美洲的形象更温婉，比阿拉伯的形象更明亮，水墨画般的风格显现得淋漓尽致。在古米廖夫的诗歌中，中国的意象相比于其他意象，更加能体现"绘画性"，极好地实践了古米廖夫阿克梅主义的理论主张。

三、古米廖夫创作"综合时期"的中国主题诗作

阿克梅派仅仅在俄国诗坛活跃了不到五年，历史的变革拆散了诗人们的联系。古米廖夫于1914年参军，离开诗歌圈奔赴战场，两年

的戎马生涯改变了诗人对世界的认识。在经历了战场的洗礼、国家的变革与婚姻的破裂之后,面对时代的更迭与人生的危机,古米廖夫似乎摒弃了先前自己走过的诗学探索之路,重新陷入迷茫。在这迷茫时期,诗人继续探索自己的诗歌创作路线。诗人时而继续坚持阿克梅派的诗学观念,时而回到象征派的通灵术与神秘主义,甚至开始有了一些未来主义的倾向。

在写了一些中国主题的诗歌后,古米廖夫想获取更多关于中国的信息以在创作道路上做进一步的探索。古米廖夫1917—1918年居留巴黎期间翻译了一些中国古诗词。古米廖夫不懂汉语,这些诗词是从朱迪特·戈蒂耶法文版的《玉书》转译而来,收录成集,被诗人命名为《瓷亭》。古米廖夫翻译中国诗歌这一举动,说明他希望通过亲身实践来更好地把握和体验中国文化的奥秘。[①]

诗集《瓷亭》1918年于巴黎问世,分为"中国"与"印度"两部分,中国部分有11首诗。诗集中的多数诗歌已无法与中国原诗对应,因为戈蒂耶在从汉语译成法语时并不是准确地翻译,而是一种改写,古米廖夫尽管对戈蒂耶的法译本做到了忠实,但仍被一些学者认为是不忠实于中国诗原作的,甚至是根据中国诗歌进行的自我创作。[②]

古米廖夫对中国的意象理解得逐渐深刻。回首他第一首中国主题诗作《中国之旅》(1909),不难发现那里的中国形象大多是一些模糊的幻象,迷幻感多于现实感。而后逐渐清晰丰富,在创作生涯的"综合时期",诗人已能串联起自己知晓的为数不多的中国意象,从

[①] 胡学星:《古米廖夫所译中国组诗〈瓷亭〉之准确性》,载《山东外语教学》2011年第6期,第92页。

[②] 同上书,第93页。

而写出一部中国主题的、具有史诗风格的长诗。这部诗作即是诗人最后一首中国主题诗作，名为《两个梦》，全诗共 120 行，描绘了两个中国朝廷官员的孩子"腾威"和"莱姐"①在庭院门口与化身为石雕龙的恶魔的奇遇。

笔者认为，这首诗没有完全落实阿克梅派诗人们曾经的主张，而重新写到阿克梅主义者们不愿写的"不可知"，些许背离了古米廖夫在《象征派的遗产与阿克梅派》中提出的原则：时刻记住不可知的东西，但不要拿可知的猜测来或多或少地侮辱自己关于不可知的想法。②这种背离与其说是一种返回象征主义的后退，不如说是诗人对阿克梅主义诗歌道路的新探索。诗人首先简单地描绘自然风光和人文风情，后来意识到遥远的中国和俄国和西方各国一样也是有神灵的，古米廖夫为《两个梦》注入了"神灵"，也使得诗人对中国的描写更加有神，更加鲜活，一个"炯炯有神"的中国展现在了俄国读者的面前。一幅中国主题的多维巨画呼之欲出，这便是阿克梅主义者对"绘画感"的强调的终极体现。古米廖夫对中国充满向往和好奇，回顾《女皇》（1908）和《我曾相信，我曾企盼……》（1911）两首诗中分别提到"僧侣"和"浮屠"，谷羽提出，诗人在《我曾相信，我曾企盼……》（1911）中表现出情系中国的主要动因或在于探索佛教与佛学的奥秘。③这部运用现实与虚构相结合的手法创作的长诗，是诗人十年来④间接探索中国的诗体总结。

---

① 本诗尚无中译，"莱姐"（Лай-Це）和"腾威"（Тен-Вей）为笔者的音译。
② Гумилёв Н.С. Малое собрание сочинений Николая Гумилёва. М.: Азбука. 2015. С. 634.
③ 古米廖夫：《第六感觉——古米廖夫诗选》，关引光译，山东文艺出版社，2018 年，第 4 页。
④ 古米廖夫第一首含有中国形象的诗《女皇》作于 1908 年，最后一首《两个梦》作于 1918 年。

中国主题在古米廖夫的创作生涯中存续十余年，横跨诗人创作的"模仿时期""成熟时期""综合时期"三个阶段，伴随了诗人对阿克梅主义理论探索的开端与发展。在创作的"模仿时期"，年轻的古米廖夫认为中国尽管在离俄国万里之外的东方，但也在现实中存在，和虚无缥缈的未知相比也是某种意义上的现实回归，诗人以此对抗行将没落的象征主义。在创作的"成熟时期"，诗人渐渐拥有了自己的作诗风格，诗艺也渐渐成熟，他借中国意象充分地展现了阿克梅派诗人着重强调的"绘画性"，甚至通过误读中国诗歌寻到了"克里纳门"，进而在探寻阿克梅主义理论中取得了重要收获。在创作的"综合时期"，诗人通过翻译中国诗歌寻求更多的"克里纳门"，并通过一首看似回到象征主义，实为阿克梅主义之跃进的长诗对自己掌握的中国形象做了总结。笔者认为，中国主题隐秘地推动了古米廖夫阿克梅主义理论的诞生与发展，并温婉地化解了古米廖夫阿克梅主义理论与象征主义理论之间的矛盾。

论茨维塔耶娃散文的创作主题

张伟建[*]

很长一段时间以来，茨维塔耶娃都是以诗人的身份出现在学者与读者的印象和意识中。然而，在茨维塔耶娃传奇性的一生中，除了大量诗歌外，其散文作品无论在内容还是形式上也都具有高超的水准，带给我们诗歌以外的另一种美学享受。

抛开作家的两重身份、两种创作的高低不谈，只就散文主题来说，茨维塔耶娃诗歌的主题也鲜明地贯穿到了她的每一篇散文作品中。布罗茨基指出："在她所有的散文中——在她的日记、文学论文和具有小说味的回忆录中——我们都能遇到这样的情形：诗歌思维的方法被移入散文文体，诗歌发展成了散文。散文不过是她的诗歌以另一种方式的继续。"[①]

---

[*] 张伟建，中国石油报社记者，2014—2016 年在中国社会科学院研究生院外国文学系随刘文飞教授攻读硕士学位，硕士论文题为《试论茨维塔耶娃的散文创作》。

[①] 布罗茨基：《文明的孩子》，刘文飞译，中央编译出版社，2007 年，第 119 页。

这种"继续",很大程度就体现在主题上。茨维塔耶娃的散文从早期的较为单纯的生活与心理记录到中期的客观与理性思考,再到后期能将不同的内容和形式巧妙地糅合在一起,其散文的主题与诗歌所书写的内容高度一致。"茨维塔耶娃是主题诗人,她写爱情主题、死亡主题、诗人主题、告别主题、孤独主题、莫斯科主题、梦的主题等等。"[①] 这些茨维塔耶娃的诗歌主题在她的散文中均有出现,尤其是最重要的爱情、孤独、死亡三个主题,体现得最为直接和深刻。

爱情主题

关于爱情,茨维塔耶娃有过这样的表述:"爱情:因寒冷而生于冬天,因炎热而生于夏天,因第一片叶子而生于春天,因最后一片叶子而生于秋天:总是这样——爱情在一切之中发生。"[②] 爱情的主题也被她写进了散文作品:早期日记和笔记中的爱情思想,自传体散文中有关爱情的散论,《佛罗伦萨之夜》《致亚马孙女人》《索涅奇卡的故事》等篇章对爱情主题的直接描写。这些文字所表现出来的,是贯穿她整个生活与创作的、一生未曾改变的、带有独特个性的爱情。

首先,茨维塔耶娃的爱情是突然爆发式的,激烈如火焰一般。在书信体散文《佛罗伦萨之夜》中,女主人公对刚结识不久的男主人公高涨的热情中充满了赞美与逢迎,高密度的情书中处处都是如吐血一般的表白。比如第一封信中写道:"一些女人会谈论您高尚的道德,另一些会谈论您优雅的风度。而我看到的只有火焰(狐狸尾巴

---

① 荣洁:《茨维塔耶娃创作的主题和诗学特征》,黑龙江大学博士论文,2005 年,第 10 页。
② *Цветаева М.И.* Собрание сочинений в 7 т. М.: Эллис Лак. 1994. Т. 4. С. 482.

的）。"[①] 比如第三封信中："我只对您要求一件事：让我爱您，除此之外别无他求。"[②] 这种激情在《索涅奇卡的故事》中表现得更加深刻。当初次相见的女演员索涅奇卡站在她面前的时候，她的心里立刻生出了这样的印象："我面前是——一团活的火。一切都在燃烧，她整个人——在燃烧。双颊在燃烧，双唇在燃烧，皓齿在唇之火中不断地燃烧，发辫——宛如被烈焰卷曲！——在燃烧，两根乌黑的发辫，一根搭在肩后，一根挂在胸前，宛如被一团流火冲散。火中投出的目光——是那般惊叹，又是那般绝望，是：我怕！是：我爱！"[③] 毫不掩饰的激情，毫不克制的爱情如火焰一般蹿出来。正如诗人叶夫图申科所说的那样："茨维塔耶娃以她作品的威力表明，女人那颗爱恋着的心不仅仅是一支脆弱的蜡烛，不仅仅是为了照映男人而创造的一泓清澈小溪，它还是一把席卷一幢幢房屋的熊熊的烈火。"[④] 参考她散文写作之外的爱情经历，无论是与丈夫埃伏隆的结合也好，还是与罗德泽维奇的爱恋也罢，甚至是与诗人帕斯捷尔纳克、女作家帕尔诺克的交往，都有着这种爆发式和火焰般热烈的特征。

其次，茨维塔耶娃的爱情是不幸的，大多以悲剧收场。在谈到《佛罗伦萨之夜》与《致亚马孙女人》时，安娜·萨基扬茨说："玛丽娜·茨维塔耶娃……仿佛有意让两篇作品互为补充，从两个方面展现人类爱情自古以来存在的缺憾。"[⑤] 这里的"缺憾"其实就是"悲

---

① *Цветаева М.И.* Собрание сочинений в 7 т. М.: Эллис Лак. 1994. Т. 5. С. 464.
② Там же. С. 468.
③ 汪剑钊主编：《茨维塔耶娃文集·小说戏剧卷》，王志耕等译，东方出版社，2003年，第11页。
④ 叶夫图申科：《提前撰写的自传》，苏杭译，花城出版社，1998年，第127页。
⑤ 萨基扬茨：《玛丽娜·茨维塔耶娃：生活与创作》，谷羽译，广西师范大学出版社，2011年，第744页。

剧"。在《致亚马孙女人》中,爱情里不可避免地交织着恨意、羞愧、背叛,从而走向分离,一方在孤独中渐渐老去。而在《佛罗伦萨之夜》中,则是单向的、盲目的、自以为是的爱情引起的悲剧:"先冒出火焰,随即燃烧起来,她把这当作爱情,分析自己的情感并要求对方的明确回应,由于'另一个人'的犹豫、摇摆和沉默而备受煎熬!然后,'历经了种种痛苦,最终失去'。"[1] 如此对待爱情的态度和方式源于爱情主体的个性,而这种极端激烈的个性势必会最终把爱情导向悲剧。而关于爱情的"不幸起源",她在自传性散文中谈到观看《叶夫盖尼·奥涅金》的感受时写道:"这个我第一次看到的爱情的场景便决定了我后来的一切,决定了我心中不幸的、不是相互的、不能企及的爱情的全部激情。我就是从那一刻开始便不想成为一个幸福的女人,我注定没有爱情。"[2] 她由于自身的个性与追求所引起的爱情的不幸就这样投射到她的散文作品中去,给她的生活与创作都添上一抹悲凉的色彩。就像她在诗歌中的绝望追问:"轻飘飘的人间情爱／浸透泪水,要持续到什么时候?"[3]

最后,茨维塔耶娃的爱情更加注重心灵之间的交往,是精神之爱。这种精神之爱在《佛罗伦萨之夜》中所体现的,是通过文字和想象去接近和博取爱情,一切全凭着文字的诉说,一切都因为心灵中最原始最真实的冲动,就像她在信中所诉说的那样:"一切都与心

---

[1] 萨基扬茨:《玛丽娜·茨维塔耶娃:生活与创作》,谷羽译,广西师范大学出版社,2011年,第402页。
[2] *Цветаева М.И.* Собрание сочинений в 7 т. М.: Эллис Лак. 1994. Т. 5. С. 71.
[3] *Цветаева М.И.* Полное собрание поэзии, прозы, драматургии в одном томе. М.: АЛЬФА-КНИГА. 2014. С. 392.

灵同在，朋友，一切——都藏于心灵之中。"[①] 这种柏拉图式的爱情对于茨维塔耶娃来说，恰如一些评论家所评论的那样："茨维塔耶娃不需要各色他人，她要找一个自己感觉需要她的人，以此确认她的存在。她不怎么寻求被爱，只是为她施爱的欲望寻求一个固定点，以在创作过程中触动她的内心。"[②] 而《佛罗伦萨之夜》中的每个字都是这段评论的印证，她所追求的是心灵之爱，换句话说，是能最大限度地触动心灵并留下足够想象空间的爱情。而这种心灵之爱，在茨维塔耶娃的整个生命中，她与里尔克、与帕斯捷尔纳克的心灵呼应无疑是她所追求的这种精神之爱的完美展现。

纵观茨维塔耶娃的整个一生，自童年至死去，各色的爱情从未缺席。这一方面是她的魅力所致，另一方面也缘于她的主动追求。而展现在作品中的爱情，无论是诗歌还是散文，其特性都十分的一致，而在这所有的一致中，爱情的激烈性、悲剧性和精神性又是最令人印象深刻的。可以说，她的生活和创作离不开爱情元素的支撑，而爱情也给她的生活与创作增添了更多的经典和传奇。

孤独主题

就整体而言，无论是描写童年时代的家庭和生活，还是记叙流亡海外的种种遭遇，从心理状态的呈现上看，茨维塔耶娃的散文格调都偏向阴郁，孤独的气息弥漫在字里行间。从时间上来说，绝大多数篇章都是以成年人的心态追溯过去的时代；从空间上来说，无数的

---

① *Цветаева М.И.* Собрание сочинений в 7 т. М.: Эллис Лак. 1994. Т. 5. С. 465.
② 托多罗夫：《走向绝对》，朱静译，华东师范大学出版社，2014年，第172页。

俄罗斯人物和故事却写于异乡法国。毫无疑问，这些自传性散文就是孤独的产物，其中所呈现的主题——既是独立存在于童年的孤独，又是两个不同空间对比下的孤独。

具体来说，前者的集中表现是不被理解和接纳。自出生之日起，茨维塔耶娃便成了母亲意志的延续，而女儿虽然心中对这种意志百般抵抗但也只能无声服从。"她以一双无形的手，一股看似轻柔的力量，使我们承受着重压，并且总是以这种方式抽取掉我们身上所有的分量和视线。"[1] 在《母亲与音乐》中，通篇所见的是茨维塔耶娃的内心渴望是如何与母亲的设想完全相违背：母亲想要一个儿子，茨维塔耶娃却是女儿；母亲给予的是禁锢，女儿渴望的是自由；母亲想让女儿学音乐然后成为钢琴家，女儿却一心想写诗歌然后成为诗人。"母亲理解我吗？（她是否知道我想成为一名诗人？）不，她并不知晓，她的注意力都集中在那些生疏的事物上，集中在神秘的自我上，集中在自我将来的设想上。集中在根本就没有出世，所以也就一无所能的儿子亚历山大身上。"[2] 由此可见，茨维塔耶娃在面对母亲的时候整个心灵的状态是封闭的，她就是在这种心灵持续封闭的状态下度过了整个童年，直到母亲去世，但这种童年的孤独印象和感受却伴随终生。

除此之外，造就孤独的另外一个原因便是她自身的"过人的，很高的天赋"。茨维塔耶娃自小便可以灵活地掌握钢琴技艺，而"童年最亲近的唯一的玩伴"妹妹阿霞却使所有听到她弹琴的人绝望，因此所有的寄托便落在了一个人身上。母亲给孩子们讲故事，讲到"绿

---

[1] 汪剑钊主编：《茨维塔耶娃文集·回忆录卷》，董晓等译，东方出版社，2003年，第7页。
[2] 同上书，第7—8页。

汉子"时让孩子们猜测它的含义,只有年幼的玛丽娜·茨维塔耶娃一个人精确地回答"绿汉子"就是"鬼"。母亲对此做出疑问的反应:"我不明白,当我对着大家念的时候,为什么总是你能听明白,而别人却不行呢?!"[1] 充满想象力、智慧过人的茨维塔耶娃在这种不被理解的童年时代中,只能一个人孤独地成长。

也就是在这种孤独的童年处境中,出现了它的衍生物——"鬼",这是茨维塔耶娃不得已在脑海中分裂出来的一个能互相对话和理解的自己,它给予她支持和陪伴:"鬼"在同父异母的姐姐瓦列丽娅的房间里,只有她自己能看到;每逢夏季"鬼"和她同行去别墅;"鬼"救起在奥卡河中游泳不慎溺水的她;"'鬼'所喜欢的人应该具有的最大特点是完全的孤独,不合群,天生就有一种与众不同的性格,到哪里都一样,永不改变"[2]。这番话看起来更像是茨维塔耶娃的自我表白。而在写到"鬼"所带给她的影响时,她接着写道:"我总是处在自己的孤独感的包围圈之中。这种包围圈是那么有魔力,仿佛总是跟随着我,与我形影不离……"[3] 关于这篇文章,茨维塔耶娃在1934年写给友人的一封信中也有提及:"我正在写《鬼》中我的童年的下一章。尽管由于口是心非和最表层的虚伪,我还是希望,完成这一章以后,侨居的感觉最终能够离我而去。"[4] 从这句话中不难看出,当时的茨维塔耶娃想通过书写孤独来驱散孤独,后来发生的一切证明这只是徒劳,无论是在文字还是在现实中,这种不被理解和接纳的孤独一直存在。

---

[1] 汪剑钊主编:《茨维塔耶娃文集·回忆录卷》,董晓等译,东方出版社,2003年,第47页。
[2] 同上书,第45页。
[3] 同上书,第72页。
[4] 汪剑钊主编:《茨维塔耶娃文集·书信卷》,刘文飞等译,东方出版社,2003年,第266页。

而另外一种孤独主题的呈现，则发生在两个不同空间的相互比照之下。她的十多篇带有回忆性质的自传性散文全部完成于流亡期间，但其中只有两篇（《生命保险》和《中国人》）描写的是侨居生活。对此，安娜·萨基扬茨给出的解释是："她无心写这样的题材，说明了她当时处境的艰难无助，她要凸现出这样的生活特征。"[1] 那么这之中孤独的主题是如何通过比对呈现出来的呢？从散文中所描写的时间来看，这两篇作品中事件的发生都是在流亡期间，其中《生命保险》所讲的故事发生在"现在"（相对于童年时代），讲述一位保险推销员进入正在吃饭的一户人家推销保险，通过一系列的对话和问答，表现出不同身份不同地位的每个人的性格特征。在《中国人》中，作者的经历也是发生于"现在"，在去邮局寄手稿的时候她碰到一个中国女人，与这个女人流亡国外感同身受的情绪将她的思绪拉回到俄国，回忆了在莫斯科与中国人打交道的经历。而包括"家庭编年史"在内的其他散文情节所发生的时间都集中在童年时代，两段不同的时间，在茨维塔耶娃自己看来无疑是"以往的岁月最亲切"。从空间上看，两篇侨居题材的散文发生地是法国（异乡），而散文中所描写的场景却都在俄国（祖国）：三塘巷的家、老皮缅处的宅子、塔鲁萨小城、亚历山大三世博物馆。两相对比，前者对于茨维塔耶娃来说没有任何归属感，后者却是她出生和成长的地方。再从文中出现的人物来看，两篇侨居题材所写的对象是"生人"：保险推销员、一家三口、邮局小姐；而其他内容的散文都是写的"熟人"：家人、和蔼的女教徒、工作多年的老保姆等。通过这三个不同方面的比较，内

---

[1] 萨基扬茨：《玛丽娜·茨维塔耶娃：生活与创作》，谷羽译，广西师范大学出版社，2011年，第777页。

容和情节略显单薄的两篇侨居时期的散文恰恰凸显了茨维塔耶娃所要表达的孤独主题之深刻与强烈。

浸透在散文作品中的孤独情绪，从时间上来说，是茨维塔耶娃在法国最后几年时间孤独处境和心境向童年的投射；从空间上来说，是颠沛流离、食不果腹侨居在法国的茨维塔耶娃对故乡的思念所引起的回响。总体而言，这既是不同时空下的同一种孤独，也是从一种现在的孤独到另一种过往的孤独的退避。在这所有的孤独之中，来自童年的不被理解和接纳所产生的孤独感最为强烈，对之后茨维塔耶娃的心灵成长的影响也最为深刻，因此，这一主题在她的散文作品中也表现得最为突出。

死亡主题

1934 年，茨维塔耶娃完成一篇名叫《鞭笞派女教徒》的散文，她在散文中回忆了童年的她在小城塔鲁萨的一段经历，此文通篇是童真童趣，但欢快的记叙突然中断，毫无征兆地写到诗人自己的死亡。

综观茨维塔耶娃的生活与创作，死亡的主题无时无刻不被演绎和书写着。在现实的生活中她从未停止过想象和尝试死亡：青春时期的她用手枪自杀未遂，看到钩子或者绳子便受到死亡的诱惑。在作品中她一直在探讨和总结死亡，这一主题在她的散文作品中主要呈现在两个方面：

一方面，不同时间不同地点不同人物的死亡具有相通性，是一个连接起来的圆。

也许，万一发条永远不会松开，万一我永远不会从凳子上站起来,永远摆脱不了滴——答——滴——答的节拍的控制……这就意味着死亡,这就意味着踩踏在心灵之上,踩踏在活生生的心灵之上的死亡,这心灵总有一天会死的,这是永恒的死亡(已经死去的死亡)。①

不难看出,诗人所指的死亡更看重精神性,而死亡的相通性自然而然地就体现在精神的相通性之上。在茨维塔耶娃早期的散文《斯塔霍维奇之死》中,作者在斯塔霍维奇的葬礼上,眼见着老作家的死亡却联想到了遥远时代的音乐家贝多芬。对此,茨维塔耶娃给出的解释是:"斯塔霍维奇——18世纪,贝多芬——(任何世纪)之外。是什么把这两个名字连接起来的呢?——是死亡。——是死亡的意外。"② 那么,死亡是如何把他们的精神连接起来,让这种相通性得以实现的呢?

长篇散文《你的死》是为了纪念里尔克所作,茨维塔耶娃在其中集中阐述了那种借由死亡得以实现的共通性。这篇散文首先从里尔克的死亡写起,接下来便开始写与里尔克"不相关"的法语女教师约翰·罗伯特小姐和俄罗斯小男孩万尼亚的死亡,最终的结局是三个人的死亡在茨维塔耶娃的心中融为一体。"在我心里,他安息在约翰和万尼亚之间——安息在男女的约翰之间。"③ 在文章中,茨维塔耶娃详细地描述了这种死亡的相通性,"每一个死亡都会使我们回头去体验这每一个死亡。每一个死去的人都会把所有先他而去的人再

---

① 汪剑钊主编:《茨维塔耶娃文集·回忆录卷》,董晓等译,东方出版社,2003年,第18页。
② *Цветаева М.И.* Собрание сочинений в 7 т. М.: Эллис Лак. 1994. Т. 4. С. 500.
③ 汪剑钊主编:《茨维塔耶娃文集·回忆录卷》,董晓等译,东方出版社,2003年,第301页。

拉回到我们面前并且同时也将我们呈现在这些先逝者们面前。倘若没有这些后逝者,我们迟早会将那些先逝者忘却。因此,从棺材到棺材,形成了一个连环,保证了我们对死者的忠诚。在记忆中,也即在自己的坟墓之列中存在着某种死亡共存的现象。因为我们所有死去的那些亲人,无论是安息在莫斯科,长眠于新处女地公墓里,还是永远地躺在了突尼斯,抑或别的什么地方,对于我们,对于我们每个人来说,其实都是躺在了一个墓地里——长眠于我们的心里,随着时间的推移,渐渐地躺在了一个如亲兄弟般融洽的共同的坟墓里。这就是我们的共同的坟墓。众多的人长眠于一个坟墓,而每一个人又都安葬于众多的坟墓中。你所失去的第一个亲人的坟墓与最后一个离你而去的人的坟墓在你自己的墓碑上交汇了,于是,这个坟墓之列终于合拢为一个圆圈。不仅仅地球(生命)是圆的,连死亡也是圆的。"[1] 从中不难看出,这个圆之所以完成,不在于时间地点,不在于人物的伟大或是渺小,而在于心灵的作用——逝者和生者的心灵共通。

而这个主题的另一方面呈现,便是生与死之间的关系——二者的无差别性。这种无差别性,一是说生死之间没有明显的界限,二是说死去的人可以复活甚至永生。在《斯塔霍维奇之死》中,茨维塔耶娃明确表示:"在生者与死者之间,在过去和现在之间,并不存在一堵隔开的墙。"[2] 在《你的死》中,这种生死的界限也被诗人消弭:"我也想对你说,我从来也没有感觉到你是死的,而我是活的。(我本来就没有在某一个瞬间想到你。)假如你是死的,那我也是死的;假如

---

[1] 汪剑钊主编:《茨维塔耶娃文集·回忆录卷》,董晓等译,东方出版社,2003年,第272页。
[2] *Цветаева М.И.* Собрание сочинений в 7 т. М.: Эллис Лак. 1994. Т. 4. С. 500.

我是活的，那你也是活的，无论是怎样，难道这还不都是一样吗！"①恰恰是由于诗人的心里没有生死的界限，所以她才能从死亡中找到再生的途径："死亡带着我们飞越一座座坟岗，仿佛飞越了一排排巨浪，将我们送回了生的境地。"②

茨维塔耶娃一生写了那么多安魂曲，每一曲都在召唤和流传。在《老皮缅处的宅子》一文中，茨维塔耶娃所给出的书写安魂曲的理由，或者说返回生的境地的途径，也可以用在每一篇作品中。"娜佳之死给我的第一个感觉是，一条绳带的末端突然在我的手里停下来了。第二个感觉是，我必须去追赶。我必须沿着还有余热的印迹把她找回来。"③她将所有这些死去的人"找回来"的证明都留在她的散文中。对于里尔克是"以全部的对你整个人的祈祷，施咒于你，使你能回到大地上来"；对于沃洛申来说，是"被那无名采风者（过路人）的手活生生带入了神话之中"；对于别雷来说，是"抓住他的手，将他在尘世留得久一些"。茨维塔耶娃就是这样将"死者"作为"生者"来描述，用自己的意志顽强抹去生死之界，让她的描写对象以死亡获得永生，关于这一点，茨维塔耶娃有过最震撼人心的自白："我越是使你们获得生命，就越是在一点点死去，对于生命来说渐渐消亡——向着你们，在你们里面——死去。你们越是——在这里，我就越是在——那里。确切地说，生死之间的阻隔已经拿去了，生者和死者自由地往来——穿行于时空。我的死亡——是为你们生命而付的代价。要想让哈得斯的阴魂活过来，需要让它们喝饱鲜血。但我走得

---

① 汪剑钊主编：《茨维塔耶娃文集·回忆录卷》，董晓等译，东方出版社，2003年，第297页。
② 同上书，第272页。
③ 同上书，第184页。

比俄狄修斯更远,我给你们歌唱——用我的生命。"①

1941年8月,被精神与物质双重危机折磨到崩溃的茨维塔耶娃选择以自杀结束自己的生命,她对死亡主题的毕生书写最终以她自身的死亡作为终结。在她生前所有以此为主题的散文中,我们看到的是她对生与死的独特领悟。

结合茨维塔耶娃的一生命运来看,"茨维塔耶娃的散文是回忆和预见散文,是忏悔和训诫散文"②。爱情、孤独和死亡三个主题都是诗人最为敏感、最常书写的主题,而这一切都因为其中所蕴含的诗性而光彩更胜,茨维塔耶娃的散文无疑是诗性散文、诗人散文,是对其诗歌的继承。在茨维塔耶娃的诗歌被百年后的人们所接受之后,茨维塔耶娃的诗性散文也终于等来了属于它的荣耀。

---

① 汪剑钊主编:《茨维塔耶娃文集·小说戏剧卷》,王志耕等译,东方出版社,2003年,第166—167页。
② Данин Д. «Два слова о прозе Марины Цветаевой»//Мнухин Л.А. Марина Цветаева в критике современников. М.: Аграф. 2003. Ч. 2. С. 391.

帕斯捷尔纳克诗歌中的花园时空体

章小凤[*]

像任何一种文学组成部分一样，时空体是作者（诗人）意识的一种表现形式。因此，时空体扮演着将作者（诗人）意识客体化的角色，按照奥金采夫的观点，这是因为它参与到现实艺术世界虚构的意识之中，允许人们将其本质化和具体化[①]。同时，作者的声音在此情况下被间接地表达出来，兼具空间和时间的特征。透过文本的时空组织，作者的观点得以表达，这往往借助于时空体与作为叙述者的作者意识的客体化之间的关联才得以实现。由此，应该提及俄国文艺理论家乌斯宾斯基的"视点"概念：与其他视点一道，观察者区分出空间和时间，二者可以隐藏在叙述者、讲述者、人物的身后，从一

---

[*] 章小凤，山东交通学院国际教育学院副教授，2016—2018 年在首都师范大学外国语学院随刘文飞教授进行博士后研究工作，博士后出站报告题为《帕斯捷尔纳克诗歌中的意象时空体研究》。此文为山东交通学院 A 类博士科研启动基金项目"帕斯捷尔纳克诗歌的时空体研究"阶段性成果。

① *Одинцов В. В.* Стилистика текста. М.: Наука. 1980. C. 178.

个身份走向另一个身份。

在俄国国内外相关艺术创作领域,"花园"备受瞩目。尤其在 19 世纪末至 20 世纪初的俄国诗歌作品中,花园文化体现出显著的特征。俄国诗歌与领地花园(庄园)的生活息息相关,正是在花园中,可以寻找文学家创作客体形成的源泉。花园形象在众多诗人的作品中具有重要意义,因为在花园中诗人们可以亲近自然,花园形象可以让诗人打开象征薄膜,表达诗人的内心精神状态,形成他们个人的气质和观点。

花园时空体这个概念其实与庄园时空体(хронотоп усадьбы или усадебный хронотоп)的概念极为近似。可以说,庄园时空体概念先于花园时空体概念产生,且花园时空体在某种程度上是庄园时空体发展到一定阶段的产物。根据目前所掌握的材料,庄园时空体作为文艺学领域的一个专业术语,最早出现于俄国文艺理论家扎普洛娃的专著《19 世纪俄国文学中的庄园诗歌》(Усадебная поэзия в русской литературе XIX века),其中有两小节的内容涉及庄园时空体,分别为《普希金抒情诗庄园时空体的形成》和《费特诗歌中的庄园时空体》。当代俄国文艺理论研究对"花园时空体"的运用越来越广泛。俄国当代文学研究者佩特拉科娃指出:"花园时空体是契诃夫创作中最为基础的元素之一。花园在象征层面是一种对失去天堂的不清晰投影。在契诃夫的作品中,花园代表着消失、失去和死亡的语义。"[①] 在使用花园时空体来分析文学现象的时候,阿法纳西耶娃指出:"花园空间注定与当下静止的时间具有千丝万缕的关系,并且这使得时

---

① *Петракова Л.Г.* «Дом и сад как важнейшие хронотовы в творчестве Чехова А. П.» // Территория науки. 2013. № 6. С. 232.

空体拓展出各种迷失概念成为可能。"① 在帕斯捷尔纳克的诗歌中，我们也可以看到很多花园形象，这些形象往往就是蕴含着丰富意蕴的时空体。帕斯捷尔纳克诗歌中的花园经常被理解为混沌世界的一部分，因为帕斯捷尔纳克的花园从外面看不会使人产生有序空间的印象，花园不再是令人神往的伊甸园，而是炼狱般的人间哭泣场所，代表一种精神虚无与迷茫的存在，这就是帕斯捷尔纳克诗歌中独特的花园时空体。

莎士比亚的《奥赛罗》中有这样一段话：

> 我们每个人都是一座花园，
> 其中的园丁则是意志。
> 让它荒废不治也好，
> 把它辛勤耕植也好，
> 那权力都在于我们的意志。

确实，肉体是精神寓居的花园，意志则是这个花园的园丁。每个人都是自己生命的缔造者，对自己的人生进行各种编织，而诗人正是在花园中构建了自己的时空体，用自己的意志感受着花园中的一切悲欢离合。当然，诗人的花园时空体中居住着的不是所谓的欢快和幸福，而更多的是自我精神的虚无和迷茫。我们发现，诗人在构建属于自己的花园时空体之时，其笔下的一些词汇使用频率极高，这些词汇包括"房屋""花园""公园""周边""树木""设施""花""昆

---

① *Афанасьева А.И.* Хронотоп сада и риторика утешения в произведениях Филиппа Фореста и Сильвии Барон Супервьель//Культура и цивилизация. 2017. Том 7. № 2A. С. 124.

虫""一年四季""打猎"等。

关于"花园"和"公园"这两个概念，帕斯捷尔纳克在诸多诗歌中多有提及。花园时空体是帕斯捷尔纳克诗歌中的一道风景，具有非常重要的功能和意义。花园不是一种简单的形象，而是一种展现在空间中的时间，具有抽象的隐喻意义，往往与人的思想和情感息息相关。诗人可能身处花园之中，诗人可能自己就是一座花园，而花园时空体也在以自己的方式影响人类的情感，赋予人类展开各种哲学思考、人生探索的理由。请看《屋里将空无一人》这首诗：

> 屋里将空无一人，
> 只有黄昏留守。
> 冬日在窗外闪现，
> 透过敞开的帘布。
>
> 只有潮湿的雪花
> 在急速地飘飞，
> 只有屋顶和白雪，
> 此外便空无一人。
>
> 霜花会描绘图案，
> 去年的忧伤，
> 今冬的事情，
> 都会让我迷惘。[1]

---

[1] 帕斯捷尔纳克：《帕斯捷尔纳克的诗》，刘文飞译，商务印书馆，2019年，第129页。

诗人建构自己的花园时空体，并非必须要出现"花园"这个单词，而可以运用一系列相关形象，其中包括"家""房屋"，《屋里将空无一人》这首诗便是一个很好的例证。在这首诗中，诗人个人的生活情况和精神状况可见一斑。1931 年，帕斯捷尔纳克组建了新的家庭，这成为他生活中的一个重要节点，这首诗也是在这一年被创作出来，并于 1932 年被收入具有象征意义的诗集《再生》中。不难发现，帕斯捷尔纳克经常会如此建构自己的诗歌：诗人一人在房间里，一堵堵墙将诗人与外部世界隔离，但是突然墙消失了，诗人、抒情主人公和围绕他的现实仿佛融为一体。在《屋里将空无一人》中显现出的是一幅忧伤的图景：黄昏，寂静，抒情主人公坐在窗户旁，潮湿的雪团和屋顶，窗外的冬日和没拉上的窗帘，所有这些词汇所描写的图景，立刻引起我们心中的无限忧伤、苦闷和沮丧。灵魂的房屋"空无一人"，重生的希望究竟能否实现？诗人自己无法给出答案，只能低下头，领悟自己精神的迷茫。《屋里将空无一人》这首诗采用的是一种秘密话语和他人话语相互对话的方式，体现了帕斯捷尔纳克当时的心境。这个时期的帕斯捷尔纳克与自己的第二任妻子济娜伊达·尼古拉耶夫娜相识，为了走到一起，两人只能各自离婚，帕斯捷尔纳克将儿子留给了前妻，而济娜伊达与前夫的孩子则跟着帕斯捷尔纳克生活。帕斯捷尔纳克是 20 世纪俄国现代主义诗歌的典型代表人物，但是在革命之后，帕斯捷尔纳克没有加入任何文学组织和团体，他成为一个独立诗人。无论在生活中还是文坛上，帕斯捷尔纳克在当时感受最多的可能就是孤独。在这首诗中，窗外的景色似乎成了帕斯捷尔纳克心情的具体化，黄昏被拟人化了，充斥着整个房屋，代表着某种忧伤，似乎是花园时空体的延伸。

《二月》是帕斯捷尔纳克最早也是最有名的诗作之一：

二月。一握笔就想哭！
嚎啕着书写二月，
当轰鸣的泥浆
点燃黑色的春天。

雇辆马车。六十戈比，
穿越钟声和车轮声，
奔向大雨如注处，
雨声盖过墨水和泪水。

像烧焦的鸭梨，
几千只乌鸦从树上
坠落水洼，眼底
被注入干枯的忧愁。

雪融化的地方发黑，
风被叫喊打磨，
诗句嚎啕着写成，
越是偶然，就越真实。①

这首诗描写了即将到来的春天的自然现象，这里写的是季节，而季节描写显然是花园时空体的部分内容。《二月》的意义在于，一

---

① 帕斯捷尔纳克：《帕斯捷尔纳克的诗》，刘文飞译，商务印书馆，2019年，第3—4页。

方面描写全新的自然和季节，另一方面描绘出人在春天的精神感受。在抒情诗开头部分，诗人使用大量具有刺激意义的动词不定式形式，显示出大自然和人的精神世界的运动过程。第一个祈使句显现出冬天和未来春天之间的矛盾关系，诗人把冲突安排到具体的季节中，突出正在发生的现实，并且聚焦于冬天的即将逝去和春天即将来临的瞬间。帕斯捷尔纳克诗歌中人的世界和自然世界如此紧密相关，在这些总处于运行且充满生活和力量的世界中，在诗歌的字里行间，我们总能找到诗人内心世界的种种变化。对此，《哭泣的花园》一诗有着更为典型的体现：

  可怕的雨点！它一滴滴就听一听：
    只有它独自在这世上
  揉花边般在窗口揉树枝，
    还是有个目击者在一旁。

  张开鼻孔的大地不堪积水的重负，
    正抽抽搭搭地哭泣，
  但听得在远处，像是在八月，
    午夜正萌动在田野里。

  万籁无声。旁无目击者。
    它确信四周一片寂寥，
  便还接着干——滚滚而下，
    沿屋顶，穿越流水槽。

我把它掬到唇边并谛听：
　　　　只有我独自在这世上——
　　我准备伺机哽噎一番——
　　　　还是有个目击者在一旁。

　　但寂寂无声。树叶纹丝不动。
　　　　没有任何征象，除去
　　可怕的吞咽声、拖鞋的溅水声
　　　　和夹在中间的叹息和哭泣。①

　　此诗写于1917年，随之被收入诗集《生活——我的姐妹》。在诗中，诗人将人的生命与自然的生命相关联，花园允许人们看见，在自我封闭的寂寞中，抒情主人公经历何等痛苦的遭际。诗人和花园，两者都是寂寞的，花园在哭泣，哭泣的花园也在认真谛听，人随时准备痛哭一场。帕斯捷尔纳克思考花园和人的命运，感知二者的灵魂律动，思索二者的精神困惑。于是，抒情主人公既是"我"，也是花园。这里的花园时空体具体而深邃，我们和读者们都应该注意到花园的主体性，因为这里花园的修饰语是"哭泣的"（плачущий）和"可怕的"（ужасный）。花园和人不可分割，花园和人本应该都是鲜活和运动的，而这里花园和抒情主人公却都被黑暗和无助所笼罩。于是，"我和花园"也就转化成了"我即花园"。如果说，马雅可夫斯基和茨维塔耶娃更喜欢用"我的"这一称谓来指称整个世界，那么帕斯捷尔纳克则更喜欢世界为他发声并代替他说话：不是我关于春天，而是春

---

① 《帕斯捷尔纳克诗全集》，顾蕴璞等译，上海译文出版社，上卷，2014年，第116—117页。

天关于我；不是我关于花园，而是花园关于我。如此，帕斯捷尔纳克笔下的大自然以作者的人称发声并行动，花园就是诗人自己，诗人自己也是一座花园。花园和诗人共同哭泣、叹息，手指和树枝由于激动而颤抖。帕斯捷尔纳克将自己视为花园，并且将花园比作一个活生生的人，将花园拟人化。诗人这里的花园可以呼吸，可以哭泣，可以交谈和絮语。花园是回忆的盛宴，花园中充满了善恶。花园和人融合一体，这就意味着，花园和人本质上是一个东西。

总之，在帕斯捷尔纳克的诗歌中，花园不仅是一个被描写的对象，也往往是一个具有丰富内涵的隐喻；花园不仅是诗人主观情感的投射对象，更是一个传达诗人美学观和世界观的艺术时空体。

瓦吉诺夫先锋主义小说研究

米 慧[*]

按照雷纳托·波吉奥利的描述,"(先锋派)破坏艺术和社会话语中已被人们接受的规范与繁文缛节,创作不断更新的艺术形式和风格"[①],先锋主义意味着一种不屈从的、前瞻时代的文化精神,代表着创作中突破文学传统、追求艺术形式革新的自觉力量。康斯坦丁·瓦吉诺夫(Константин Константинович Вагинов,1899—1934)在文学史上以其"奇异小说"被视为"先锋派的极致、后先锋派"的代表人物之一。"后先锋派完成了艺术非人道化的进程,这一进程的肇始不仅是因为受到大规模工业发展的影响,还因为人失去了往日存

---

[*] 米慧,北京语言大学外国语学院俄语系教师,2015—2018 年在首都师范大学外国语学院随刘文飞教授进行博士后研究工作,博士后出站报告题为《荒诞派文学团体"奥贝利乌"研究》。

① 艾布拉姆斯、哈珀姆:《文学术语词典》,吴松江等编译,北京大学出版社,2014 年,第 455 页。

在的精神基础。"[1]

如果说上述论断是就瓦吉诺夫小说的先锋精神实质而言的,那么先锋性又是如何具体表现在其作品中的呢?事实上,作家从事的是一种深入体裁诗学内部的、全面的先锋主义创作实验。打破传统、拓展体裁,是瓦吉诺夫始终追求的,而他在成熟期专注于长篇小说体裁也并非偶然,因为长篇小说体裁正是他所需要的最具综合性的文学艺术样式,是先锋主义主张最适宜的实验场地。

巴赫金指出,长篇小说是唯一处于形成中而尚未定型的一种体裁,它的全部可塑潜力尚难以预测[2];有三个基本结构特点使长篇小说根本区别于一切其他体裁,即:(1)长篇小说修辞上的三维性质,这同小说中实现的多语意识相关联;(2)小说中文学形象的时间坐标发生了根本的变化;(3)小说中进行文学形象的塑造,获得了新的领域,亦即最大限度与未完成的现在(现代生活)进行交往联系的领域。[3] 概括来说,就是时代性、多语性、新的人物形象。[4] 巴赫金认为这三个特点决定着小说自身变化的方向和影响、作用于其他文学的趋向。我们发现,瓦吉诺夫正是基于这三个基本特点进行先锋主义创作实验,充分发掘小说体裁潜力,实现了体裁的更新与拓展。

---

[1] 莫斯科夫斯卡娅:《1920—1930年代俄罗斯小说中的后先锋派(美学起源与问题)》,见科尔米洛夫:《二十世纪俄罗斯文学史(20—90年代主要作家)》,赵丹等译,南京大学出版社,2017年,第20页。
[2] 钱中文主编:《巴赫金全集》,河北教育出版社,2009年,第3卷,第497页。
[3] 钱中文主编:《巴赫金全集》,河北教育出版社,2009年,第5卷,第505页。
[4] 程正民:《论巴赫金的小说诗学》,载《中国政法大学学报》2018年第5期,第164页。

一、显著的时代性

瓦吉诺夫的小说与时代生活保持着紧密联系，在现实的政论性方面十分典型。他在主人公与周围环境冲突性的关系中展示当时的社会现实，在充满着对话泛音的小说语言中体现了作家对社会现实的尖锐回应。

《山羊之歌》反映了作家同时代一些著名文化人物的现实与精神困境。主人公们的身份大多是作家、艺术家、收藏家，常发一些关于艺术和创作的高论，但抗拒现代性思想，也与风起云涌的社会现实格格不入。巴赫金指出，这些人物多具有现实原型，例如其中"不知名诗人"即作家本人的化身，哲学家安德烈·安德烈耶维奇的原型为巴赫金[1]。在对同时代人的半自画像中，瓦吉诺夫传达出对这些知识分子在时代转型期的尴尬处境的理解——旧世界已不复存在，新世界也无处安放灵魂。他们或固守被自己高度理想化的古典文化、基督教传统，把思想同作品一并锁进抽屉，在自我封闭中苦于灵感枯竭；或尝试与社会现实和解，开始谈论社会的工业进步，融入时代主流话语。对于知识分子应与社会现实保持怎样的距离，瓦吉诺夫表现出一种模糊态度。作家在此并不表达某种教诲或传递个人倾向，尽管他的语气暗含讥诮，但他并不直接谴责人物的虚伪做作——这也是使他遭到同时代批评家指责的原因之一[2]。

事实上，这正是可以被后世指认的、小说实验性本质所决定的一种先锋性。长篇小说克服了史诗相对于现实的距离感，现时的时

---

[1] 钱中文主编：《巴赫金全集》，河北教育出版社，2009年，第5卷，第498页。

[2] Anemone A. "Obsessive Collectors: Fetishizing Culture in the Novels of Konstantin Vaginov"//*The Russian Review*, 2000, № 2, 261.

间坐标使瓦吉诺夫不可能给出完成论定的史诗性评价,他与笔下人物之间是一种近距离的亲昵交往关系。"现时"即"没开头也没结尾的生活"[①]。同现时打交道"使作者能够描写自己生活中的一些现实方面,并对之施以嘲讽"[②],瓦吉诺夫也是这样做的。

  历经世纪之交的社会动荡和文化洗礼,白银时代后期人们对世界的感受早已发生剧变。对于社会变革,旧式知识分子瓦吉诺夫表现出十分矛盾的态度。他期待变革使俄国除旧布新,认为变革是有益的、正义的,但对文化可能遭遇冲击极为担忧[③]。同时他也乐观地看待人类历史发展进程中的文化,坚信文化终会浴火重生[④],而处于社会变革期的知识分子应以长远眼光看待当前文化形势,在象牙塔中守护传统,韬光养晦,就像旧时基督徒在漫漫的中世纪隐忍前行,静候文艺复兴的出现那样。小说中作为作家本人化身的主人公矢志不移,愿以生命守护以阿波罗神为象征的和谐理性和古典文化精神,守护俄罗斯文化精神之所在的圣彼得堡:"人们都早已离开。但他无权这样做,他无法抛弃这座城市。就算大家都跑掉,就算死亡将至,他还是会留在这里守护巍峨的阿波罗神庙。"[⑤]

---

① 钱中文主编:《巴赫金全集》,河北教育出版社,2009 年,第 3 卷,第 516 页。
② 同上书,第 522 页。
③ Чуковский Н. Литературные воспоминания. М.: 1989. С. 181.
④ Вагинов К. Полное собрание сочинений в прозе. М.: Гуманитарное агентство «Академический проект». 1999. С. 18.
⑤ Вагинов К. Полное собрание сочинений в прозе. М.: Гуманитарное агентство «Академический проект». 1999. С. 24-25.

二、形式多样的他人话语

"任何伟大而郑重的当代现实,都需要知道过去时代的真正面貌,需要知道别人的时代里真正的他人语言。"[1] 与现实的亲昵交往决定了瓦吉诺夫对文学材料采取了一种自由态度,他可以在小说语言中实验性地引进和组织各种各样的他人话语,发挥它们的修辞潜力,以此构建全新的艺术现实。长篇小说体裁的杂语性和多语性特点在瓦吉诺夫的创作中得到了充分体现。

1. 镶嵌体裁

瓦吉诺夫选定长篇小说体裁作为先锋主义创作的实验场,首要的是利用小说体裁的综合性、包容性。巴赫金认为小说引进和组织杂语的最基本最重要的形式是镶嵌体裁。体裁的镶嵌、混杂,是瓦吉诺夫基于创新而自觉运用的实验手法。在《斯维斯托诺夫的生活和劳作》中,他以主人公作家斯维斯托诺夫的创作为例,形象地演示了体裁镶嵌的操作过程。

斯维斯托诺夫称"阅读就是写作,二者是一回事"[2]。事实上,这种阅读方式即信息提取和整合过程的总和,也是作家瓦吉诺夫日常所实践的——生活中他时刻记录、搜集写作素材,如读书笔记、剪报、广告、历史事件、闲谈耳闻等等,以此使作品保留真实可依的一面——即使在最自由虚构、大胆荒诞的情节中也是如此。例如,《阿巴贡》中主人公们所交易的梦就来自作家本人的搜集。他在患病住

---

[1] 钱中文主编:《巴赫金全集》,河北教育出版社,2009 年,第 3 卷,第 525 页。
[2] *Вагинов К.* Полное собрание сочинений в прозе. М.: Гуманитарное агентство «Академический проект». 1999. С. 151.

院期间仍不忘向背景各异的病友们讨梦,为了追求他需要的真实性:"因为真正的梦是无逻辑的,无法被创作出来;而我们的创作都会不自觉地依从逻辑。"①

　　作家主人公如何在小说中使用这些素材呢?斯维斯托诺夫把阅读片段改造后嵌入小说——他不关注整体意义或片段衔接的问题,认为随着写作展开这些自会解决。例如,一段事实说明性内容"在阿拉扎尼葡萄谷一望无际的园林环抱之中,坐落着泰拉维城,它曾是卡赫季王国的首都"是如此这般嵌入小说的——"恰夫恰瓦泽坐在卡赫季的酒窖里唱歌,唱到阿拉扎尼葡萄谷,唱到曾是卡赫季王国首都的泰拉维城。恰夫恰瓦泽十分聪明,也热爱祖国。他的爷爷是沙俄骑兵大尉,不,不,应该回到自己民族那儿去。恰夫恰瓦泽厌恶地看着坐在身旁的商人,这人边唱着关于沙米尔的歌,边弹着吉他。'贩子,'恰夫恰瓦泽嘟哝道,'劣种,奴才。'商人悲伤地看着他:'别欺负我,我是个好人。'"②我们发现,这个镶嵌文本看似以纯客体的形式引进,实则"在不同程度上折射反映作者意向,其中个别的部分可能与作品的最终文意保持着大小不等的距离"③,从巴赫金话语观的角度来看,"能反映出作者所见的大大小小的世界的复杂性,他把这些复杂性用自己的声音记录下来,而他的声音又不能不与其他声音(包括艺术世界内部的各种人物和现实生活中可能的前人、同时代人

---

① *Чуковский Н.К., Чуковская М.Н.* Воспоминания Николая и Марины Чуковских. М.: Книжный клуб 36.6. 2015. C. 196.

② *Вагинов К.* Полное собрание сочинений в прозе. М.: Гуманитарное агентство «Академический проект». 1999. C. 151.

③ 钱中文主编:《巴赫金全集》,河北教育出版社,2009年,第3卷,第104页。

甚至后人）处于相互作用的对话关系之中"[①]。通过文本分析可以理解瓦吉诺夫对各种对话关系的组织方法。

此处存在着多个互文文本，它们互相阐释形成对话——"恰夫恰瓦泽"是格鲁吉亚民族的尊贵姓氏，历史可上溯至15世纪的卡赫季王公家族；身在本地歌唱家乡的"阿拉扎尼葡萄谷""泰拉维城"表现了身份高贵的本族人对祖国的热爱和自豪之情。商人歌唱的"沙米尔"可能指高加索战争中抗击沙俄的穆斯林山民领袖伊玛目·沙米尔（1797—1871）。如果说这两个人物的身份设定与历史人物保持了对话关系，那么恰夫恰瓦泽对商人的态度中所带有的赤裸裸的身份歧视，某种程度上则是对同时代社会生活中身份落差、文化隔阂的现实的讽拟。值得注意的是，这里提到的"沙俄骑兵大尉"正是瓦吉诺夫父亲在沙俄末期担任的官职；而"应该回到自己民族那儿去"则反映了瓦吉诺夫所熟悉的外族裔在当时遭遇排挤的现实：瓦吉诺夫的父辈是18世纪移居俄国的德裔犹太人，原姓瓦根海姆（Вагенгейм）。父亲婚后改信东正教，生活早已俄化，也曾有良好的仕途，为了在战时的反德情绪下改善家庭处境，1915年，经批准父亲将全家姓氏改为俄式的瓦吉诺夫。

上述例子很好地反映出瓦吉诺夫进行体裁镶嵌的特点——他是在体裁的社会学意义上从事先锋主义小说实验，结合并巧妙利用了镶嵌文本的内外因素。瓦吉诺夫把小说真正作为一种"有内容的形式"，打破了被镶嵌文本的一般关联（例如历史语境中历史人物通常关联着一系列重要历史事件等），而把它作为一种用以把握现实新的方面的引子。当然，也有一些镶嵌文本是纯客体性内容，如报上广告："跳

[①] 凌建侯：《巴赫金哲学思想与文本分析法》，北京大学出版社，2007年，第128页。

蚤入侵。城里跳蚤泛滥成灾,住宅旅馆、剧院影院,无不抱怨。夏季室内不洁,助长跳蚤传播。全套房屋灭蚤,请找'工人保健处'。气体喷施,费用低廉。"① 在与同时代的对话中,当时的社会现实、大小事件可窥一斑。

可见,瓦吉诺夫小说中的体裁镶嵌既有表达作者意向的,也有纯客体性的。这些实验手段带来了新的语言风格,它"分解了小说的语言统一,重新深化了小说的杂语性"②。

2.改造性用典

巴赫金曾提到瓦吉诺夫"学问渊博,嗜书如命"③。瓦吉诺夫从小热爱古典文化,对其中各类典故如数家珍,笔下用典随处可见。作为一种他人话语,用典是"用较少的词语拈举特指的古事或古语以表达较多的今意"④,一般基于古今事物之间某种固有的关联。而瓦吉诺夫的先锋倾向使他在创作中始终拒落窠臼,对各类典故也加以改造,发挥独特联想构建新的语义关联,塑造"在经验和自由虚构基础上的形象"⑤。

在他笔下,古代圣贤有了新的模样。例如,"菲洛斯特拉特斯"的形象在瓦吉诺夫作品中多次出现,可视为作家理想人物的投射。作为历史人物的菲洛斯特拉特斯是古希腊著名作家,他记述了先哲

---

① *Вагинов К.* Полное собрание сочинений в прозе. М.: Гуманитарное агентство «Академический проект». 1999. C. 156.
② 钱中文主编:《巴赫金全集》,河北教育出版社,2009年,第3卷,第104页。
③ 钱中文主编:《巴赫金全集》,河北教育出版社,2009年,第5卷,第491页。
④ 张中行:《文言与白话》,黑龙江人民出版社,1997年,第93页。
⑤ 钱中文主编:《巴赫金全集》,河北教育出版社,2009年,第5卷,第139页。

阿波罗尼奥斯的巡回布道经历。瓦吉诺夫借用这一典故并加以虚构，折射出自己不同的意向。菲洛斯特拉特斯是《伯利恒之星》中拯救者般的人物，伟岸、悲悯，痛惜人间的沉沦之象，而《山羊之歌》的主人公们则把菲洛斯特拉特斯想象成一个俊美青年，能为他们树碑立传，千古传扬；同时菲洛斯特拉特斯还象征着能赐予灵感的一种神秘力量，可以助主人公解脱江郎才尽之苦。

除了历史人物，文学人物形象也在瓦吉诺夫这里得到了改造和更新。例如，小说《阿巴贡》与莫里哀喜剧中的守财奴主人公同名，在对话中给读者带来双重语义联想，也明显折射出作者意向。后来者们换了形貌，但行为更令人匪夷所思：他们买卖梦——各种各样的梦。买梦人生活失意，无力做梦，只好去买；而有的美梦百年不遇，卖价高昂。几番交易回合中展露了主人公们物质窘迫、精神腐朽的生活。作家化身在这部小说中并未出场，但在语气的讥讽中流露出鲜明的情感——同情、鄙夷甚至厌恶，毫不掩饰对他们命运的悲观态度。

通过对文化、文学、历史等多种典故的改造，瓦吉诺夫实现了对他人话语的独特创新。可以发现，瓦吉诺夫在破旧立新时仍然在新的形式与意义之间寻找平衡，使二者在新生成的语境中能够逻辑自洽，既保留形式上的必要关联，也拒绝意义上的玄奥晦涩。

3. 其他杂语手段

除了上述体现作家个性的实验手段外，小说中还有一些加强杂语性的形式。作家叙述时经常使用具有内在对话性的双声语或多声语，例如《阿巴贡》中的主人公、买梦人洛科诺夫无所事事，靠母亲的微薄收入过活，"虽然已经过了35岁，却过着未成年人的生活。因为他知道这不太好，有时就对熟人说，他做运输代理工作，说这个工作好在只要他想闲着就能闲着。晚上他常常出去,说是去开大会,开小会"①。 这是一段看似客观的描述,但体现着几种不同意识的混合。主人公似乎在与隐蔽的他人话语(社会评价)对话,也极力为自己辩解甚至编造逻辑自洽的谎言;而作者用一种双重语调讽拟洛科诺夫的话语,暗含着对这个"35岁的未成年人"的揶揄态度。

叙述人视角的引入也是作家通过杂语折射创作意图的手段。《山羊之歌》《斯维斯托诺夫的生活和劳作》具有元小说性质,在作家、艺术家身份的主人公们关于创作思想和方法的议论中,在不同观点、评价、语气中折射着瓦吉诺夫本人的声音和立场;《斯维斯托诺夫的生活和劳作》中的同名主人公作家更是把身边的人和事都作为写作材料,甚至最后自己也加入到众声喧哗中,在同一价值和时间坐标中平等对话。作家与主人公们一同体验着荒诞的人生,在亲昵交往中记录、纪念这些看上去古怪可笑的角色:"其实,不必贬低斯维斯托诺夫的生活和劳作。他不只是在追逐别人、偷听人家谈话,也深深地被他们所感染,明显在精神上共同参与着他们的生活。所以,当他的主人公死去,斯维斯托诺夫也怅然若失。"②瓦吉诺夫在此采取的外位性立场正如巴赫金所述:"艺术家是位于事件之外而采取一种本质的立场,他是一个观照者,没有利害的关系,但是理解发生的一切所具有的价值涵义。他不是感受发生之事,而是在产生同感。"③

通过镶嵌体裁、改造性用典及其他手段引进和组织他人话语,瓦吉诺夫竭力突破传统小说体裁的局限性,力求最大程度地展现长篇

---

① Вагинов К. Полное собрание сочинений в прозе. М.: Гуманитарное агентство «Академический проект». 1999. С. 364.

② Там же. С. 201.

③ 钱中文主编:《巴赫金全集》,河北教育出版社,2009年,第1卷,第341页。

小说的体裁优势，以包罗万端的杂语多声表现复杂多义、充满矛盾的时代现实。

三、"收藏癖"形象

如果说瓦吉诺夫是在体裁内部从事全面的先锋主义小说实验的话，那么同现代生活保持紧密联系、引进和组织形式多样的他人话语，其目的终究是为了更好、更充分地塑造新的主人公形象。在变动不居的现时生活中，他的人物形象失去了完成论定性，过着表里不一的双重生活。

瓦吉诺夫的主人公们大多是高级知识分子或有一定专业背景的中下层知识分子，其实生活中他们有一个共性，即都具有不同程度的收藏癖。瓦吉诺夫是从正反同体的角度去表现他们的"收藏癖"的。一方面，他表现了积极、崇高意义上的收藏癖——那是人们为了满足对往昔文化的追念、安放怀旧之心而在日常生活中做出的保留行为，特别是在社会动荡期，为了保持文化的延续性而不计私心地收藏，是可敬的文化守望者所为。例如，主人公们对俄罗斯语言文学传统的传扬，对古希腊罗马文化的尊崇，对时代生活片段的辑录，对再现世界历史和文学中盛宴的宏愿，都属于此类。另一方面，瓦吉诺夫也把这一概念降格，表现它的鄙俗、丑陋——对收藏的痴迷使人们不加选择地囤积聚敛，甚至脱离正常的文化轨道，而所谓藏品也成为横亘在人与现实生活之间的界墙，使人变得狭隘迂腐、空虚麻木。两方面的占比并不确定，在主人公们的现时生活中二者此消彼长，成为观察他们性格动态变化的重要指标。但瓦吉诺夫在其晚期创作中更多地以夸张、悖反的手法表现收藏者的狂热和异化。

瓦吉诺夫为什么要塑造这些有收藏怪癖的人呢？从巴赫金体裁诗学的视角看，和小丑、傻瓜、骗子这类形象一样，怪人也是小说重要的形式—体裁面具："决定小说家观察生活的立场，也决定小说家把这生活公之于众的立场。"[1]"一种特殊的怪癖成了一种重要的形式，用以揭示'内在的人'、'自由又自足的主观精神'。"[2]真正的人本就难以定义，现实生活中人的表里不一可以通过近距离的交往察觉，文学作品中也同样如此。"收藏癖"提供了一个窥视角度，暴露了主人公们不为人知的个人生活：他们是当时社会各阶层中的平凡人，每个人都过着双重生活，高度个性化，又普遍对过去保持一种可笑又可悲的执着——以收藏的方式眷恋着往昔、亲情、青春、传统；他们平庸落伍，似乎站在时代英雄的对立面，却真实动人。

从人物命运的铺排上可以看出瓦吉诺夫接近后来加缪的道德立场，表现出一种超越时空的普适性荒诞：人与现实相隔绝，如同演员与布景相分离；个体在伦理上始终处于两难困境——当人失去了往日存在的精神基础，应该抗拒还是迎合现实，选择还是放弃自我？主人公们真实的内心体验触及了存在的本质，正是在这个精神实质意义上，瓦吉诺夫被视为后先锋派的代表人物之一。

作为先锋主义作家，瓦吉诺夫创作的先锋性具体落实在小说的体裁内部，他的小说是作家基于高度艺术自觉的体裁实验。正如巴赫金所言："文学体裁就其本质来说，反映着较为稳定的、'经久不衰'的文学发展倾向。一种体裁中，总是保留有已在消亡的陈旧的因素。

---

[1] 钱中文主编：《巴赫金全集》，河北教育出版社，2009年，第3卷，第350页。
[2] 同上书，第353页。

自然，这种陈旧的东西所以能保存下来，就是靠不断更新它，或者叫现代化。一种体裁总是既如此又非如此，总是同时既老又新。"[1] 瓦吉诺夫在继承文学传统的基础上力求革新，积极拓展小说体裁的可能性，将小说体裁记忆与时代现实紧密结合，用镶嵌体裁、改造性用典及其他多种手段引进和组织他人话语，充分发挥小说的杂语性，塑造出具有形式—体裁面具功能的"收藏癖"形象——这一切都是作家为小说体裁诗学的发展做出的积极探索和突出贡献，彰显了富于变易性和开放性、充满活力的小说精神。

---

[1] 钱中文主编：《巴赫金全集》，河北教育出版社，2009年，第5卷，第137页。

聚焦精神生态的战争书写

——阿斯塔菲耶夫战争小说创作论

张淑明[*]

在阿斯塔菲耶夫的创作中，战争题材作品占据相当大的比例。从20世纪60年代创作的《陨星雨》到20世纪70年代创作的《牧童与牧女》，再到20世纪90年代问世的《该诅咒的和该杀的》《真想活啊》《泛音》《快乐的士兵》，战争题材贯穿着作家创作的始终。参战经历和素有的全人类情怀不仅使得他可以准确可信地去描写前线日常生活中的细节，呈现战争的真实面貌，还令他对于战争的残酷以及对人的精神戕害有了更加深刻的体悟。他舍弃了正义与非正义、善与恶二元对立的传统的战争是非观，超越了历史视点和民族文化视点，把卫国战争作为20世纪人类的共同悲剧来审视。在对于战争所蕴含

---

[*] 张淑明，河北师范大学外国语学院教授，2019—2020年在首都师范大学外国语学院随刘文飞教授做访问学者。本文为河北师范大学2019博士基金项目"聚焦精神生态的阿斯塔菲耶夫创作研究"（项目编号：2019B021）阶段性成果。

的悲剧意识和悲剧精神的深度开掘中，他在战争观念上实现了较之同时代作家更具开创性的跨越。

一、战争的末世之恶

阿斯塔菲耶夫对战争与宗教这一命题有过深度思考。在他的战争文学创作中，无论是对于战争场面的描写，还是宗教母题的叙事模式，都指向末日审判，形成了一个庞大的隐喻体系。莱杰尔曼在《心灵的呼唤》中指出："在《牧童与牧女》中，战争就是启示录，是一种世界性的罪恶。无论是俄罗斯人，还是德国人，无论男人还是女人，无论年轻人还是老人，所有的人都成了这种罪恶的牺牲品。"[①] "把直接描写引入神秘主义层面是《牧童与牧女》战争诗学中的典型手法。"[②]

在阿斯塔菲耶夫笔下，一些战争场面的描写与《新约·启示录》中的情景相契合。《牧童与牧女》中的类似场景颇具代表性。《战斗》一章的开篇就是对于苏德两军交火、血肉横飞的战场的自然主义描写。"风雪抽打着人的脸，堵住了人的喉咙，周围的一切：黑夜、白雪、大地、时间和空间都充斥着切齿的怨忿、刻骨的仇恨和污秽的血腥。"[③] 而苏德两军在经历了一场肉搏战之后，战场上出现的是这般景象："地面上的一切——雪、土、装甲、活人、死人——全被烧化，

---

① *Лейдерман Н.Л.* Крик сердца: Творческий облик Виктора Астафьева. Екатеринбург: Изд-во АМБ, 2001. С. 23.
② Там же.
③ 阿斯塔菲耶夫：《牧童与牧女》，夏仲翼译，安徽文艺出版社，1992年，第236页。

无一幸免。"[1]战斗结束后,柯斯佳耶夫中尉脑际萦回的场景也同样意味深长:"这严寒凛冽的夜,这冰雪世界的天籁、战斗结束以后嘈杂的人声和那收葬车队马车的吱嘎声,还有在这寒风里瑟索身子倚在门框上的女人和她那飘飘渺渺,变化万端的眼睛。"[2]这几个画面都令人联想到《新约·启示录》中羔羊打开第七个封印、天使吹号的情景:"羔羊揭开第七印的时候,天上寂静约有二刻。我看见那站在神面前的七位天使,有七枝号赐给他们……天使拿着香炉,盛满了坛上的火,倒在地上,随有雷轰、大声、闪电、地震……第一位天使吹号,就有雹子与火搀着血丢在地上,地的三分之一和树的三分之一被烧了,一切的青草也被烧了。"[3]作家将战争场面与圣经中的末世审判联系起来,从宗教的层面呈现战争泯灭人性、毁灭世界的灾难性后果。

除了把自然主义画面引入神秘主义层面,突出其中所蕴含的末世隐喻之外,阿斯塔菲耶夫的创作中还出现了圣经中经典的惩罚主题。作品中的一系列宗教意象、神话元素,带有启示录色彩的章节名称,都指向末日审判。

在《牧童与牧女》中,惩罚主题主要是通过"火"和"水"的意象来体现。在该部作品的第一章《战斗》中,苏德两军激战之时,突然出现一个扇动着双翼,浑身是火的德军士兵:"他的影子晃晃悠悠,忽而暴涨出好几倍,忽而消失得无影无踪,他自己就像地狱里钻出来的恶鬼……他背后那燃烧着的火团,又像是诞生这个怪物的火海的反光,这怪物从它四肢着地站起来到今天,从未改变过它穴居

---

[1] 阿斯塔菲耶夫:《牧童与牧女》,夏仲翼译,安徽文艺出版社,1992年,第238页。
[2] 同上书,第276页。
[3] 《新约·启示录》,第8章第1—7节。

生涯中形成的外貌。"①冈察罗夫认为："这一情节显然就是死亡、战争乃至悲剧性的 20 世纪的象征。"②实际上，不仅如此，该形象还饱含象征意味，是圣经《新约·启示录》中那个火天使的化身。《启示录》中是这样来描绘"地狱之火"这一意象的：在末日审判之时，耶稣要让恶者复活，目的是把他们投进火湖，使之受永刑之苦。这火湖最初是为撒旦和他的使者准备的，实际上被扔进火湖者要多得多，不仅有被称为"假冒三位一体"的魔鬼、敌基督和假先知，还有随撒旦堕落的坏天使以及所有不信神者。作品中的"地狱之火"，实际上暗示着人类即将面临一场末日审判。

在该部作品当中凸显惩罚主题的"水"的意象，则出现在第二章。柯斯佳耶夫目睹战场上的种种杀戮，内心倍受折磨，他的心中始终盘桓着一种寂灭感。在身心俱疲的情况下，他怆然入梦。梦中，"地面已经被大水淹没，下面是清澈明净的水，上面是纤云不染的天。水面上行驶着一节拖着很多节车厢的火车头。列车划过水面，渐行渐远。不知在何处，水天竟然溶为了一色，火车没入大水深处。列车沉入的地方，水面重新闭合，水平如镜，了无痕迹。一切都淹没在茫茫的大水里。世界除了水面、天空、太阳，此外别无一物"③。这里令人联想到末世洪水，《旧约·创世纪》的第 6—8 章对此做了描述。当时，人类在世间肆意放纵，为所欲为，彻底激怒了秉持圣洁公义的耶和华上帝，为了惩戒世人的邪恶，他决定让一场洪水来毁灭这个世界。阿斯塔菲耶夫的此番用意在于，通过梦境中的"末世洪水"

---

① 阿斯塔菲耶夫：《牧童与牧女》，夏仲翼译，安徽文艺出版社，1992 年，第 236 页。

② *Гончаров П.А. Творчество В. П.* Астафьева в контексте русской прозы второй половины XX века. Докторская диссертация. Тамбов: 2004. C. 142.

③ 阿斯塔菲耶夫：《牧童与牧女》，夏仲翼译，安徽文艺出版社，1992 年，第 317 页。

意象来暗示人类遭此惩罚，因为战争扼杀了人原初的信仰和人们心中的爱，从而导致了人性的堕落和神性的失却。

在《该诅咒的和该杀的》中，末世隐喻同样是借助《圣经》中的惩罚主题来实现的。只是这里不再是单纯的"火"或者"水"的意象，而是"水"（河流）中的"火"的意象。从神话诗学意义上来讲，河流是主人公在完成成人礼过程中经历地狱环节的一个典型空间。在神话传说中，主人公往往要变成动物的样子进入冥界，而河流是通往冥界的必经之路。在河里鬼魂游来荡去，主人公的过河就是由生到死，河流因而成为神话中典型的死亡空间。《该诅咒的和该杀的》中的士兵主要来自西伯利亚，在这些士兵的心目中，河流依然保留着神话中的神秘色彩。列什卡说："河流具有古老、禁犯和险境的特征，穿越河流是有生命之忧的，因而就产生了河流作为通往冥界道路的形象，产生了河流作为死者亡灵的摆渡人形象。"① 河流的这一寓意也体现在对第聂伯河的描写中："黑夜褴褛的衣襟向上扬起，涌起来的浪头的圆顶暴露出一具并非人世间所有的那种裸体……从沙砾的碎屑中，从颤动的黏垢中悚然伸出有如带有利爪的脚掌一般的根茎，从中流淌着紫色的幽光，一棵锋利的草茎用粗粗的睫毛死死纠缠住那幽光，白色幽灵般爬行；只有冥界中才有的那种蛆虫蜷曲着，没有眼睛，没有头部……"②

从空间意义上讲，第聂伯河这条大河是空间的轴线，它由北向南流入温暖的海洋，苏联的军队是要从东向西渡过第聂伯河。河流代

---

① Букаты Е.М. Поэтика художественного пространства в прозе В. П. Астафьева. Кандидатская диссертация. Томск: 2002. С. 162.

② Астафьев В.П. Собрание сочинений в 15 т. Красноярск: Офсет. 1997. Т. 10. С. 375.

表着自然，代表着人的天性，而苏联军队的行军路线与河流的流向呈十字形状垂直交叉。布卡德指出："这种'垂直性'是否是人与其天性对立的结果呢？因为任何战争都是违背人性的。"[1] 在神话诗学中，河流具有冥界空间的含义，在战争的反人性的语境之中，这一语义被大大丰富了，河流因而成为了对于不信神者的惩罚空间。

从作品本身来看，无论是《该诅咒的和该杀的》的标题，还是它的章前题词和结尾，均具有启示录色彩，其凸显的同样是圣经中的惩罚主题。叶萨乌洛夫称之为"第一部从东正教立场，而且是在完全意识到战争的悲剧冲突的情况下写成的小说"[2]。该作品第二部分的核心事件是渡河，所要渡过的河流是第聂伯河。俄国历史上影响深远的"罗斯受洗"事件就发生于此，这条河流因而被圣化。阿斯塔菲耶夫选择渡河战役作为自己这部巨著的核心事件，应该有其深意。此时的第聂伯河已经不再是被圣化的河流，它在人们失去本然信仰、互相残杀之时，已经成为一个惩罚空间。漆黑的夜里，两军的战火燃烧在河面上空，战士们纷纷坠河，昔日众人受洗的壮观场面变成了受难画面。在这里，第聂伯河被"描绘成了黑暗与地域之火相接，永远为死亡所占据的火河形象"[3]。

除了河流的寓意之外，《该诅咒的和该杀的》的第二部《登陆场》的布局谋篇也具有浓郁的宗教色彩。它一共分为十章，各章标题依次为：渡河前夕、渡河、第一天、第二天、第三天、第四天、第五天、

---

[1] *Букаты Е.М.* Поэтика художественного пространства в прозе В. П. Астафьева. Кандидатская диссертация. Томск: 2002. C. 162.

[2] *Есаулов И.* Сатанинские звезды и священная война//Новый мир. 1994. №4. C. 227.

[3] *Букаты Е.М.* Поэтика художественного пространства в прозе В. П. Астафьева. Кандидатская диссертация. Томск: 2002. C. 163.

第六天、第七天、剩下的日子。数字"七"在圣经中有着重要意义。《圣经·旧约》中上帝创世用了七天，挪亚建造方舟是在末世洪水前的七天；《新约·启示录》中末日审判时人子手中拿的是七星和七个金灯台，羔羊打开的是七个封印，吹号的是七个天使。而《登陆场》中渡河的七天均独立成章，让人联想到《启示录》中末日审判的七天。可见，惩罚主题在阿斯塔菲耶夫的战争文学创作中得到了颇为全面的诠释，战争中人类的末世境遇也因而得以凸显。

二、战争中人的"主体性"之解构

阿斯塔菲耶夫以战争隐喻人类的末世生存境遇，旨在强调战争所造成的人的精神生态危机，他所关注的焦点并不是战争的真实，而是战争中的人性问题，他要做的，是在更加广阔的视野中书写人精神维度的异化。如何从本质上保护人，使人完成神性的复归，这是他的主要目标。诺贝尔文学奖获得者阿列克谢耶维奇认为："战争大概就是作为重要的人性奥秘之一而发生并保持下来的，从未改变过。"[①] 在阿斯塔菲耶夫的战争题材作品中，"人性叙事"明显要大于"政治叙事"，"人性叙事"的核心是对作为个体的人的生命意义和精神价值的思考。俄罗斯哲学家索洛维约夫曾指出："每个人本身都是这样一个道德存在物或人物，不管他是否对社会有益，他都拥有绝对的尊严，拥有生存与自由发展自身积极力量的绝对权利。由此可以直接理出：任何一个人，无论在任何条件下，出于任何原因，都不能仅仅被视为任何外在目的的手段——他不能仅仅是另一个人的利益

---

① 阿列克谢耶维奇：《我是女兵，也是女人》，吕宁思译，九州出版社，2015年，第163页。

的手段或者工具，也不能是整个阶级的利益以及所谓共同福利，亦即大多数人的福利的手段或者工具。这种'共同福利'或'共同利益'有权针对的不是作为个体的人，而是他的活动或劳动。"[1] 他还指出："当人们为人类社会寻求道德支点的时候，就会表明，不仅是一定的社会形式，就是社会性本身，也不是对人的最高和绝对的定义。实际上，如果人在本质上仅仅被定义为社会动物而再无其他内容，那么，这就极端地缩小了'人'这一概念的内涵，同时大大地拓展了这一概念的外延。"[2] "人的尊严的原则，或每个个体的绝对意义（社会因而被定义为所有人的内在的与自由的协调一致），这是唯一的道德规范。"[3] 但是在战争中，人已经失去了其精神丰富性，成为了单向度的人，沦为杀人工具。《牧童与牧女》中的准尉莫赫纳科夫就是一个典型的代表。他拥有丰富的战斗经验，懂得何时进攻，何时后退。他做事遵循战争原则，而不是人道原则。面对失去双腿哀哀求告的德国士兵，他无动于衷。对于自己受伤的战友他会上前去救助，但是没有一丝的同情，战争让他变得异常麻木和冷酷。对于主动让出自己的房子、为战士们煮饭晾衣的年轻善良的女主人柳霞，他意欲图谋不轨，因为在他的意念中，女人就是泄欲的工具。这个英勇善战的英雄，已经完全没有了对于人的同情、怜悯，更谈不上对于他人的爱，他已经异化为一种杀人工具。正如他自己对柯斯佳耶夫所言，他的心在战争中早已变成了齑粉。不仅仅是准尉莫赫纳科夫，就是来自阿尔泰的两个机枪手——卡雷舍夫和马雷舍夫也是一样，这

---

[1] Соловьёв В.С. Оправдание добра: Нравственная философия. М.: Республика. 1996. С. 249-250.

[2] Там же. С. 247.

[3] Там же. С. 251.

两个人打起枪来得心应手，百发百中。对于他们来说，打枪就像种地一样熟练，这其中蕴含着他们内心中对于他人的冷酷和对于他人生命的漠视。在他们身上，作为人主体性的"神性"已经被销蚀殆尽，他们在杀戮中完全丧失了对"我"的意识，个体人格被彻底瓦解。同时，在他们身上，我们也看不到对于精神奴役的抗争，他们成为了没有心灵的材料，个人意志为集体意志所取代。

三、重塑精神性的完整

阿斯塔菲耶夫以其高度的人道主义情感，表现战争给普通战士带来的肉体和精神之痛，把人的尊严置于创作首位。在他的战争文学作品中，有的不只是人的精神异化和个体之殇，还有着以重塑精神性完整为旨归的精神朝圣。这一行为的践行者并不遵循战争原则，倡导英雄主义，而是遵循人道主义原则。他们或者在潜意识层面流露出对于宗教皈依的热望，或者已然是教徒，他们身上已经褪去了英雄主义的色彩。

在《牧童与牧女》中，主人公柯斯佳耶夫中尉走过的就是一条宗教救赎之路。中尉名为鲍里斯，与俄国第一位圣徒同名，这并非巧合，而是作家有意为之。弗洛连斯基指出："名字就预先决定了一个人的个性，勾勒出了他一生的思想轮廓。"[1] 在对于中尉生命历程的描写之中，出现了源自圣徒行传的甘愿接受最高意志、甘愿接受牺牲的主题，该形象因而拥有了特殊的宗教象征意义，兼具了被拯救和施救的

---

[1] Флоренский П. Опыты: Литературно-философский ежегодник. М.: Советский писатель. 1990. C. 403.

内蕴。作为苏军指挥官，中尉不仅要冲锋在前、举枪杀人，而且要命令战士与德军进行厮杀。但是，向善的天性让他痛苦万分，饱受精神折磨。借宿房宅附近双双死在炮火下的年迈夫妇以及他们对于宗教的虔诚，深深触动了中尉，唤醒了他内心深处的神性，使之开始悟到战争的残酷和反人道本质，期待一场深刻的灵魂救赎。与有着圣母马利亚隐喻原型的女房东柳霞的邂逅，为他的获救准备了条件。柳霞执意让他"浸澡"的情节和他在浸澡前后的感叹"上帝的奴隶，接受洗礼吧""上帝的奴隶复活了"，暗示着这是一场颇具仪式感的受洗。在谈及阿斯塔菲耶夫的创作时，波尔沙普科娃指出："重生思想在艺术上的实现，就发端于柯斯佳耶夫洗澡的细节中。"[1] 获得精神重生的柯斯佳耶夫将无私大爱播撒在世间，努力去保护和救助每一个生命，不管是苏军战士还是德国俘虏。最终，只是肩部受了点轻伤的中尉决然放弃生命，以殉道的方式完成了自己的精神朝圣之旅。恰尔马耶夫曾经指出："《牧童与牧女》的确是自传和宗教潜台词的完美结合。确切地说，是人清醒地、痛苦地意识到自己的堕落，试图重新痛苦地依附'生命之树'这一过程的一张精美快照。"[2]

在《该诅咒的和该杀的》中，来自西伯利亚阿梅尔河畔的科利亚·雷金身上已经彻底褪去了英雄主义的光环。他本身是一个旧教徒，所看重的是善待每一个人，爱每一个人，而不是去杀戮。他每天除了认真完成派给他的各种活计之外，就是尽己所能去帮助每一个人：教大家正确食用土豆，用自己随身携带的草药为大家解除病痛。

---

[1] *Большапкова А.* Нация и менталитет: Феномен деревенской прозы XX века. М.: Ком. по телекоммуникациям и средствам масс. информ. Правительства Москвы. 2000. С. 125.

[2] *Чалмаев В.А.* Исповедальное слово Виктора Астафьева//Литература в школе. 2005. №5. С. 17.

他笃信上帝，反对杀戮，不管是在宿舍还是在训练场，都会不停地向上帝祷告。当政治部主任麦尔尼科夫强调上帝并不存在时，他会借村里老妪之口拿出圣诫来反驳对方，声称：所有在我们这个土地上散播暴乱、战争和兄弟相残种子的人都会被上帝诅咒和杀死。他不仅口头上坚持对于上帝、对于善的信仰，在实际行动中也反对暴力和杀戮。对于少尉休斯命其刺杀假想敌人的要求，他微笑拒绝，坚持认为没有什么敌人，生死之事，上帝自有安排。

在这些人物身上，寄寓着俄罗斯民族乃至全人类获救的希望。他们并不关注世俗目的，遵循的是以东正教神人学为基础的神圣历史主义。他们秉持的并不是传统的爱国主义精神，所关心的也不是战争的成败，而是如何实现人完整的精神建构。虽然身处具体的历史语境，但他们一直在努力走出历史，追求永恒的精神真理。作家希望以完美精神人格建构来拯救世人的理想，恰恰就在于此。

"监狱文学"之奇葩:《监狱——狱警手记》

葛灿红[*]

中国读者或许对谢尔盖·多甫拉托夫还有些陌生,然而早在三十多年前,他的声名已经在美国和俄国传遍。据《20世纪俄国文学史》的编者巴耶夫斯基称,"在美国,他(指多甫拉托夫。——引者注)成为继索尔仁尼琴、帕斯捷尔纳克、纳博科夫和布罗茨基之后最著名的、作品被人传阅最多的作家。"[①] 如今,文学史家一致认为多甫拉托夫是俄国"第三浪潮"侨民作家的重要代表之一。

多甫拉托夫的文学之路并不顺利。1978年,当多甫拉托夫提着一箱手稿来到美国的时候,他决定以他最看好的作品《监狱——狱警手记》试水,然而出版非常困难,有出版家甚至不客气地声称:"劳

---

[*] 葛灿红,当代中国出版社编辑,2008—2011年在中国社会科学院研究生院外国文学系随刘文飞教授攻读博士学位,博士论文题为《多甫拉托夫小说的叙事策略》。

① Баевский В.С. Под ред. История Русской Литературы XX века. М.: Языки славянских культур. 2003. С. 355.

改营话题枯竭了。没完没了的监狱回忆使读者感到厌倦。索尔仁尼琴之后,(劳改营)话题当休矣。"① 但多甫拉托夫并没有气馁,经过多次修改和四年的奔走,《监狱》终于面世,并受到读者和评论家一致好评。

为什么多甫拉托夫的《监狱》能在"没完没了的监狱回忆"之后冲出重围,受到读者青睐呢?我们就一起来探寻一下《监狱——狱警手记》的独到之处。

俄国的"监狱文学"由来已久,而且数量众多。早在17世纪,俄国分裂教派的思想领袖阿瓦库姆即创作出了有关流放地生活的《行传》,其中记载了他在西伯利亚流放地和北极圈附近普斯托泽尔斯克流放地度过的二十多年的囚禁生活,这或许是俄国有史记载的最早的"监狱文学"。19世纪初,普希金为表达对十二月党人的敬意而谱写的《致西伯利亚的囚徒》也可以说是广义上的"监狱文学"。此后,陀思妥耶夫斯基也用日记的形式给读者描绘了"死屋"的真实景象(《死屋手记》)。柯罗连科根据自己在流放地的生活感受和见闻创作了西伯利亚系列小说,如《雅什卡》《奇女子》《索科林岛人》《玛露霞的新垦地》等,小说塑造出流放犯雅什卡、莫洛佐娃等人勇于反抗、坚强不屈的形象。19世纪末契诃夫只身前往萨哈林岛考察当地的情况,回到莫斯科之后以客观冷静的笔调创作出报告文学《萨哈林旅行记》,照相式地呈现了萨哈林岛监狱里的真实状况。20世纪中期,当索尔仁尼琴的《伊万·杰尼索维奇的一天》经赫鲁晓夫亲自批示而获发表之后,苏联文学中形成了一股"劳改营文学"的潮流。沙拉莫夫的《科累马故事》,弗拉基莫夫的《忠诚的鲁斯兰——一只警

---

① Довлатов С. Собрание сочинений в 4 т. СПб.: Азбука-Классика. 2002. Т. 2. С. 8.

犬的故事》、西尼亚夫斯基的《与普希金散步》，都是这一时期的产物，当然，最具影响力的作品还是索尔仁尼琴的《古拉格群岛》。

在这里我们使用"监狱文学"，而不是常见的"劳改营文学"，是因为二者的范畴并不一样。监狱的概念更为宽泛，"监狱文学"的范畴自然也更广一些。多甫拉托夫的《监狱》与众多"监狱文学"的不同之处首先在于，那些"使读者感到厌倦"的"监狱文学"，其实大多是"劳改营文学"，普通监狱和劳改营关押的犯人不一样。劳改营关押的往往是政治犯，是知识分子，是受到不公正待遇的持不同政见者；多甫拉托夫所在的监狱里关押的则是刑事犯，是鸡鸣狗盗、杀人越货者，是随时可能伤害他人人身及财产的所谓"恶人"，他们大多文化程度不高，甚至是文盲。其次，作者的身份和视角不同。大多"监狱文学"的创作者多为被剥夺自由的囚犯，其中"劳改营文学"的作者常常是政治犯、世界观鲜明的持不同政见者，他们最熟悉的人也即生活在自己身边的其他囚犯，因此他主要以被关押者的眼光来观察、认知、思考周围的世界。多甫拉托夫是负责看守刑事犯的狱警，他了解狱警和长官的日常生活，非常清楚他的同事们是怎样的一群人；他也非常了解（必须了解）犯人的身心状态，他在工作中经常面对并处理各种突发事件。同时，他也曾经因犯错误被关禁闭，备尝狱中滋味，了解囚犯的生活与思维方式。因此，他既是看守，又是犯人，具有双重视角。最后，基于以上两点，导致作者对待描述对象的态度也非常不同。在做狱警之前，多甫拉托夫将"监狱文学"分为两种，即"苦役"文学和"警察"文学，他发现二者的价值标准是不一样的：

> 第一种认为——苦役犯是痛苦的、悲剧式的、值得怜悯与赞美的人物。看守——与之对应——是坏蛋、恶人，是残酷

与暴力的化身。

第二种认为——苦役犯是大怪物，地狱的产儿。而警察呢，自然，是英雄、劝善者，是具有创造力的杰出人物。

当上狱警之后，我本打算在囚犯身上看到牺牲品的特征，而把自己看作惩罚者和凶手。

也就是说我倾向于第一种更人道的标准。这是受俄国文学熏陶的我的典型特征。当然，也更具说服力……

一周之后这种幻想结束了。第一种标准似乎完全是虚伪的。第二种更甚。①

一周的狱警生活就颠覆了俄国文学长期熏陶所形成的观念。在多甫拉托夫之前的"监狱文学"创作者大多是囚犯，如阿瓦库姆、陀思妥耶夫斯基、索尔仁尼琴、沙拉莫夫等等，他们用善与恶二元对立的眼光来看待囚犯与看守之间的关系。在他们的笔下——尤其是索尔仁尼琴和沙拉莫夫——看守是国家统治者的化身，是穷凶极恶的、完全没有人性的团体，而囚犯则是无辜可怜的人。所以，他的书是"全体受难者和受害者合力建造的纪念碑"②，他写作的目的是打算把劳改营里的"一切"都告诉世人，他代替那些"没有生存下来的诸君"来向世人展示牢狱里的黑暗，从而控诉极权制度的残暴。而沙拉莫夫则在《论小说》一文中谈到，"自己故事的全部主题就是道德主题，是扬善惩恶的主题"。③ "扬善惩恶"——依然是二元对立的思想。

---

① Довлатов С. Собрание сочинений в 4 т. СПб.: Азбука-Классика. 2002. Т. 2. С. 46.
② 索尔仁尼琴：《古拉格群岛》，田大畏、陈汉章译，群众出版社，1982年，上册，第7页。
③ 吴嘉佑：《沙拉莫夫——劳改营文学的又一拓荒者》，载《俄语语言文学研究》2004年第2期，第22页。

如果说索尔仁尼琴的目的就是要激起这种对立情绪，表达对统治者的痛恨的话，那么《死屋手记》的目的可能只是证明国家的兴亡在于"根基"，而这"根基"正是千千万万纯朴又坚韧的普通大众。在《死屋手记》中，看守与囚犯的关系同样是对立的，但这种对立与其说是陀氏故意渲染的，不如说是历史原因造成的。陀思妥耶夫斯基在文中专门探讨了这个问题："使我感到诧异的是，当这些受尽屈辱的人们讲起他们怎样挨打或讲起那些毒打他们的人时，他们总是显得特别宽宏大量，毫无怨恨之意。"[1] 他们之所以"宽宏大量"，是因为他们相信自己无罪，"囚犯们总是倾向于认为因反对官场人物而犯罪是合法的"。为什么无罪还甘愿受罚，对长官毫无怨恨之意呢？因为"实际上他们仍然承认，官方对他们的罪行则持有完全不同的看法，因而他们应当受惩罚"。也就是说，普通百姓从内心里接受这种对立关系，这种对立，是上层阶级与下层阶级的对立。由此来看，这种对立是历史原因造成的根深蒂固的阶层之间的对立。显然，这种对立并不局限于监狱之内。

而多甫拉托夫的身份和境遇，使其能够克服对看守或囚犯的刻板印象，在这种对立关系之外"发现第三条路"，即囚犯与狱警之间并非是善恶对立的关系，二者之间有着惊人的相似，甚至可以混为一体：

> 我发现了监狱与自由场所之间惊人的相似，以及囚徒与狱警之间的相似，入室盗窃的惯犯与营区生产检查员之间的相似，派活的囚犯头目与监狱行政长官之间的相似。

---

[1] 陀思妥耶夫斯基：《死屋手记》，曾宪溥、王健夫译，人民文学出版社，1981年，第238页。

在监狱的两面存在着同一个冷酷的世界……

我们说着一样的流氓话，哼唱着一样的伤感歌曲，忍受着同样的艰难困苦。

我们甚至看起来也很像。我们用同一把推子理发。我们被风吹蚀的脸上长满了紫红色的斑点。我们的靴子散发出马厩的味道。而监狱里清一色的水兵穿过的旧呢衣从远处更是无法分辨。

我们是如此相似，甚至可以互相替换。几乎任何一个囚犯都适合扮演看守。几乎每一个狱警都该坐牢。[①]

按照多甫拉托夫的说法，囚犯与看守从外表到内在，都非常相似，他们"忍受着同样的艰难困苦"。因为在渺无人烟的林区，狱警与囚犯一样都是被囚禁的人，囚犯被铁栏杆囚禁，看守被军纪束缚，24小时轮班换岗，出了差错直接关禁闭。有个囚犯甚至问："长官，我们谁在坐牢，是我还是你？"他们的劳动强度也相差无几，比如囚犯在严寒中伐木时，看守们要在严寒中紧盯着，并要随时处理可能出现的殴打、逃跑事件；他们都孤独、寂寞、百无聊赖，都渴望自由，但自由又遥不可及。这就是做过囚犯又当过狱警的多甫拉托夫的独特发现，在他之前，没有人提出这样的观点，而他所发现的"入室盗窃的惯犯与营区生产检查员之间的相似"，"派活的囚犯头目与监狱行政长官之间的相似"，则将这种相似上升到新的高度，即人性的相似：只要所处同样的状态，人的处事模式就几乎一样，因此也就无高下、善恶之分。

[①] Довлатов С. Собрание сочинений в 4 т. СПб.: Азбука-Классика. 2002. Т. 2. С. 46.

索尔仁尼琴曾描述劳改营长官如何残酷对待囚犯，而多甫拉托夫则这样来呈现狱警的生活：

> 早晨10点钟的时候，他被换班的人叫醒。那人从严寒中归来，满脸通红又恶气汹汹。
>
> "我整夜都在监狱里跑来跑去，就像跑堂儿的，"他说，"这纯粹是戏院嘛，酗酒的，动刀的，隔离室里到处是流氓……"
>
> 阿里汉诺夫也掏出一支烟来，并捋了捋头发。接下来一整天，他都将在隔离室度过。高墙内的惯犯阿纳季会不断地从这个角落走到那个角落，并弄得手铐哐啷哐啷地响。
>
> "情况很紧张啊！"换班的人脱着靴子说。[①]

索尔仁尼琴笔下的囚犯们提心吊胆，时刻担心遭受肉体上的折磨，多甫拉托夫笔下的狱警们却出于职责的需要每天要经受身心的煎熬。因此，在监狱里，看守和囚犯的境遇相差不多。索氏因为有自己的政见，其写作也有一定的政治目的，而多氏则更多通过监狱生活来观照人性的本初状态，因此更具普世价值。

上述的诸种差异直接导致以往的"监狱文学"作品与多氏的《监狱》在塑造人物形象时的不同。传统的"监狱文学"创作者因在创作之初已有政治或宗教目的，因此塑造的大多是不平凡的人，是英雄。多甫拉托夫写作时的身份和视角的特殊，使得他能够更全面地了解看守与囚犯，从而得出二者十分相似的结论。正因为二者相似，而他又是其中的一员，所以他能够以平等、客观的态度呈现其在监

---

① *Довлатов С.* Собрание сочинений в 4 т. СПб.: Азбука-Классика. 2002. Т. 2. С.38.

狱里的所见所闻，塑造出"去英雄化"的普通人。

首先来看一下索尔仁尼琴塑造的劳改营人物。表面看来，伊万·杰尼索维奇·舒霍夫是普通农民代表，他有着农民最纯朴的美德，勤快、爱惜粮食，也会耍些滑头，从弱者那里抢食物给自己的营友吃等。也就是说，舒霍夫是一个优缺点并存的不完美的人，但从其本质来看，他仍然是一个不平凡的人。舒霍夫在八年的劳改营生涯中从不屈服，不认命，用坚忍不拔的意志克服环境带来的种种不自由。因此，在作者、读者的眼里，以及主人公自己的心里，他在精神上比普通人高出一个层次。苏希赫指出："索尔仁尼琴认为，人可以被打死，但不可以被征服。"[1] 这让人想起带着鱼骨返航的硬汉桑地亚哥，想起领导"非暴力不合作"的领袖甘地，他们在行为上让步，但精神上不屈服；他们都有一颗强大的心，因此他们是不平凡的人，是作者为读者塑造的楷模。索尔仁尼琴塑造的是精神楷模，而陀思妥耶夫斯基由于深信"根基"的力量，所以塑造出的是道德楷模——普通人民。在陀氏看来，代表着"根基"的囚犯们具有"宽宏大量"、"孩子般的纯洁"、乐观、聪明能干等品质，这些都值得学习。客观地看，《死屋手记》里的囚犯应该像多氏《监狱》里的人物一样，是一群虽残酷但未泯灭天性的普通人，但在作者笔下却显得十分完美，他们的罪行也得到美化，甚至杀人、偷盗这些巨大的"瑕"也掩不了作者眼中的"瑜"——本性的纯洁和善良。

多甫拉托夫则认为："在世界上存在天使和怪物。圣人与恶魔。但这些——非常罕见。"[2] 而在他的小说中"没有天使，也没有恶魔"，

---

[1] *Сухих И*. Сергей Довлатов: Время, место, судьба. СПб.: Культ-Информ-Пресс. 1996. С. 108.

[2] *Довлатов С*. Собрание сочинений в 4 т. СПб.: Азбука-Классика. 2002. Т. 2. С. 73.

他不想塑造出英雄让读者来膜拜，也不希望读者鄙视他笔下的任何一个人物。他客观地叙述，平等地对待自己的人物。叙事主人公，也即叙述人阿里汉诺夫是监狱里为数不多的知识分子，他有着独立的思考能力，但作者并没有因此把他塑造成高人一等的英雄。他和其他狱警一起喝酒、打牌，与囚犯开玩笑、说黑话。新年前夜，当得知众看守要去群奸一位醉酒后倒在营门前的妓女时，他极力劝阻。这时，知识分子的道德感占了上风，他仿佛要走向英雄之路。然而，他的劝阻并未成功，他开始为同僚们的行为感到羞耻，为自己落入这种环境而懊恼。但这种道德的优越感并未抑制住生理的冲动，按弗洛伊德的学说，即"本我"挣脱了"超我"的缰绳，阿里汉诺夫的头脑中不断勾勒出士兵们与女人胡闹的图景，等众人回来之后，他最终还是步人后尘，于是，"英雄"又回到普通人的行列。与此同时，作者也没把其他士兵们塑造成恶魔、淫棍，阿里汉诺夫本以为他们会大谈特谈各自的感受，却发现他们回来之后，一声不吭就躺下了，可能意识到自己的行为不够光彩。可见，阿里汉诺夫与其他士兵一样，都是有缺陷的普通人，而这样的人物才更容易被普通读者所接受。

　　监狱是一个小社会，有自己的生存法则，这里发生的许多事情都不符合社会道德的要求：在第四个故事中，狱警菲德尔"既无耻又羞惭"地对前来探监的库普佐夫的妻子提出性的要求，女人哭了，而丈夫却一遍又一遍地劝她同意长官的建议。在此，多甫拉托夫不做评价，只是将事情不加遮盖和修饰地呈现出来。主人公阿里汉诺夫对这件事显然有自己的看法，不满、愤怒、无奈或者什么，但从头到尾，作者都没有让其流露出什么情绪来。他只是走出门去，跌倒了，想了想，休息片刻，又爬了起来。如果愿意深究，就能从这富有寓意的重复中感受到阿里汉诺夫对监狱里丛林法则的无奈认同与接受。伟人改变环境,强者不屈服于环境,普通人适应环境,弱者屈从于环境。阿里汉诺夫只是一个普通人,所以他只有努力适应这里的一切。

作者对待人物的态度不同,导致作品的风格与语调也不同。如果说以索尔仁尼琴、沙拉莫夫为代表的劳改营文学的语调是冷峻、严肃(姑且称为仇上派),而以陀思妥耶夫斯基为代表的"根基派"(亲下派)的语调是温和、怜爱的话,多甫拉托夫的《监狱》的语调则较为轻松、自然。在索尔仁尼琴的行文中,劳改营仿佛是一个冰窖,即使有偶尔的轻松幽默,如杰尼索维奇巧妙地躲过了禁闭,引起的也是苦涩的笑。与此同时,高度细节化的描写,一个个定语和接踵而至的补语和小括号,如一支支箭把靶心围得严严实实,让人感到繁琐、沉重、憋闷。至于沙拉莫夫的作品,如论者认为,"他的全部小说绝无幽默也极少讽刺,更没有任何激情的鼓动"[1],自然也是严肃、冷峻的风格。与之相反,陀思妥耶夫斯基对"值得怜悯与赞美的人物"的描写则充满怜爱之情,这种感情多少有点宗教情怀:"阿列伊那可爱的脸庞上闪耀着孩子般十分纯洁的喜悦"[2];另一个囚犯"笑得那么温和、自然,以至于我只好对他报之以微笑"[3]。在陀氏的笔下,狱友之间虽然互相偷窃,但依然充满了温情。

多甫拉托夫所在的监狱与索尔仁尼琴所处的环境一样残酷,他曾"眼睁睁地看着监狱里一个小偷被人掐死",也曾"在罗普钦集材场遭到几个人殴打",但他并未用冷峻的语言来增加监狱的冷酷感,

---

[1] 吴嘉佑:《沙拉莫夫——劳改营文学的又一拓荒者》,载《俄语语言文学研究》2004年第2期,第22页。

[2] 陀思妥耶夫斯基:《死屋手记》,曾宪溥、王健夫译,人民文学出版社,1981年,第198页。

[3] 同上书,第238页。

而是换了一个角度"用第三人称的视角看自己",也如此看待周围的世界,因此,他用相对客观的言语平静地叙述看到的一切。多氏对出版商说:"我所陷入的世界是恐怖的。但不管怎样我笑得并不比现在少。"[1] 因为监狱里除了残酷,也有喜怒哀乐,有陀思妥耶夫斯基所赞美的温情与美。比如,当一对男同性恋在监狱里"结婚"的时候,所有人都高声祝福他们;当某个囚犯家里来信时,他会骄傲地将信大声念出来,而其他人会静静地倾听。多氏写道:"监狱生活中也有美。这时光有黑色颜料就不够了。"[2] 他给出版商讲述了一段唯美的爱情:六十来岁的囚犯玛科耶夫爱上了监狱附近某小学的女老师舒金娜——一个患有眼疾的瘦削而不漂亮的女人。他没见过她的面容,也不知道她的姓名和年龄,但每天都爬到工棚上远远地看她。他在墙上画很大一朵花。慢慢地,她猜出了他的心意。终于有一天,玛科耶夫要到生产区劳动,舒金娜刚好从镇上走过,两人在水塔旁相遇。囚犯的队伍自然地慢了下来,玛科耶夫扔给女人一个纸包,里面是一个手工做的烟斗。那女人解下自己的红围巾,交给狱警,狱警又交给头排的囚犯,就这样一个一个传下去,最后一个人把红围巾围到玛科耶夫的脖子上。多甫拉托夫用舒缓的抒情笔调为读者展示了监狱里唯美的爱情。这是人的天性之美,是出于对美好事物的真诚热爱而流露出的爱之美。多甫拉托夫不避讳监狱里的残酷、不合理、道德沦丧,也很珍视监狱里的人性美。由于站在客观的角度,他写得很轻松、自然,有时不加强调,甚至看不出所描写的是监狱里的事。格尼斯说:"美国的批评家惊讶地发现,多甫拉托夫与索尔仁尼琴描

---

[1] Довлатов С. Собрание сочинений в 4 т. СПб.: Азбука-Классика. 2002. Т. 2. С. 18.
[2] Там же. С. 86.

绘的是同一座地狱，但是多甫拉托夫的主人公们却在快乐的地狱里燃烧。"①

如果以四季作比，那么索尔仁尼琴和沙拉莫夫的风格就像是严酷的冬天，冰冷而沉重，陀思妥耶夫斯基就像夏天，温热而甜腻，而多甫拉托夫则像是春天或秋天，凉爽而轻盈。契诃夫曾经称《萨哈林旅行记》是其整个衣橱里的一件"硬衣"，而多甫拉托夫的《监狱》则像是俄国所有"监狱文学"作品里的一件"轻衣"，它以简单、平实的语言，轻松自然的语调，描绘出监狱里普通人的喜怒哀乐。《监狱》更是"监狱文学"中的一朵奇葩，这种监狱内外并无二致的观点，为人提供新的思考维度，而它在语言、风格、思想等方面也显现出独特的魅力。

---

① *Генис А.* «Сад камней»//Довлатова Е. О Довлатове. Статьи, рецензии, воспоминания. Другие Берега. 2001. С. 84.

口述文学：阿列克谢耶维奇与冯骥才的互文

苏雅楠[*]

"非虚构文学"和"口述文学"是两个在东西方近几年才火热起来的概念，"非虚构文学"是相对于"虚构文学"而言的，概念比较模糊。"虚构文学"即我们传统概念中的文学，尤其指小说；而"非虚构文学"则是以真实事件为内容，以文学手法加以优化提升后形成的文学作品，"口述文学"便是其中一种。2015年，白俄罗斯女作家阿列克谢耶维奇获得诺贝尔文学奖，其作品大多为口述文学或实录文学。有人评价说，阿列克谢耶维奇获得诺奖这一事件从一个方面证明了"非虚构文学"在当下世界文坛之地位的提高。

阿列克谢耶维奇被视为俄语作家中，甚或全世界范围内最优秀的非虚构文学作家之一。在她四十年的写作生涯中共完成八部口述文学作品，包括描写卫国战争时期女性和孩子命运的《我是女兵，也

---

[*] 苏雅楠，大连交通大学远交大交通学院教师，2016—2018年在首都师范大学外国语学院随刘文飞教授攻读硕士学位，硕士论文题为《中俄文学外交语境下的冯骥才研究》。

是女人》和《我还是想你，妈妈》，描写阿富汗战争中苏联青年士兵状态的《锌皮娃娃兵》，介绍苏联解体后俄罗斯二十年来变化的《二手时间》，调查切尔诺贝利核泄漏事件的纪实作品《切尔诺贝利的回忆》等。阿列克谢耶维奇的口述文学作品"以微弱记忆承载宏大叙事，以他者言说代替全知视角"①，在普通人的记忆和叙述中爆发出"真实"的强大力量。

20世纪80年代，中国的非虚构文学开始与国际接轨，涌现出许多重要作品，如张欣辛和桑晔的《北京人》、冯骥才的《一百个人的十年》等。《一百个人的十年》于2004年出版，这部口述作品记录了"文革"中底层小百姓的真实生活，成为"文革"受难者真实的心灵写照。冯骥才是中国当代集多重身份于一身的文化大家，他凭借虚构文学的创作成为"文革"后"伤痕文学"和"反思文学"的重要代表作家，他的非虚构文学写作实践和理论思考则成为中国当代非虚构文学创作和发展的有益借鉴；他以水墨丹青开创了中西兼容、清新精雅、意境隽永的画风，其画作被冠以"现代文人画"之称；他为中华民族的古村落和非物质文化遗产的保护做出了卓越贡献，被人称为中国当代知识分子的"良心"。冯骥才说过，他写口述文学是受《美国梦寻》的影响。"文革"结束后，冯骥才曾想把"那个时代"以小说的形式记录下来，但当时中国迅速进入改革开放，社会变化太快，他难以静下心去写作那样一部小说。看到《美国梦寻》后，冯骥才找到了用口述文学来记录"文革"和亲历过"文革"的同时代人的创伤记忆的方法。就这样，在冯骥才的写作中，除了散文和小说，

---

① 侯海荣、杨慧：《历史与真实：阿列克谢耶维奇口述小说的两种"真实"》，载《沈阳师范大学学报》2018年第1期，第75页。

又多了一种"非虚构文学"的构成。

2018年,冯骥才的图书《漩涡里》出版,这是作家继《无路可逃》(1966—1976)、《凌汛》(1977—1979)和《激流中》(1979—1988)后推出的又一部非虚构文学作品。《无路可逃》是作家关于十年浩劫的回忆录,《激流中》记录1979—1988年间风起云涌的新时期文学创作潮流,《漩涡里》讲述的则是冯骥才从文学跳到文化遗产保护的心路历程。这一系列的口述文学作品清晰记录了冯骥才的心灵、生命和思想的发展脉络,成为冯骥才个人的心灵史诗,也成为冯骥才同时代人的生命写照。2017年出版的《炼狱·天堂:韩美林口述史》也是冯骥才的一部口述实录文学作品,作家用口述的方式揭示了韩美林苦难又传奇的人生经历,是一部艺术家成长的心灵史。20世纪90年代后,在对非物质文化遗产的抢救和保护工作中,冯骥才以"传承人口述史"的方式为文化遗产编制档案,编写出包括《中国木版年画传承人口述史》在内的多部中国民间文化口述史作品,为民间艺术记录了完整的口述史料,为非物质文化遗产的抢救和保护工作提供了强有力的学术支持和教学典范。

从《一百个人的十年》到《漩涡里》,冯骥才已成为中国当代非虚构文学最重要的写作者之一,其非虚构文学的写作实践和思考备受理论界关注,成为中国当代非虚构写作者的有益借鉴,而以口述文学写作著称、获得诺贝尔文学奖的俄语作家阿列克谢耶维奇则在世界范围内掀起了非虚构文学的热潮。在口述实录文学的创作方面,两位作家有着突出的可比性。

首先,在两位作家的口述文学作品中真实性与思想性并存。"真实"是两位作家共同看重的因素,口述文学作品之所以能够拥有打动人心的力量,最主要的原因也是"真实"。在诺贝尔奖的受奖演说中，阿列克谢耶维奇说道:"福楼拜自称'笔人',我也可以自称为'耳人'。当我走在大街上,许多话语、句子和感慨纷纷向我涌来,我总是想:有多少部长篇小说就这样不留痕迹地消失在了时间之中啊,消失在了黑暗之中。人类生活有这样一个部分,即言说的部分,我们无法把握这一部分,使其成为文学。可人类生活的这一部分却迷住了我,俘获了我。我喜欢听人说话……我喜欢听人的孤单声音。这是我最大的爱好,最大的激情。"[1] 在《我是女兵,也是女人》发表前,阿列克谢耶维奇曾接受审查机构的严格审问:"在您的书中,我们的胜利是很恐怖的……您到底想达到什么目的呢?"[2] 面对审查官咄咄逼人的提问,她的回答只有四个字:"写出真相。"[3] 在阿列克谢耶维奇的笔下,《切尔诺贝利的回忆》还原了核灾难爆发前后的事实真相,《我还是想你,妈妈》和《锌皮娃娃兵》讲述了正史中无法获知的战争细节,《二手时间》则再现了苏联解体后转型时代普通百姓的真实命运。

在谈到非虚构文学写作时,冯骥才认为:"非虚构受制于生活的事实,它不能自由想象,不能改变和添加,必须遵守'诚实写作',作家愈恪守它的真实,它就愈有说服力。"[4] 冯骥才在关于《一百个人的十年》文学工程的采访录中写道:"由于我把事物原始状态的真实看得至高无上,因此在写作中必须将这'有限的虚构'缩到最小。我

---

[1] 阿列克谢耶维奇:《关于一场输掉的战争——诺贝尔奖演讲》,刘文飞译,载《世界文学》2016年第2期,第12—13页。

[2] 阿列克谢耶维奇:《我是女兵,也是女人》,吕思宁译,九州出版社,2015年,第431页。

[3] 同上。

[4] 吴宏:《冯骥才:"非虚构"即用生活写生活》,http://news.enorth.com.cn/system/2018/09/17/036132999.shtml。

连配角人物、环境、场景和主要情节都不去虚构……我给自己在本书的写作中提出了一个严格的要求，即尽量从被采访者口中调动材料，用以再造故事本身。因此，我才坚信这部作品所记录的历史的真实与心灵的真实。故事来源于严酷的真实，我则要做到真实的严酷。"[①]《一百个人的十年》中的主角们不是小说家创造出来的人物，而是"文革"中一个个活生生的真实的人。为了保护这些讲述者，书中不得不隐去一些相关地名和人名，但作家对他们的口述照实记录，不做任何渲染和虚构，为的是还原历史真相。事实胜于雄辩，两位作家笔下的"真实"极大地挑战了人类对痛苦和灾难的认识。阿列克谢耶维奇和冯骥才的口述文学遵循"真实"的原则，为我们描绘了正史之外的真实历史图景。

　　思想性被冯骥才看作非虚构文学必须具备的特点之一，他说口述文学"不能没有典型性、审美形象和个性，而关键在于从现实里选择什么去写，在于对自己选择的题材认识的深度，你对生活认识的深度决定你对事件与人物开掘的深度"。[②] 在写作《一百个人的十年》时，作家从四千份来信、来访者中选择两百位进行访谈，最后把29位受访者的故事编写成书。经历过"文革"的受难者愿意把那段不忍回顾的历史向冯骥才倾诉，而亲历"文革"灾难的作家也具有挖掘受访者内心最真实记忆的访谈技巧，并且能够从被采访者的讲述中选择最有表现力、最生动、最独特的情节和细节，这便是冯骥才口述文学中思想性的体现。思想性也在阿列克谢耶维奇的口述文学

---

① 冯骥才：《一百个人的十年》，文化艺术出版社，2014年，第319—320页。
② 吴宏：《冯骥才："非虚构"即用生活写生活》，http://news.enorth.com.cn/system/2018/09/17/036132999.shtml。

中有着深刻的体现。口述文学的写作基于作家的问话和受访者的回答，受访者的记忆在此充当了事件的内容，然而回忆是对历史的重温，记忆并不等同于事实真相，而作家对受访者的提问和引导也会使事实中的某一方面得到更多的体现。《我是女兵，也是女人》中的女性视角，《我还是想你，妈妈》中的儿童视角，就是阿列克谢耶维奇的"选择"，她从几百盒录音带和几千张打印纸中甄别和筛选素材，选取符合她的表达愿望的内容。"阿氏不是以留声机的复制方式将获取的信息加以平面化处理，而是进行了能动的艺术还原与加工提炼，恪其所禁，纵其所许，删其所伪，扬其所长。"[1] 阿列克谢耶维奇和冯骥才在口述文学写作中，均将忠实冷峻的记录与自身深邃犀利的思考融为一体，实现了真实性与思想性的统一。

其次，两位作家均从平民视角出发，注重人文关怀。平民视角与人文关怀是两位作家的共通之处，战争、核灾难、苏联解体后的社会变革是阿列克谢耶维奇口述文学的写作背景，而"文革"、改革开放后的中国社会变革是冯骥才的写作背景。无论写战争、灾难，还是写社会变革，两位作家均摒弃宏大叙事，把视角放在时代巨变中的小人物身上，关注特定时代里普通人的心灵。阿列克谢耶维奇坦言："没错，我不喜欢伟大的思想，我只喜爱小人物……"[2] 她的访问对象包括身处前线的士兵、军官、医生、护士，远在战争后方的母亲、妻子、子女，历经核灾难的核电厂工人、科学家、矿工、难民。而在冯骥才的口述文学作品中，无论是《一百个人的十年》还是《泰

---

[1] 侯海荣、杨慧：《历史与艺术：阿列克谢耶维奇口述小说的两种真实》，载《沈阳师范大学学报》2018 年第 1 期，第 80 页。
[2] 阿列克谢耶维奇：《我是女兵，也是女人》，吕宁思译，九州出版社，2015 年，第 433 页。

山挑山工记事》和《中国民间文化杰出传承人丛书》,名不见经传的小百姓始终是作家钟情的人物。冯骥才曾说:"我对'文革'的所谓高层'内幕'从无兴趣,我关心的只是普通百姓的心灵历程。因为人民的经历才是时代真正的经历。"① 在两位作家的口述文学中不存在高大上的中心人物,一个个劫后余生的平凡个体构成了有血肉、有质感、有温度的平民历史。

阿列克谢耶维奇和冯骥才的口述文学之所以拥有打动人心的力量,一方面来自于他们作品自身所包含的真实,另一方面也来自于两位作家对被描述对象的人文关怀。在两位作家的写作中,人,人的情感、心灵被放在了突出的位置。在《切尔诺贝利的回忆》中,有在真相和科学面前选择忠于良心而不是国家命令的科学家,有不放弃可能先天残疾的新生儿的母亲,有不顾惜自己身体陪伴在核辐射中毒的丈夫身边的妻子,他们在灾难面前焕发出人性的光辉。阿列克谢耶维奇坦言自己在建造一座感情的圣殿:"我不是写战争的历史,而是写情感的历史。我是灵魂的史学家:一方面我研究特定的人,他们生活在特定的时间里,并且参与了特定的事件;另一方面,我要观察到他们内心中那个永恒的人,听到永恒的颤音,这才是永远存在于人心中的。"② 在《一百个人的十年》中,冯骥才有意隐去了受访者的真实姓名,事件的真实发生地点,为的是不给受访者的生活带来第二次伤害。在民间文化传承人口述史的写作中,冯骥才保持低姿态,与各种各样的民间手艺人对话,把叙事的权利交给传承人。无论是对"文革"亲历者心灵的记录,还是对民间文化遗产档案的编制,

---

① 冯骥才:《一百个人的十年》,文化艺术出版社,2014 年,第 338 页。
② 阿列克谢耶维奇:《我是女兵,也是女人》,吕宁思译,九州出版社,2015 年,第 412 页。

冯骥才对受访者的"人文关怀"无时不在，无处不在。在两位作家的口述文学作品中，重要的不是历史事件本身，而是灾难幸存者的心灵、感受，他们经历着怎样的恐惧和怀有什么样的希望。作家想要表现的内容，除了灾难带来的痛苦之外，更多的是爱。

最后，两位作家在非虚构文学创作方面的不同之处在于，阿列克谢耶维奇更像是历史真相的还原者，而冯骥才更注重对自我成长过程的记录。阿列克谢耶维奇的口述文学涉及"二战"、阿富汗战争、切尔诺贝利核泄漏事件等。以《切尔诺贝利的回忆》为例，为了还原事件真相，作家耗费三年时间，深入核灾难最前线，走访了不同阶层和不同职业的人。在这些人的讲述中，她发现了核灾难爆发后的真实情况，如政府是如何掩盖事实、封锁消息、蒙蔽群众，如何将科学家和医生的话置若罔闻，不顾百姓生命安全清理垃圾。阿列克谢耶维奇将这些受访人的讲述拼接在一起，基本上能呈现出核爆炸发生前后的真实现场。而冯骥才的口述文学作品除《一百个人的十年》外，占有重要位置的是堪称自己生命史的三部自我口述作品《无路可逃》、《激流中》和《漩涡里》。冯骥才说："我写这批东西的原因是要通过自己的历程，写自己的心灵史，还要写自己的思想史。"[1] 冯骥才以口述文学的方式记录自己从"文革"转入新时期文学创作潮流，再从文学创作转入非物质文化遗产保护领域的成长经历，是对自我灵魂的剖析和关于良知使命的思考。在口述文学的写作中，阿列克谢耶维奇是以一位记者的姿态让受难平民发声，力求呈现事件的真相，而冯骥才更多的是以一位知识分子的身份剖析自己生命的轨迹，反映时代变革中的选择与思索。

---

[1] 冯莉：《非虚构的力量——访文化名家冯骥才》，载《作家通讯》2018年第11期，第82页。

冯骥才和阿列克谢耶维奇均从平民视角出发，以文字记录下他们所亲历的、所听到或看到的光明与黑暗，以强烈的社会责任感为我们展示出时代变革中知识分子的思想转变与宏大历史事件下普通百姓的真实面貌，显示出事实和真理的不可辩驳的力量。

汝龙：契诃夫小说的中译者

钟 平[*]

我国翻译学界近年来对翻译主体的关注越来越多，但俄国文学翻译家群体还鲜有人关注。汝龙一生译作颇丰，影响巨大，但关于他的学术研究暂付阙如，因此，本文便尝试对汝龙的文学翻译事业做初步研究，力争给出这位契诃夫作品中译者的大致风貌。

翻译家汝龙

汝龙（1916—1991），曾用笔名及人，江苏省苏州市人，毕业于北京北华中学，生前主要从事翻译和教学工作，1991 年 7 月 13 日在北京去世，享年 75 岁。汝龙毕生从事契诃夫小说的翻译工作，早年便喜欢文学，汝龙就读的中学是一所教会学校，该校重视英语，这

---

[*] 钟平，中国声学学会科普主管，2010—2013 年在哈尔滨师范大学斯拉夫语学院随刘文飞教授攻读硕士学位，硕士论文题为《汝龙：契诃夫小说的中译者》。

为汝龙之后从事外国文学翻译事业打下了坚实的基础。

在北京时，汝龙就与巴金有联系，受鲁迅和巴金的影响，他与夫人文颖从抗日战争时期逃离北京起，便开始文学创作和外国文学翻译，他第一次用"汝龙"这个名字是在他创作的小说《一日》中，他把这篇小说投给了《抗战文艺》[①]。他的第一部译作是高尔基的《阿尔达莫夫一家的事业》。20世纪40年代，汝龙翻译的27册《契诃夫小说选集》、托尔斯泰的《复活》以及库普林的《决斗》等，都出版于巴金创办的平明出版社。汝龙四十岁开始自学俄文，那时他已步入中年，文学修养和翻译技巧都日趋精深，他开始从俄文原版校订原来从英译本翻译的作品。

汝龙译风严谨，从不刻意追求词语的华丽，只求再现原作神韵。他在总结他的翻译经验时说："要是让我写谈翻译的文章，简单来讲就是一句话：我是尽量做到像是作者在写。我说'尽量'因为我们终究不是作者本人。"[②] 汝龙还说："翻译时不能一边查字典一边译。字典上的讲解多半不能直接用上，只帮助人理解这个字的含义，译者要找出在译文中合适的词。动笔时要注意原著风格，整段的气氛。人物要有感情，假如光有情节没有感情，那就像没有感情的电影一样，不好看。准备工作都做好了，译出来的作品读起来才能像流水般畅通无阻。译文一方面要贴近原文，一方面要像中国话，上下连贯，一气呵成。"[③] 汝龙的这些话，我们只有结合他的译文来理解，才能明白其中的奥妙。

---

① 文颖：《怀念翻译家汝龙》，载《中国翻译》1996年第4期。
② 汝宜陵、史永利：《爸爸汝龙教我们搞翻译》，载《中国翻译》1996年第4期。
③ 文颖：《怀念翻译家汝龙》，载《中国翻译》1996年第4期。

汝龙的翻译观

汝龙一生与翻译契诃夫相伴,他有过很多关于翻译的感悟。但遗憾的是,由于专心于翻译工作本身,他未能将所感所悟以书面形式完整、系统地记载下来。汝龙的翻译理念与他的为人一样朴实,通俗易懂。笔者四处搜寻资料,多方奔走,访问其家人,根据其友人和学生的言论,总结出汝龙翻译观中的四个要点:

一、提高文学赏析能力,使译文文雅。汝龙重视文学修养,译者的文学修养直接关系译文的质量,只有文学基础深厚才能在"信""达"的基础上追求"雅",使译文语言更加得体、优美、流畅。汝龙在教子女翻译时说,搞文学翻译工作,光有热情和决心是不够的,还要努力提高自己的中、外文水平,提高文学欣赏水平和分析能力。汝龙认为读文学作品不能光看情节,一定要看人家怎么写,什么地方写得好,为什么写得好,为什么要那样写,甚至要看有没有什么不妥的地方,这样去阅读作品,坚持下去文学修养就提高了,翻译文学作品就会得心应手。

二、既当导演又当演员,使译文传神。汝龙常说:"当翻译文学作品的时候,一定要时刻想着读者,而且要带感情。说话是最能体现感情的,什么身份的人该讲什么话,怎么讲话,这一点一定要注意。文学作品要极力把读者引进去。原作中的人物着急,你也要着急。不能冷着心肠翻译。你自己不感动,怎么能让读者感动?我们搞翻译的,既要当演员,又要当导演,要按搞创作的办法去翻译。这样你才能把读者引进有趣的世界里去。"[①] 正是本着这样的初衷,汝龙成

---

① 汝宜陵、史永利:《爸爸汝龙教我们搞翻译》,载《中国翻译》1996年第4期。

功地把握住一些特殊的人物视角,如《草原》这个游记性的中篇以一个儿童的视角描写一次在大草原上的旅行,在儿童的世界里一切都充满着童话色彩,汝龙把握住这一角度,译出了大草原那种单调沉闷的场景下活灵活现的人物神态。

三、注意连贯,使译文畅达。汝龙认为翻译时不能一边查字典一边译,字典上的释义多半不能直接用上,只能帮助人理解这个字的含义,译者要找出在译文中合适的词。在动笔翻译时要注意原著风格,整个段落的气氛。译文一方面要贴近原文,一方面要像中国话,上下连贯,一气呵成。汝龙翻译的契诃夫小说一般都附有题解,由此可见动笔翻译之前汝龙所做的准备,他充分了解每篇作品的来历,竭尽所能地去发现契诃夫的写作背景,捕捉契诃夫所要表达的意图,从而确定整篇译文的基调。

四、反复修改,使译文忠实于原文。汝龙强调:"对译文一定要反复修改,要'贴'近原文。校对时一定要反复查对原文,查阅字典。不要想当然,不要存侥幸心理。"他还说:"把东西译错,是对人民不负责任,是对翻译工作的侮辱!当然不是说译文里绝对不会出错,只要态度对头,你就会想方设法改正错误,永远不放松。"在汝龙译《带阁楼的房子》的 22 页手稿中,大部分都是对单个字的修改,其单个字的删减就有八十多处。"我是尽量做到像是作者在写。我说'尽量'因为我们终究不是作者本人。"通过以上这些话可以看出,作为"信""达""雅"中的最为基础的"信",在严谨的汝龙看来也是很难做到的,他修改译文时让自己努力做到"贴",使译文最大限度地忠实于原文。

在以上这些翻译观的基础上,汝龙进而提出了自己的翻译标准,即"信""达""雅""神",它在延续"信""达""雅"标准的同时又有所突破，添加了"神"的概念，即汉语的神韵。汝龙之"神"主要体现在其归化性、整体性和艺术创造性上。

汝龙的翻译艺术之"神"

翻译是译者用一种语言表达原作者用另一种语言所表达的思想，而翻译艺术是建立在一定文化和文学修养以及一定科学知识基础上的翻译技能。[①] 汝龙生前友人吴奔星提到汝龙口述的翻译理念是"信""达""雅"的基础上再加"神"，使译文具有汉语的神韵。下文将对汝龙的一些具体译例加以研究，看他在"信""达""雅""神"之间的取舍与把握。

一、汝龙对于契诃夫幽默神韵的传达。契诃夫小说中的幽默无处不在，且多伴随着拟人和比喻等多种修辞手段，只有译出这些契诃夫式的幽默，才能传导出契诃夫独特的文风。比如，这是夸张中带有的幽默讽刺：

莫伊塞·莫伊塞伊奇呢，好像他的身体断成了三截，而他正在稳住自己，极力不叫自己的身子散开似的。

（А Мойсей Мойсеич, точно его тело разломалось на три части, балансировал и всячески старался не рассыпаться.）

[①] 卞杰、包通法：《论钱钟书"诱""讹""化"翻译观》，载《江南大学学报（人文社会科学版）》2010年第10期，第107页。

这段描写意在把莫伊塞·莫伊塞伊奇的谄媚的丑态极力扩大，其中"балансировал"是"保持身体平衡"的意思，汝龙译为"稳住自己"，明显使动作夸张了许多，仿佛眼下就要散开一样，也使讽刺莫伊塞丑态的效果更加明显。

这是拟人修辞中的幽默讽刺：

他把身体缩起来，哈着腰，显得矮了半截。……他的皮箱、包裹和硬纸盒也都收缩起来，好像现出皱纹来了。

（Сам он съежился, сгорбился, сузился... Его чемоданы, узлы и картонки съежились, поморщились.）

"поморщиться"一词的基本意思为"蒙上一层皱褶"，这个动词用来指人，使句子含有拟人色彩，而"сгорбился"是"拱背，驼背"的意思，此处汝龙译为"哈着腰"，正应了那句"点头哈腰"的俗语，人物的趋炎附势之态跃然纸上。修辞手法中蕴含着讽刺幽默，这是契诃夫写作的一大特色，也需要译者特别注意，寓意和幽默两者要兼顾，不然就失了原味儿。汝龙善于抓住作品中的这类亮点，比如《变色龙》中的这一句：

而且那根手指头本身就像一面胜利的旗帜。

（да и самый палец имеет вид знамения победы.）

这个句子本身并没有比喻的修辞，如果直译是这样的："而且那根手指头本身就含有胜利标志的样子。"这个句子显然要表达一种对赫留金那种"人跟狗一般见识"的讽刺，汝龙将句子译为比喻句，更显出赫留金那种炫耀的神情,幽默讽刺的意味更强烈。

二、汝龙对于契诃夫忧郁气质的传达。近年来,随着契诃夫研究的深入,人们渐渐认识到他作品中悲伤忧郁后面所蕴含的正面意义,在这以前相当长一段时间里,契诃夫一直被一些学者解读为一位消极、悲观的作家。契诃夫曾说:"我的忧伤是一个人在观察真正的美的时候所产生的一种特殊的感觉。"[1] 汝龙很善于把握这种忧郁气质,契诃夫作品的感染力也正是这种气质,比如《草原》中的这两段译文:

一片片残梗断株的田地掠过去,然后仍旧是些白嘴鸦,仍旧是一只庄重地拍着翅膀、在草原上空盘旋的鸢鹰。

(…проносились сжатые полосы, и всё те же грачи да коршун, солидно взмахивающий крыльями, летали над степью.)

Сжатый 是"压缩的,简略的"的意思,这里汝龙译为"残梗断株的",一是来形容田地的简单、空无一物,二是来渲染那种收割后的残破景象;他还将"白嘴鸦和鸢鹰"故意拆开来,分别添加两个"仍旧",使那种草原的强烈单调得以立刻凸显,成功地传导了那种淡淡的忧伤氛围。

大鹰、猛隼、乌鸦停在电线上,冷眼瞧着走动的货车队。

---

[1] 转引自叶尔米洛夫:《论契诃夫的戏剧创作》,中国戏剧出版社,1985年,第179页。

（На проволоках сидели ястребы, кобчики и вороны и равнодушно глядели на двигавшийся обоз.）

这句话中的"равнодушно глядели"意为"冷漠地瞧着",汝龙使用"冷眼"一词,立刻显出草原上生物的麻木和这个场景的悲凉,这不禁让人为草原白白浪费了它的美丽而感到哀伤。

三、汝龙对于契诃夫含蓄笔调的传达。把简洁视为"天才之姐妹"的契诃夫,其笔调似乎总是含蓄的,含而不露似乎更能引发读者的思考,所谓言有尽而意无穷。《挂在脖子上的安娜》是契诃夫作品中典型的富于双关意味的小说,它从标题到内容都充满了微妙的双关意味,请看这两句对话的译法:

"现在我只巴望小弗拉基米尔出世了。我斗胆请求大人做教父。"

（Теперь остается ожидать появления на свет маленького Владимира. Осмелюсь просить ваше сиятельство в восприемники.）

这句话的双重意思在于,一层是说孩子的出世,一层是说弗拉基米尔勋章的授予。这句话主要侧重第二层意思,后面"斗胆"用得很巧妙,充分表现出安娜丈夫贪婪的丑态,为这一双关语更添讽刺意味。

"那么现在您有三个安娜了,"他说,看着自己的白手和粉红色的指甲,"一个挂在您的纽扣眼上,两个挂在您的脖子上。"

（Значит, у вас теперь три Анны, - сказал он, осматривая свои белые руки с розовыми ногтями - одна в петлице, две на шее.）

这里的"安娜"一是指安娜勋章，二是指安娜其人，"大人"说这句话意在戏谑安娜的丈夫把安娜献给他的糗事，还暗中把作为人的安娜与作为物的安娜勋章等而视之。汝龙作为译者，总是要读出语句中所暗含的意味，再利用巧妙的中文转达原文中隐含的双关意味。

四、从英译汉到俄译汉。汝龙常说："翻译工作的乐趣就在于不断发现自己译文的不足和错误，在于修改译文。"笔者有幸看到了汝龙《带阁楼的房子》的译文手稿，短短22页的手稿上密密麻麻的都是修改的笔迹，有的干脆画掉。汝龙最早是根据康坦斯·加内特的英译本来翻译契诃夫小说的，并于1982年出版了27册的《契诃夫小说选集》。后来，他又根据1962年出版的俄文版契诃夫小说集对契诃夫小说进行重译，复译后的版本即1995年出版的《契诃夫小说全集》。我们在这里将对汝龙1982年和1995年两个版本[①]之间的若干译文做一个简单对比，来展示汝龙的契诃夫译文从英译汉到俄译汉所经历的变化。

天气挺热，苍蝇老是不走，跟人捣乱；想到不久就要天黑了，心里就痛快了。（1982）

[①] 契诃夫：《契诃夫小说选集》，汝龙译，上海译文出版社，1982年；契诃夫：《契诃夫小说全集》，汝龙译，上海译文出版社，1995年。

天气挺热,苍蝇老是讨厌地缠住人不放。想到不久就要天黑,心里就痛快了。(1995)

(Было жарко, назойливо приставали мухи, и было так приятно думать, что скоро уже вечер.)

1982年版的译文"不走,捣乱"跟1995年版的"缠住不放"比,语气稍弱,后者更能表现那种被苍蝇纠缠的厌烦之情。

"明天见!"她喃喃地说,声音那么低,仿佛深怕打破夜晚的沉寂;她抱住我。(1982)

"明天见!"她轻声说,小心地、仿佛生怕破坏夜晚宁静似的拥抱我。(1995)

(– До завтра! – прошептала она и осторожно, точно боясь нарушить ночную тишину, обняла меня.)

任尼雅是个天真的、有一定见解的、处在自己童话般世界里的小女孩,所以作品要尽量突出她的这些特质。"喃喃地"形容一个毫无芥蒂的小女孩显然没有"轻声"恰当自然,"声音那么低"换作"小心地"使当时的情景跃然纸上,"宁静"一词要比"沉寂"更适合当时的恋爱气氛,旧版对"обняла меня"的处理略显突兀,也不连贯。

"信""达""雅"的翻译标准是汝龙一直推崇的。这三者相互独立而又相互贯通,有共通性也有矛盾性,犹如近年来提出的翻译矛盾论,忠实与叛逆,形似与神似,归化与异化,这都表明这三个标准间似乎并无明显的界限，而存在很大程度的间性。汝龙在这一标准之后加一"神"字，可谓用意深远，是他结合自己的翻译实践提出的新的翻译标准。"神"既可以成为权衡"信""达""雅"的平衡尺，又可以成为它们的调和剂，是译文里不能缺少的一个重要元素。汝龙在"信""达""雅"之后提出了"神"这一翻译标准和翻译追求，他自己也通过对契诃夫作品的翻译，为他的理论提供了佐证，为我们提供了一份杰出的翻译范例。

翻译家力冈浅论

孙 遥[*]

力冈（1926—1997）是中国当代杰出的俄苏文学翻译家，1960年因译出艾特马托夫的中篇小说《查密莉雅》引起强烈反响，自此在译坛崭露头角。力冈一生命运坎坷，20 世纪 50 年代至 70 年代曾先后被下放农村达十余年之久，在共计三十余年的教学和翻译生涯中他笔耕不辍，累计翻译作品七百多万字，可谓卷帙浩繁，且质量上乘，素以清新质朴、忠实而灵活的译笔享誉译坛。

力冈先生一生磨难重重，正如吴笛教授在文章中所述："他的一生就是用出人意料的成就表现了悲怆的境界。面对种种意想不到的遭遇和不公，他并没有沉沦，也没有片面地记恨，而是在艰难的岁月中怀着对人性的憧憬，将厄运升华为创作的动力，在逆境中不忘呼唤人性和仁爱，将种种遭遇视为生命中的财富，在悲怆的境界中

---

[*] 孙遥，大连聚思鸿信息技术服务有限公司服务经理，2010—2013 年在哈尔滨师范大学斯拉夫语学院随刘文飞教授攻读硕士学位，硕士论文题为《翻译家力冈浅论》。

抒写诗意人生,毫不气馁地追求生命的意义,在自己所献身的俄罗斯文学翻译事业中,作出了杰出的贡献。"①

通过对力冈译文的细读,我们发现了他有这样一些独具特色的翻译方法:

一、以方言译方言

力冈一生翻译了大量以农村生活为题材的小说,如《查密莉雅》《野茫茫》等。这些小说大多描写草原上的农村生活景象,飘荡着浓厚的乡村气息,较多使用方言。力冈的译作也紧贴原文的语言风格,以方言译方言,乡音淳厚。

为了突出作品中人物的个性,表明他们所处的社会阶层,表达鲜明的地方色彩,让读者感受到地方特色,很多俄国作家都善于在自己的作品中使用方言,如何将这些具有地方色彩的句子传达成汉语,始终让译者颇为头疼。在力冈的译文中,我们会发现,原作者笔下并不十分"方言"的语句,在译者笔下却被添加了更为传神的"方言"色彩,但这类"添加"往往又是合情合理,恰如其分的。艾特马托夫的《查密莉雅》中有这样一句话:

> "他不知道,谁知道?他是你们两家的男子汉,很能干,有两下子!"奥洛兹马特拼命讲我的好话,他一面担心地望着妈妈,怕她又固执下去。②

---

① 吴笛:《诗越是写得出人意料,越能表现悲怆的境界》,载《文汇报》2007 年 7 月 14 日,第 7 版。
② 艾特马托夫:《查密莉雅》,力冈、冯加译,外国文学出版社,1998 年,第 5 页。

（——А кому же знать, как не ему, он у вас джигит двух семейств, гордиться можете! — вступился за меня Орозмат, опасливо поглядывая на мать, как бы она опять не заупрямилась.[①]）

这句话是奥洛兹马特在劝说谢依特的母亲时极力夸赞他的情景，将 гордиться можете 译成"很能干，有两下子"，这种方言化、口语化的处理方式显然胜过"值得骄傲"，其风格更随意轻松，更符合人物的身份特征。

因为这样一来就失去不小的乐趣，不能用手指弹弹镰刀，听听声音，在手里转来转去，也不能向油滑的小商贩问上二十遍："喂，怎么样，伙计，镰刀不咋样吧？"[②]

（Их лишали удовольствия щелкать по косе, прислушиваться, перевёртывать её в руках и раз двадцать спросить у плутоватого мещанина-продавца: «А что , малый, косато не больно того?»[③]）

据《现代汉语词典》释义，"咋"字是方言，表示"怎，怎么"[④]，它较多出现于东北方言中。не больно того 也可译成"不怎样"，但

---

① *Айтматов Ч.* Собрание сочинений в трех томах. М.: Молодая гвардия. 1982. С. 4.
② 屠格涅夫：《猎人笔记》，力冈译，光明日报出版社，2007 年，第 9 页。
③ *Тургенев И.С.* Записки охотника. М.: Детская литература. 2004. С. 65.
④ 中国社会科学院语言研究所词典编辑室：《现代汉语词典（第 5 版）》，商务印书馆，2005 年，第 384 页。

语气上却不如"不咋样"轻松自如，这里的翻译处理将庄稼人和买卖人讨价还价的场景刻画得生动自然。

至于译文中是否可以用方言译方言，译界向来褒贬不一。有的学者认为这是一种"文化错位"现象，译语中的方言掩盖了源语的味道，读者不能原汁原味地品味到原文中的地域特色，是译文的"失"。但是笔者认为，一篇描写乡村生活的小说若通篇都是普通话，都是标准的"城市语言"，也未尝就是"得"。方言使用与否，自有译者的选择，尽管在艺术效果上会有差异；通篇都用或是都不用，这种情况怕是很少出现的。若全然不用方言，作品的生动性就会大打折扣，便会阻碍原作文学风格的传达。同时，力冈"以方言译方言"，或"以方言译非方言"，所体现的用意以及所取代的结果，都在于消除阅读障碍，让读者产生更为贴切的阅读感受。

二、专有名词的译法

读罢一篇译作，在我们脑中久久不肯弥散的往往是引人入胜、跌宕起伏的情节。与此同时，诸如人名、地名、书名等一系列专有名词也会给我们留下深刻印象。书名通常是异国读者对原著的初步认识和直观感受，书名译得如何，也在一定程度上体现着译者功力的深浅。作者在写书时对书名一定会精心雕琢，同样，一个优秀的译者也会在翻译该书名时煞费苦心，好的译名就是译作的点睛之笔。

翻译巴巴耶夫斯基的小说 «Приволье» 的书名，如果译成《广阔天地》或《辽阔的原野》之类，都没有错，但是力冈再三斟酌，最终译成《野茫茫》。他说他是受了北朝民歌《敕勒歌》中的"天苍苍，野茫茫，风吹草低见牛羊"一句的启发，这首从鲜卑语译出的民歌描

翻译家力冈浅论 | 247

写的是北方的草原风光，而《野茫茫》这部小说叙述的是茫茫无际的斯塔夫罗波尔地区草原上的生活景象，用《野茫茫》做书名，显然比《广阔大地》或是《辽阔的原野》更恰到好处。关于苏联作家卡里姆的小说«Далёкое, далёкое детство»，力冈最初将书名译为《漫长漫长的童年》，最终又改译为《悠悠儿时情》，这比原来的译名更为诗意，能让人产生对童年悠悠往事的无尽回想。

在翻译文学作品中的某些地名时，力冈也常常表现得与众不同。俄语地名的汉译通常以音译为主，然而在翻译《野茫茫》和《悠悠儿时情》时，力冈对原文中的地名却以意译为主，譬如其中的"水牛村""求神镇""山羊巷"等。这样读者便可以不必纠结于冗长而又费解的俄文地名，又能很形象地感受到原文所蕴含的意义，从而获得某种更直接、更贴切的"在场感"。

通常，在处理某些专有名词时，更保险的做法是去翻阅地名、人名词典，但这样一来，所有的译文都千篇一律，枯燥乏味，使得译文失去了特有的灵性。当然，翻译新闻时政、科技资料等专业性文章时则另当别论，而作为一位文学翻译工作者，他所要考虑的就不仅仅是准确性，更应该兼顾原作的文化氛围、人物个性等一系列因素，充分展现作品的艺术效果和审美追求。在这一方面，力冈的翻译实践具有很大的启迪和借鉴意义。

三、人物称谓的译法

力冈在翻译人物的称谓时可谓下足了功夫，他既要传达出原文的准确信息，又要让读者读起来不"隔"。我们仅以《安娜·卡列尼娜》和《猎人笔记》两部译作中的某些段落和句子为例，来加以分析比较：

"我们有什么可想的？皇上亚历山大·尼古拉耶维奇替我们想好了，什么事都替我们想得好好儿的了。他看得最清楚了。是不是再拿点儿面包来？再给这小厮一点儿吧？"他指着吃面包皮的格里沙，对陶丽说。①

（— Что ж нам думать? Александр Николаевич, император, нас обдумал, он нас и обдумает во всех делах. Ему видней...Хлебушка не принесть ли еще? Парнишке еще дать? — обратился он к Дарье Александровне, указывая на Гришу, который доедал корку.②）

Парнишка 在俄语中是一个口语中常用的词汇，指"小伙子""男孩""半大小子"，是一个指小表爱的词，此处译作"小厮"而不是"小伙子"或"小男孩儿"，就是考虑到了原作的创作时间以及故事的发生年代。《安娜·卡列尼娜》是托尔斯泰于1873—1877年构思创作的，故事叙述的也是当时的社会景象，而力冈在翻译这部小说时已是20世纪90年代，其间相差一百多年，为了还原原文的时代特征，力求最大限度忠实于原文，故选用了"小厮"这一流行于白话文早期的口语词汇。虽然这两个词语的使用年代仍存在差异，但所表现出的语言风格却不谋而合。这样的例子在文中俯拾即是。

这天奥布朗斯基来到自己的官府里，由恭恭敬敬的门房

---

① 托尔斯泰：《安娜·卡列尼娜》，力冈译，浙江文艺出版社，2010年，第885页。
② Толстой Л.Н. Анна Каренина. М.: ТЕРРА. 1999. С. 742.

陪着，挟着公文包走进他的小办公室，穿上制服，这才来到办公厅里。文书和职员们一齐起立，又快活又恭敬地鞠着躬。[1]

（Приехав к месту своего служения, Степан Аркадьич, провожаемый почтительным швейцаром, с портфелем прошел в свой маленький кабинет, надел мундир и вошел в присутствие. Писцы и служащие все встали, весело и почтительно кланяясь.[2]）

上述译文中的"官府""门房""文书"等词多用于古汉语或书面语中，但是把这些称谓用在19世纪的俄国贵族生活中，却显得既符合原作的时代特征，又与上流社会高雅语体的风格相适应。

以上译文在不同程度上都流露出一定的"归化"气息，我们不可以因此而将译文简单地定论成"不忠实"。"所谓'忠实'其实包含着两层意思，一是翻译态度上的忠实，二是在思想内容与语言形式上与原著保持一致。"[3]但这也不是要求译者绝对地、完全地忠实于原文，不允许有半点的失真和走样，忽视翻译的有得有失。在翻译过程中，译者与原作、译者与译作之间存在天然的距离和隔膜。译者在翻译过程中要与原作沟通，要穿越"距离"，打通"隔膜"，就要"溶"原文之意，进行再创造，发挥译语优势，最大限度地传达原文的语言风格，这才是更高层次的忠实。正如汪裕雄评说的那样："力冈的翻译不仅高度忠实于原文，还能准确传导神韵。"[4]

---

[1] 托尔斯泰：《安娜·卡列尼娜》，力冈译，浙江文艺出版社，2010年，第19页。
[2] Толстой Л.Н. Анна Каренина. М.: ТЕРРА. 1999. С. 15.
[3] 郑海凌：《文学翻译学》，文心出版社，2000年，第266页。
[4] 汪裕雄：《译贵传神——评力冈〈静静的顿河〉重译本》，载《中国翻译》1988年第2期。

四、叠词的使用

在力冈的译文中较多采用的是 ABB 式（如"暖熏熏""湿漉漉"）和 AABB 式（如"飘飘荡荡""密密丛丛"）等叠词格式。

有评论家说屠格涅夫是以诗来写小说，也有评论家说屠格涅夫的小说就如音乐。不管怎么说，屠格涅夫的作品中存在抒情性和音乐性是不容置疑的。也许是基于对音乐的酷爱，在屠格涅夫的作品中，语言都具有鲜明的节奏和迷人的韵律。在力冈翻译的屠格涅夫作品中，这种抒情性和音乐感依然存在，无论是词汇的选择，还是句式的编排，都给人以音乐的享受，语言节奏流畅，声韵悠扬，引人遐想。下文的例子即是最好的佐证：

哦，您瞧，黄昏来临了。晚霞像火一样燃烧起来，映红了半边天。太阳就要落山了。近处的空气不知道为什么格外清澈，像玻璃一样；远处弥漫着柔和的、看来似乎很温暖的雾气；红红的落日余晖和露水一起落到不久前还洒满淡淡金色阳光的林中空地上；一株株大树、一丛丛树棵子、一个个干草垛投射出长长的阴影……太阳落山了；一颗星在落日的火海里燃烧起来，不停地颤抖着……瞧，那火海渐渐白了；天空渐渐蓝了；一个个阴影渐渐隐去，暮霭渐渐在空中弥漫开来。该回家了，回到你过夜的村子里的小屋里去了。您背起枪，不顾疲劳，快步往回走……这时夜色渐渐浓了；二十步之外已经什么也看不见了；狗在黑暗中隐隐发白。瞧，在一丛丛黑黑的灌木上方，天边模模糊糊地亮了……这是什么？是失火吗？……不，这是月亮要升上来了。下面，往右边看，村子里的灯火已经亮

了……这不是,您过夜的小屋终于到了。您从小小的窗户里可以看到铺了白桌布的桌子、点着的蜡烛、饭菜……①

(Но вот наступает вечер. Заря запылала пожаром и обхватила полнеба. Солнце садится. Воздух вблизи как-то особенно прозрачен, словно стеклянный; вдали ложится мягкий пар, теплый на вид; вместе с росой падает алый блеск на поляны, еще недавно облитые потоками жидкого золота; от деревьев, от кустов, от высоких стогов сена побежали длинные тени... Солнце село; звезда зажглась и дрожит в огнистом море заката... Вот оно бледнеет; синеет небо; отдельные тени исчезают, воздух наливается мглою. Пора домой, в деревню, в избу, где вы ночуете. Закинув ружье за плечи, быстро идете вы, несмотря на усталость... А между тем наступает ночь; за двадцать шагов уже не видно; собаки едва белеют во мраке. Вон над черными кустами край неба смутно яснеет... Что это? пожар?.. Нет, это восходит луна. А вон внизу, направо, уже мелькают огоньки деревни... Вот наконец и ваша изба. Сквозь окошко видите вы стол, покрытый белой скатертью, горящую свечу, ужин...②)

译文中多次出现"渐渐"一词,将未完成体动词бледнеет, синеет, исчезают, наливается 所特有的过程性表达出来,增强画面感和时间感,而且这四个句子译成中文后很巧妙地构成了排比句,柔和了行文基调,具有节奏感和音律美,读起来朗朗上口,韵味无穷。

---

① 屠格涅夫:《猎人笔记》,力冈译,光明日报出版社,2007年,第161页。
② *Тургенев И.С.* Записки охотника. М.: Детская литература. 2004. С. 232.

重叠出现的量词"一株株""一丛丛""一个个"在表达原文词语复数形式的同时，也兼具了表现译文节奏感的功能。译者没有放过任何一个能增强译文艺术效果的词汇，譬如，将人们最易忽视的副词 едва 稍加锤炼，译成"隐隐"之意，更形象地修饰后文的未完成体动词 белеют。另外，句首的 Заря запылала пожаром и обхватила полнеба 一句也翻译得尤为巧妙，通常这句话可能会被简单地翻译成："晚霞像火一样燃烧起来，笼罩着半边天空。"但译者在此处将 обхватила полнеба 处理成"映红了半边天"，将上句中所隐含的晚霞如火的色彩一下子勾勒出来，仿佛点亮了整句话一般。而文中 от деревьев, от кустов, от высоких стогов сена побежали длинные тени... 一句，原文的主语是"长长的阴影"，在译文中译者却把主语转换成"大树""树棵子""干草垛"，这样的转换更符合汉语的表达方式，读者读起来会感觉自然顺畅，清晰明了。一篇好的译文，会让读者以为自己是在读本民族语言大师的作品，而非译自外国语言的译作。

五、色彩词的使用

在力冈翻译的大量景色描写片段中都有大量色彩词的出现，原文中看似平淡无奇的色彩，在译文中却能创造出色彩斑斓的奇幻效果，令人如痴如醉，流连其中。在《查密莉雅》这部小说中，力冈将草原景色翻译得美不胜收：星光灿烂的月夜，游荡的云片，表情惊讶的星星，一切都美得让人沉醉。

有一次，我出于好奇心，也跟着丹尼亚尔爬上了守望台。这里似乎没什么特别的。附近山脚下那一片笼罩在紫丁香般暮色中的草原，辽阔地扩展开去。黑沉沉、雾霭霭的大地，像是慢慢融化在静寂之中。①

（Однажды и я ради любопытства полез за Данияром на сопку. Казалось бы, ничего особенного здесь не было. Широко простиралась окрест предгорная степь, погруженная в сиреневые сумерки. Темные, смутные поля, казалось, медленно растворялись в тишине.②）

Сиреневые, темные, смутные 三个词的直译分别是"淡紫色的""灰暗的""模糊的"，在译文中译者将其译为"紫丁香般""黑沉沉""雾霭霭"，译者无疑赋予了这三个俄语词汇更为幽深的意境美。"紫丁香般"的暮色更像是运用了通感的修辞手法，仿佛使人能够闻得到紫色的暮霭中紫丁香淡淡的芬芳，而"黑沉沉"和"雾霭霭"缓慢了语调，氤氲之中更显静谧柔和，使得平淡的词语更加饱满，令人宛若置身暮色中绰约的草原景色。

六、四字格的使用

力冈在翻译中常会用到大量的四字词语或成语，它们精练圆润、简明优美，常给读者带来美的享受，例如《安娜·卡列尼娜》中的这段译文：

---

① 艾特马托夫：《查密莉雅》，力冈、冯加译，外国文学出版社，1998年，第17页。
② *Айтматов Ч.* Собрание сочинений в трех томах. М.: Молодая гвардия. 1982. Т. 4. С. 13.

这不是画,是一个活生生的迷人的女人,一头乌黑的鬈发,露着肩膀和两臂,那长满柔软毫毛的嘴唇带着若有所思的似有似无的微笑,那一双使他心神荡漾的眼睛得意扬扬而又含情脉脉地望着他。她不是活的,只是因为活着的女人不可能有她这样美。①

(Это была не картина, а живая прелестная женщина с черными вьющимися волосами, обнаженными плечами и руками и задумчивою полуулыбкой на покрытых нежным пушком губах, победительно и нежно смотревшая на него смущавшими его глазами. Только потому она была не живая, что она была красивее, чем может быть живая.②)

译文中短短一段话有五处是四字格形式,задумчивою полуулыбкой 是修饰与被修饰关系,但在译文中却是并列关系,明确传达文中之意,也符合汉语口语规范。Полуулыбкой 有"微笑"之意,译者译成"似有似无"的微笑表达出安娜的神秘之美。смущавшими 也可译成"慌乱""窘迫",但都不及"令人心神荡漾"传神,这很好地传达出了伏伦斯基当时的心理感受。将 победительно 和 нежно 处理成四字格"得意扬扬"和"含情脉脉",语言形式整齐,准确凝练,与原文"神形合一"。

译者对原作进行艺术解读和艺术再现,就必须具有敏锐的审美感受力,对原作所描写的事物以及原作的情绪、气氛、色彩、韵味能

---

① 托尔斯泰:《安娜·卡列尼娜》,力冈译,浙江文艺出版社,2010年,第765页。
② Толстой Л.Н. Анна Каренина. М.: ТЕРРА. 1999. С. 640.

够心领神会,对原作里的形象能够做细微的体察。总之,译者要能够透过原作的字句声色领会原文之精妙,感受原作"言外之意,弦外之响",捕捉原作的"无言之美"。在这一方面,力冈先生以他杰出的翻译尝试为我们做出了值得借鉴的示范。力冈曾在接受采访时这样说道:"必须把文学翻译工作提高到艺术创造的水平。就像原作者用另外一种异国文字写自己的作品。我总是先精读原文,嚼出滋味来,然后字斟句酌,务求用优美的文字表达作者的原意。就像蜜蜂吃的是花粉、露水,吐的是蜜糖那样。凡是大文豪的作品,字字句句都经过千锤百炼,我们应该仔细地领会玩味,切不可粗心大意。有时,原作中也有疏忽错误,那就得对照前后文,厘清脉络,予以改正,不能将错就错。我喜欢先打好腹稿,注意字句的音响美,给人以朗朗上口的韵味。每译完一章,就复查一遍;全文译毕,再通览订正一次,尽力消除差错。"[①] 力冈正是坚守着这种精益求精的态度,凭借着敏锐的美感,细腻的文思,才使得自己的译作超凡出众,成为一代翻译经典。

---

① 嘉禾、白荻:《译作力求信达雅》,载《芜湖日报》1986年7月10日,第3版。

我的翻译*

刘文飞

我的翻译尝试几乎是与我的外语学习同时起步的。1977 年恢复高考后,一个俄语字母也不识的我却鬼使神差地被分到俄语专业。我像当时绝大多数"知识青年"一样爱好文学,而俄语又是一门"文学语言",我们的俄语课文大多是俄国的名家名作,爱好和专业相遇,于是,初通俄语后我便情不自禁地翻译起来。记得自大二开始的各类俄语课上我大都在开小差,只顾埋头"翻译"课本,到课程结束时,课本上的每句俄语也就都有了对应的汉语。大三开了翻译课,我终于找到着力点,每次翻译作业几乎都能得到翻译课老师张本桂先生的赞赏,被他当成"范译"朗诵给全班同学,这更助长了我的翻译野心。大学毕业时,我以翻译并赏析艾特马托夫的短篇小说《白雨》为题完成学士学位论文,论文末尾标明的完稿时间是"1981 年 11 月

---

* 原载《文艺报》2015 年 10 月 14 日第 7 版。

21日",而我的论文指导教师张本桂标出的审阅时间则为"1981年12月11日",这个时间应该算作我翻译之路的真正起点。《白雨》是艾特马托夫的早期作品,似乎显得有些稚拙,而我的译文更显幼稚。如今看着旧译稿上张本桂老师仔细批改的红色笔迹,不禁感慨万分,先生在我大学毕业后的次年便查出身患绝症,他在北京住院期间我曾去探视,先生在道别时给我的嘱托仍是:"把翻译搞下去!"张老师与我大学时的文学选读课老师力冈先生(本名王桂荣)一样,都是我学步翻译时的搀扶者。

大学毕业后我考取中国社会科学院研究生院俄苏文学专业研究生,在阅读大量俄苏文学翻译作品的同时,也瞒着怕我分心、不让我搞翻译的导师偷偷译了一些东西,如屠格涅夫和巴里蒙特的抒情诗等。1985年,苏联诗人叶夫图申科访华,这位曾以诗攻击中国的诗人善于顺风使舵,在访华时写了一首迎合中国的诗《中国翻译家》,我受命将此诗译出,发表在1986年第1期的《世界文学》杂志上,这首写得不好、译得也不出色的诗,却是我公开发表的第一个译作。从此,我与《世界文学》杂志结缘,十多次在该刊发表译作和文章,该刊也成为我发表译作最多的一份杂志。

1991年,在中国青年出版社编辑李向晨先生的支持下,我编译的《世界青年抒情诗选》一书有幸面世,这是我的第一个编译本;1992年,我与王景生、季耶合译的托洛茨基文学评论集《文学与革命》在外国文学出版社出版,这是我的第一部合作译著;1995年,漓江出版社总编宋安群约我翻译高尔基的《马尔娃》,这是我独自翻译的第一个译作单行本;1999年,我主编的十卷本《普希金全集》在河北教育出版社出版,这是我主编的第一套大型翻译文集。

从1985年算起,在三十年的时间里,我共出版译著五十余种(含主编文集和丛书,含合译,不计再版和重印),另在各种报刊发表译作数十次,总字数逾千万。回顾已有的译作,发现自己的翻译实践中似乎存在这么几个"并重"。

诗歌与散文并重。我从俄语诗歌的翻译和研究起步,在主编《普希金全集》的同时,我又以《布罗茨基与俄语诗歌传统》为题撰写了博士学位论文。诗歌的语言构成相对复杂,诗歌的翻译相对困难,对译文的"创造性"要求更多,因此,诗歌翻译对于翻译新手而言无疑是一种很好的训练手段。但是,诗歌翻译向来是充满悖论的,甚至连诗歌究竟是否可译都成了一个大问题。主编《普希金全集》时,我翻译了他的八百多首抒情诗,基本熟悉了俄语诗歌格律向汉语转换的路径和手段。后来,我又译了一些更具现代感的白银时代诗人的诗作,如古米廖夫、曼德尔施塔姆的诗。在这之后,我却突然意识到诗的确不可译,因为一首诗中能够译出的仅有其含义,而之所以成诗的东西如节奏、音调和韵脚等却均需要"再造"。弗罗斯特说的那句令人丧气的话的确不无道理,即诗中可译的东西恰是原诗中非诗的东西;换句话说,原诗中为诗的东西则有可能在翻译中丢失多半,甚至丧失殆尽。于是,我便渐渐疏远了或者说是荒疏了诗歌翻译。

俄国诗人库什涅尔最近在给我的一封邮件中也曾质疑诗歌的可译性:"然而诗可以等值地译成另一种语言吗?这个问题会出现在任何一种语言的诗歌翻译中,呜呼,答案也只有一个:不可能。与音乐、绘画等用世界通用的同一种语言创作的艺术形式不同,诗歌只用自己的母语说话,而不可能在另一门语言中被复制。任何一个词,在翻译中都必须用另一个发音不同的词来替换。让我们设想一下,塞尚或梵高的画作能被另一位画家用其他的色彩来替代吗?单词变了,语音变了,节奏变了,韵脚也变了(如果有韵脚的话),那么这首诗还是原来那首诗吗？"但正是这位库什涅尔，却让我又重新译起诗来。这位被布罗茨基称为"20世纪最优秀的抒情诗人"的彼得堡诗歌传人，经我推荐参加了2015年的青海湖国际诗歌节，并荣获"金藏羚羊奖"，组委会主任吉狄马加要我翻译一部库什涅尔诗集，我只好自食其言，再次译起诗来。

放下诗歌究竟是否可译的话题不谈，单就诗歌翻译对于一位翻译家的养成而言，我倒觉得是意义重大的。布罗茨基在论证诗歌较之于散文的优越性时所着重强调的一点，就是诗歌比散文更简洁，有过诗歌翻译经验的人再来译散文，其译文自然就会更言简意赅一些，更字斟句酌一些。

经典名著与当代新作并重。我译过普希金和陀思妥耶夫斯基等19世纪俄国文学大家的名作，甚至还译了比普希金更早的俄国哲学家恰达耶夫的《哲学书简》；与此同时，维克多·叶罗菲耶夫的《俄罗斯美女》、佩列文的《"百事"一代》等俄罗斯当代文学作品也成了我的翻译对象。这样的"并重"当初或许并非一种有意识的选择，而是诸多偶然因素的促成，但如今回头一看，却也能觉察出其中的好处。

首先，作为一位专业研究者，我自然要关注整个俄国文学通史，而覆盖面较广的翻译实践能为我更贴切地探入乃至深入俄国文学的历史提供更多可能。其次，自普希金至今的俄国文学，其使用的语言始终变化不大，换言之，俄国古典文学和当代文学之间的差异远远小于"五四"新文化运动前后的汉语文学，在仔细推敲、翻译了俄国文学和俄国文学语言的奠基者普希金等人的文字后，在面对当代俄语作家的作品时往往能心中有数，心中有底。最后，19世纪的俄国经典文学已成为世界文学中的一座高峰，同样也是后代俄国作家的仰望对象，因此，俄国经典文学和当代文学间的"互文性"现象似乎更为突出，在同时或相继翻译了新旧经典之后，便能对某位作家的文学史地位和意义有一个更清晰的理解，并进而在翻译过程中更自觉地把握和再现其文学风格。

文学作品和学术著作并重。文学作品翻译和学术著作翻译的并重，这其实也是中国大多数学者兼译者的通行做法。在我国当今译界，一门心思专门做翻译的人已经很少，而专门做文学翻译或专门做理论翻译的人似乎更少。当今的译者大多是大学里的教师、研究机构的研究人员和出版社的编辑等，总之大多为"业余"译者，因为翻译作为一门手艺或职业，其所得如今已很难养活译者及其家人。既然是"业余"，其翻译对象往往也就相对"随意"起来，或为完成约稿，或是呼应自己的研究课题，或是出于某一时段的兴趣。我的译作大多为文学作品，但我也译有一些人文理论著作，如恰达耶夫的《哲学书简》、明恩溥的《中国人的气质》、阿格诺索夫的《俄罗斯侨民文学史》、米尔斯基的《俄国文学史》等，而我自己较为偏爱的译作，则往往是介乎于这两者之间的作品，很难说它们是文学作品还是理论著作，如里尔克、茨维塔耶娃和帕斯捷尔纳克的通信集《抒情诗的呼吸》（即《三诗人书简》）、《曼德施塔姆夫人回忆录》和布罗茨基的《悲伤与理智》等。然而，纯文学翻译和理论翻译之间并不存在一堵高墙，而有着极强的互补性。理论翻译能训练译者的翻译理性，使其译文更具逻辑性和严密性；而文学翻译则能培养译者的翻译感性，使其译文更具形象性和抒情性。不是说在每一种译文中都要同时体现理性和感性，但同时拥有两方面经验的译者，无疑能更好地随机应变，因为原作是各式各样的，译者的风格选择是被动的，译者要成为风格再现的多面手，两个方面的素养自然都不可或缺。

俄文翻译与英文翻译并重。我的大部分译作译自俄文，但也有一些译自英文，如明恩溥的《中国人的气质》、米尔斯基的《俄国文学史》和布罗茨基的《悲伤与理智》等。诺贝尔奖委员会在给布罗茨基颁奖时，曾称同时用俄英两种语言写作的布罗茨基是坐在人类存在的峰顶上俯瞰两边的风景。的确，每一种语言都是一种风景，都是一种生活，甚至都是一种世界观，在自己的翻译中将两种语言做比照，并进而感受到不同语言的独特韵味和风格，这对译者而言自然是有益的。我在译布罗茨基的《悲伤与理智》时做过一个试验，即分别从布罗茨基散文的俄文版和英文版译出他同一篇散文的不同段落，然后将其对接起来，拼成同一篇译文，结果，我惊奇而又沮丧地发现，这篇"拼接"起来的散文在风格上是不统一的，甚至能清晰地感觉到译自两种语言的译文之间的"接缝"。这使我意识到，原文的风格对译者是有重大影响的，而在原文风格的构成因素中，除作家的文字个性外，他所使用语言的自身特征往往也发挥着举足轻重的作用。英语的灵活和自如与俄语的沉着和严谨，即便在汉译中也能清晰地被传导出来。此外，英语和俄语都属于世界上最重要的文学语言，各个民族的文学名著一般都有这两种语言的版本，这就使得我有可能在翻译某部英文著作或俄文著作时参考另一个语种的译本。比如我在翻译俄文版的《抒情诗的呼吸》时，就参考了该书的英译本，借助英译更正了自己的不少误译，同时也发现，英译者似乎也不时会有与中译者同样的困惑和苦恼。在一些难译的地方，他们似乎也做了一些模糊化的处理，而他们在文中所作的"添加"以及文后的注释，有许多都与中译者不谋而合。或许，他们在翻译过程中也曾遭遇与我一样的难题，也曾体验与我一样的欣喜。于是，作为一种跨越时空的交谈方式的翻译，又变成了三方的交谈。

但丁《神曲》的第一句话就是：我已走到人生的中途。此句诗中的"中途"一词在俄语中被处理为"山坡"（склон），即人到中年，翻山越岭到了另一面山坡。翻译之艰辛，犹如登山，攀登一座险峻陡峭的山，我如今也已来到这座山的另一面，这或许意味着我的翻译已开始走下坡路，但越过峰顶，我便能悠然见得这边的另一片风景。

刘文飞谈俄国文学翻译：我从来没有悲观过 *

李昶伟采访

下个月，俄语翻译家刘文飞会很忙。他所在的首都师范大学斯拉夫研究中心要开一个规模很大的国际会议，会议目的是想看看"俄国文学史的世界图景"。"因为我们知道中国人怎么写俄国文学史，知道苏联人怎么写，我们知道当代的俄国人怎么写，但是我们不知道西方很多语种的学者怎么写。"

今年夏天，刘文飞从中国社会科学院外文所调到了斯拉夫研究中心。这个学术机构的建制和传统俄语系不同，更多的是国外俄国研究的建制。在西方，俄国文学研究是在斯拉夫学的背景下，斯拉夫学作为一门学问，是像日耳曼学、东亚学一样的大学科分类，下面又分出捷克的文学、波兰的文学等类别，就像东亚学分类下有中国学、日本学。

---

* 原载《新京报》2015 年 10 月 31 日 B04—05 版。

刘文飞说，西方斯拉夫学最繁华的时候是冷战时期。以美国为例，美国斯拉夫研究最强大的时候每年有一两万名俄语毕业生，当时任何大学的斯拉夫语系基本上是俄语系。冷战结束以后，美国人调整得很快，十年前刘文飞在耶鲁大学访学时发现，已经没有一个本科生把俄语作为毕业的专业。知道他在这边的斯拉夫中心工作，他的朋友、耶鲁斯拉夫系主任开玩笑说："你们的斯拉夫学兴了，我们的斯拉夫研究正在逐渐死亡。"

刘文飞想做的事情很多，除了俄语人文思想领域图书的译介出版，这个中心还会创办一份名为《北京斯拉夫评论》的杂志，面向全球学者，还将引进访问学者制度，邀请一流斯拉夫学者访学。这是与草婴、傅雷那一代翻译家不同的图景，自然抱持不一样的使命。在首师大一间办公室，关于俄国文学、关于文学翻译的话题也在这些创想中慢慢延展开来。

传统：所谓草婴"六步翻译法"更多是翻译态度

新京报：高莽先生有篇文章谈草婴先生的翻译，提到过他的六步翻译法，基本上是一遍遍地在原文和中文之间打磨的过程，所以读者印象很深的是草婴翻译的托尔斯泰几乎没有"翻译感"，非常顺畅就能进入文本，这是不是那一代俄语翻译家的传统？

刘文飞：其实这个感觉有可能完全相反。我们一般会说更像母语还是更像翻译腔，用翻译的理论就是"归化"和"异化"。"归化"就是更多地翻译成中国文学的语言，比如诗歌的话对方有韵律我们可能翻译成律诗；"异化"的话就是翻译成所谓的"异国情调"。我们知道"五四"前后的文化之间有一条很大的鸿沟，这种鸿沟也体现在语言上。再清楚不过的是,"五四"以来的作家用的不是"五四"以前的作家的语言,完全是再创的,那这是什么语言?我觉得就是我们的汉语和几种主要外国语言的文学家所使用的语言。如果从这个意义上来说的话,归化过来的中文是像哪种语言呢?是像施耐庵的语言呢,还是像胡适的语言呢?

高莽说到的草婴的翻译——多少遍打磨达到中国人理解的程度,这当然是用心的了,但更多的我觉得是一种翻译态度,不是一种翻译风格。我是不大用翻译家风格这个词,因为翻译家不应该有一种风格,翻译家的风格应该是原作者的风格。翻译家只固定用一种风格,除非你永远能找到吻合你气质的原作家,实际上那是不可能的。草婴同时也翻译托尔斯泰,也翻译莱蒙托夫,这两者的语言风格是完全不一样的。

老一辈的翻译家让我们尊敬的就是他们特别认真。这个可能也是和当时他们从事翻译时候的语境有关,像鲁迅他们那一代知识分子,几乎是把俄国文学当成经书的,俄苏文学的翻译相当于玄奘翻译佛经——"这是我们以后要学习的东西",那当然他们很虔敬。到了下一代,草婴他们那一代,20世纪50年代是中苏特别友好的那一段,他们也是用毕恭毕敬的心态在翻译。我们之前老一辈译者的俄语翻译都比较接近原文,如果硬要说归化还是异化的话,他们是属于异化的,但是当时不显得突兀,有一个原因是我们接受了当时苏联整个一套话语,不光是文学话语,也包括社会话语、政治话语、意识形态话语。

新京报:如果非要盘点的话,俄语翻译到现在是几代人了?

刘文飞:笼统点说,20世纪二三十年代,鲁迅、曹靖华是第一代,草婴算第二代,然后是留苏回来的那一批,改革开放以后上大学的可能算第四代，这是相对的，有的人可能跨越好几代。但中间空白了一代，本来我们应该是第五代，但是"文革"中空了一代人。

语言：翻译是一件明知不可为而为之的事情

新京报：你们从事翻译的时候，前辈的影响大吗？

刘文飞：影响还是很大的。现在翻译的语境实际上是很糟糕的了，就是大家都不太认真了，这个不认真一定不是指严肃的翻译家，看不懂译错了是一回事，但严肃的翻译绝对不会瞎做是吧？抛开这个大的语境不说，一直到现在，受传统翻译的影响，俄语的翻译还是比较贴近原文的。

如果我不做英语翻译的话，我不会有这样的体会。我也看英语的翻译，感觉英语界的翻译还是更自我一些，这跟本身的语言风格有关系。俄语和德语是很严谨的语言，语法的变化特别多，也就是说一个人说话的时候语言本身对说话者的限制特别多。打个比方，语言是个牢笼，使用一种语言，这个牢笼就把你关起来了，你实际上是透过这个语言的牢笼看世界的，这是你的世界观。如果是这样的话，俄语和德语这个牢笼的格栅就更密一些，英语要更宽松一些。英国人翻译托尔斯泰，他比中国人翻译托尔斯泰就要更自由一些，但这样的译本往往更受欢迎一些。你特别忠实于原作者，把什么都翻译出来，反而不受欢迎，中国实际上也有这样的例子。

我不知道法语的翻译，西班牙语的翻译，德语的翻译，但是俄语的翻译圈相对英语圈还是要墨守成规一些，英语圈还是要自由一些，这无所谓好坏。今年出版的布罗茨基的《悲伤与理智》是我从英文翻译的，布罗茨基基本上用英文写文章（essay），但也有几篇是用俄文写的，我就找一段英文翻，找一段俄文翻，拼起来看风格不统一，尽管我是同一个译者。从英文翻还是从俄文翻，原始语言版本对译本的影响很大。比如说，英文的句长很短，俄文句长很长，从句用得很多。句子长，相对来说你就要保留这种风格，比如陀思妥耶夫斯基的句子特别长，有时一页纸只有一个句点或两个句点，如果有的翻译句子特别短，风格实际上就不忠实。翻译陀思妥耶夫斯基，你就应该翻译成很难读，如果很松快，那就不是他了。强调翻译家的风格，那是一个伪命题。翻译说到底是一件明知不可为而为之的事情。

选择：当时把苏联一流、二流、三流作品全译过来了

新京报：我们20世纪五六十年代翻译苏联文学，遴选有一套当时意识形态的标准，但是到了八九十年代，又有另外的选择。您觉得翻译什么不翻译什么，"选择"这个标准到现在变化有多大？

刘文飞：外国文学界，恐怕到现在各个语种都差不多，都是依据对方的选择，都是我们在对方选择之后的选择。我们所知道的名著，一定是那个国家承认的名著，不是我们把它弄成名著的。当然也有一些例外。

就拿中国文学史来说，中国的文学史是无数的中国学者、读者经年累月的阅读经验堆积起来的东西，总有它的合理性，所以我们现在对俄国文学的认知，主要是建立在对方的文学史这个基础上。当然更多一点选择性也是好事，有的作品在俄国畅销未必在中国畅销，反过来也一样。进入我们翻译视野的，肯定是本来就比较有名的作品。我们20世纪50年代的选择，在世界文学传播史上也是很有趣的一段，因为那个时候中苏两国意识形态高度贴近，把文学当作教科书,《卓娅和舒拉》《钢铁是怎样炼成的》都是当时语境的产物。

有一点比较悲哀的是,那时候花大量精力翻译过来的东西,从文学意义上来讲,今天看来绝大部分是垃圾,不再是文学作品了——当时苏联的一流作品、二流作品、三流作品,我们基本上都翻译了过来。

有西方的斯拉夫学者来中国,他们看到这么多汉译的苏联文学作品,全傻了,因为品种实在太多了。现在还会有人读吗?不说好还是不好,但它们的艺术生命力太短暂了。

人才:学俄语不是为了文学

新京报:也会有很多谈及俄语文学翻译的文章提到,现在俄国文学翻译的问题很大程度上是因为俄语是个小语种的缘故。

刘文飞:会有这个问题,其实不光是俄语有这个问题,除了英语之外都是小语种。我开玩笑,汉语马上都是小语种了。大家觉得我是在调侃,其实不是。现在在中国的大学里面,英语语言文学的老师和学生的人数是超过汉语语言文学的。全国的大学老师十分之一是英语老师,任何一个大学肯定有英语系,英语系招生一定很多,不管哪个系的学生都在学英文。俄语、德语、法语一样的,都是小语种,尽管现在西班牙语、阿拉伯语很火,但还是小语种。现在国内管理层也意识到这个问题了,想把英语教育社会化,英语四六级证书就像考驾照一样,你想把英语学好,你可以上校外补习班,大学不应该把那么多宝贵的资源放在培养基本技能上。

美国没有外语学院,没有外语系,所有这些专业它叫 modern languages(现代语言)。学 Russian,当成一个学科来学,不是为了学会使用语言,语言是一个知识,不是技艺(skill)——这你可以到"驾校"去学。我们全国那么多外国语学院,教学的外语就只有四五十种,美国有一两百种,它反倒学得多。

老是说外语人才青黄不接,我说也未必。现在每年全国有一百多个高校有俄语系,每年有一两万个学生进入大学学习俄语,我觉得这个人数足够了。但是为什么我们翻译家会认为俄语人才缺乏呢?那是因为这些人入学的动机不一样。他们可能是为了找工作,可能是为了做外贸,可能为了考公务员,没有几个人会在入学的时候就下定决心:我学习俄语是为了学习俄国文学,我以后要当翻译家。博士生中也很难有这样的雄心,道理很简单,这不是一个挣钱的工作,这是一个很艰苦的工作,需要很长时间的积累,出来挣钱还不多。翻译一本书一年时间,才得一两万块钱稿费,傻瓜才做这样的事情。所以有的时候青黄不接不是俄语界的事,英语界也是,英语不是大语种嘛,英语的文学翻译人才同样严重缺乏。在李文俊先生他们这一代之后,三十岁这一代我们还有哪些翻译英语文学非常好的人呢?好像也没有,尽管很多人都在翻。

新京报:现在很多译者是业余做翻译,职业也是形形色色,翻译基本上是兴趣爱好。

刘文飞:这里有出版社的问题,比如我们会因为作家的名字去买书,不会因为译者的名义去买书。也有人说嘛,真正的好作家是翻不坏的。我倒是大致也承认这句话,但是变成谁都可以来翻译,就未必是好事了。

新京报:出版社从编辑队伍上俄文编辑的配置也不太够,有很多出版社没有懂俄文的编辑,专业外国文学出版的出版社俄文专职编辑也很少,原来的一两个老编辑也都退休了。这是不是也是一个问题?

刘文飞:这也不能赖出版社,译林、上海译文比较特殊,一般像北京十月文艺啊，湖南文艺啊，它实际上出各种文学，好多出版社在以前也没有专职的俄文编辑。但人民文学社有，因为它在20世纪50年代出各种俄国的书，文学书占三分之二，最多的时候有过十多个俄文编辑。我的老朋友张福生先生快要退休了，他也在物色年轻人，但人民文学社最多也只能养一两个俄文编辑，因为有这么多语种。

现在有一个情况，就是文学编辑室严重收缩，可能只能进两三个人，这就不能只懂俄文了。这和我们这些学俄语的也有关系，比如说一个人只会俄语和一个人既会俄语又会英语，出版社肯定要后者，我们学生应该往第二种方向发展。现在出版社招人才，肯定愿意找各方面能力强一点的，但学俄语的，各方面能力强的未必愿意到出版社做编辑。他可能愿意去中石油，因为他们现在需要俄语人才，相对高薪啊，甚至你以后还能挣到百万年薪，但你当个编辑一生肯定是清贫的。如果说青黄不接的话，编辑的确是这样，比较明显。

但我想最坏的时候的确已经过去了。现在的情况是，全国学俄语的大学生里面愿意学文学的很少，但是到了研究生就占相当大的比例了，到了博士生阶段就几乎学语言和学文学的一样多。每年大概要毕业四五十个文学专业的博士生，他们首选当然是到大学里当老师，但是大学也饱和了，我想会挤出一部分人到出版社。比如我的一个博士生就去了人民出版社，她不是专职的俄文编辑，但是对俄国出的好书她当然会更关注一些。

时势：俄国文学在中国迎最好时期

新京报：听起来你还是很乐观的。

刘文飞：我还是很乐观的，而且我从来没有悲观过。现在我们领导人说，中俄关系现在是最好的时期，我也说，俄国文学现在在中国是最好时期之一，因为现在把俄国文学当成文学来看了。"五四"时期，鲁迅说过一句话，那时候我们都很骄傲地引用，但现在觉得是不对的，他说："翻译俄国文学，就是给起义的奴隶偷运军火。"军火是好还是不好？文学应该起这样的作用吗？20世纪50年代中苏友好时期文学是教科书，苏联文学是中国人的教科书，这是正常状态吗？因为我是个唯美派，我可能接受布罗茨基的东西比较多，我觉得文学不是意识形态的工具，再好的东西一旦强加给你就没有愉悦了。实际上文学是高度个性化的东西，它就是让你感到愉悦的，至于能不能改造你，让你感觉到生活有意义，我觉得这离它的核心意义很远。

现在俄国文学被边缘化了，但现在读俄国文学的人，不会是为了接受托尔斯泰的教育，不是为了共产主义的影响，我觉得很好。我不是今天说，那时候最艰难的时候我也是这样认为。

新京报：最艰难的时候是什么样的？

刘文飞：最艰难的时候应该是十年前吧，那就是每个出版社都不愿意出俄文的书，只愿意出英文的。现在有些出版社也富裕起来了，中国人慢慢富裕起来之后，心要静一些，大家不把钱看得太重，下面可能会有人来读文学了。

新京报：也就是说让文学的属于文学，回归文学的力量？

刘文飞：俄国文学回归了文学。因为俄国文学在中国一直不是纯文学，改革开放前有一段时间作为批判的材料，现在差不多回到文学了。文学就是文学，哪怕托尔斯泰，他也是文学家。

新京报：我觉得我们这些年对当代俄国文学的了解也不是没有，但是对当代文学的整体图景是模糊的。

刘文飞：这个问题中国搞俄国文学的学者肯定是有责任的了，但是也有一个原因，苏联解体之后，这个文学图景本身就是模糊的，等于说传统的苏联文学不能继续了，如果学西方的话是"二手时间"（语自诺奖得主阿列克谢耶维奇的书名，这一隐喻指的是苏联解体后努力追随、模仿西方，但终究只是二手），西方不会重视，他们自己也不会重视。整个俄国文学界已经认识到这个问题，开始有所调整，开始向自己的文学传统回归了。

苏联解体以后它的文学是一百八十度大转弯，整个颠覆了，这让所有文学史家、文学批评家，包括俄国的，世界的，全找不到北了。你以前说好的现在全不是，比如曾有人说高尔基根本不是作家，马雅可夫斯基也不是，但是现在经过十年二十年，大家认识到：这两个人还是很牛的！文学史需要一个沉淀，我想前段时间大家都有点模糊，与此有关。我们将和出版社合作出一套俄国当代小说丛书，也是整理归纳苏联解体以后的文学。这样的梳理，也让人感觉到俄国作家这十年二十年也不是白过的，他们也留下了在文学史上站得住的作品。

如今无人愿做翻译家[*]

伊·帕宁采访

潘琳、张曦[**]译

著名的中国俄罗斯学家、中国社会科学院外国文学研究所俄罗斯文学研究室主任刘文飞教授做客《文学报》,他还担任中国俄罗斯文学研究会会长,翻译过普希金、高尔基、别雷、普罗哈诺夫、维克多·叶罗菲耶夫等作家的作品。今年,刘文飞入围"阅读俄罗斯奖",我们在公布获奖者的当天与他进行了这次交谈。

帕宁: 您翻译了很多俄国经典作品,也翻译了很多当代作家的作

---

[*] 原载俄罗斯《文学报》2012年9月26日第38(6385)期,原题为《Стать перевочиком сегодня никто не мечтает》。

[**] 潘琳,浙江越秀外国语学院俄语系教师,2016—2020年在首都师范大学外国语学院随刘文飞教授攻读博士学位,博士论文题为《彼得鲁舍夫斯卡娅童话创作研究》;张曦,2017年考入首都师范大学外国语学院随刘文飞教授攻读博士学位,研究方向为果戈理的创作。

品。在选择作品时,您以什么为出发点,是您个人的喜爱,还是作品引起了轰动,或者是否有什么计划中的东西需要翻译?

刘文飞:我翻译,是因为我喜欢某一位作家和某一部作品,这是第一。第二,翻译作品是出版社的直接委托,是某个项目。第三,有些作品需要翻译,以此来丰富中国的文化。例如,十年前,我编了一套白银时代文学丛书,并翻译了这套丛书中的两本。

帕宁:您翻译了米哈伊尔·阿尔志跋绥夫的小说《萨宁》,您的这一选择与什么有关?在俄国,阿尔志跋绥夫并不是一位被遗忘的作家,但是可以这样说,他显然不是第一流的作家。

刘文飞:《萨宁》我是接受委托而翻译的。但是必须说,这本小说在中国过去和现在都很有影响。当年《萨宁》出版时,中国恰好开始了新文化和新文学运动,也就是所谓"五四"运动。在中国,著名作家和中国新文学的奠基人鲁迅是《萨宁》的第一位译者。这部小说的出现被认为是革命的象征,象征许多禁忌被破除,象征生活方式的改变。在当时,《萨宁》是一本好书,因为它改变了文学发展的方向。我刚刚完成米尔斯基的《俄国文学史》的翻译,米尔斯基在书中称,阿尔志跋绥夫是列夫·托尔斯泰的直接继承人,尤其是他的中篇小说《伊凡·伊里奇之死》的直接继承人。因此我认为,阿尔志跋绥夫在俄国文学史上绝非一个小作家。

帕宁:在中国,尼古拉·奥斯特洛夫斯基的《钢铁是怎样炼成的》是最流行的一部作品,这是真的吗?两三年前,甚至还拍摄了一部根据这部小说改编的电视连续剧。

刘文飞:是的,确实拍了电视剧。事实上,这本小说被列入了我们的中小学教学大纲,因此每年都会重印,发行量很大。父母必须为孩子们购买这部小说。因此,很难说它在普通读者中有多么受欢迎。

帕宁：中国当代著名作家作品的发行量一般是多少？

刘文飞：平均五千到八千册。当然，十分畅销的著名作家的新作也可能发行十多万册。

帕宁：那么诗歌作品的印数呢？

刘文飞：要少得多。诗人往往要自费出版诗集。当然，除了那些被认为是健在的经典诗人的作品。但这样的诗人为数很少，比如北岛。

帕宁：您翻译的俄国作家中有维克多·叶罗菲耶夫和米哈伊尔·叶里扎罗夫。您个人对叶里扎罗夫的小说《图书管理员》持什么看法？

刘文飞：老实说，如果将这两位作家进行比较，我更喜欢叶罗菲耶夫。至于《图书管理员》，请您注意，我只是三位翻译者中的一位，因为这项工作是受委托进行的。我不得不翻译这本小说的最后一部分。据我所知，叶罗菲耶夫的长篇小说《俄罗斯美女》在俄国面世后曾引起很大轰动。因此也就可以理解，这部小说在中国也引起了人们的兴趣。这是一种大胆的色情，在某种程度上象征着新的俄国文学，是新俄国文学发展过程中的里程碑。至于我，自然会以局外人的眼光、以一个学者的眼光来看待俄国文学，我更关注作品的艺术性和文学性，而不太关注它们的流行程度，这就是另一回事了。但是我认为，轰动性的作品不能完全忽视。如果一部作品在自己的国家被人注意，那么，这部作品里或许就会有其他国家的人也感兴趣的东西。

帕宁：在这里可能会存在一定的风险。毕竟有一些非常有价值的作品没有引起过任何风波，然而它们都是真正的杰作，而另一些作品则是专门为了引起轰动而写的，这些作品却没有严肃的内涵。在这种情况下，中国读者会不会对俄国文学产生扭曲的看法呢？比如说，舒克申，一位出色的作家，但他就没有引起过什么轰动效应。

刘文飞：当然存在这样的风险。但是，唉，只有某些作品才能获得订购。但是，还有问题的另一方面。毕竟，翻译不是我们的主要任务，也不是我们的唯一任务。我们在中国正在写我们自己的俄国文学史。至于那些专家、语文学家、中国的斯拉夫学者，请你们相信，我们能够正确地理解你们的文学，能够客观地评价经典作品和当代作品。再说，舒克申我们同样已经翻译了。

帕宁：如果比较一下经典作家的译本和当代作家的译本，那么您认为当代俄国文学除了具有更多的色情性之外还发生了哪些变化？中国文学发生了哪些变化，从经典作品到当代作品？

刘文飞：是的，在我们翻译的当代作品中确实有很多色情内容。顺便说一句，你们的《外国文学》杂志这一期就全都是色情作品……至于俄国文学，在作品的主题上发生了相当大的变化，还有语言。有很多风格上的创新。但所有这些都很自然，文学在不断发展。当然，最大的损失还是失去了经典作品的定位功能，尤其是在语言上，这导致了审美的退化，尤为可怕的，还导致了道德的退化，其结果就是，文学作品不再改变生活，而成了生活的负担。现实主义文学的主要任务不仅是展示生活的真实，还要为未来生活提供希望，提供某种心理支持。说到中国文学，那是相当保守的，就其世界观基础和人类基本价值观而言，中国文学几乎保持不变。尽管，当代文学中当然也会诉诸许多迫切的现实主题，也能看到时代的征兆。

帕宁：请您向我们详细介绍一下您已获得"阅读俄罗斯奖"提名的这部作品吧！这是里尔克、帕斯捷尔纳克、茨维塔耶娃三人间的书信翻译。这样的书信三角恋爱……

刘文飞：我认为我在某种意义上是一位偶然的入围者。会议期间,有几位俄罗斯记者问我,为什么我一个人就代表了整个亚洲?奇怪的是,没有来自日本、韩国的斯拉夫学者入围。

帕宁:是什么让您对他们的书信如此感兴趣,让您决定翻译整本书?是个人兴趣还是出版社的约稿?

刘文飞:我做这项工作已有二十多年了。完全出于我自己的喜好。当时我在莫斯科访学,我研究的是20世纪俄国文学史。我对茨维塔耶娃和帕斯捷尔纳克这两位诗人很感兴趣,而里尔克也是我喜欢的诗人。在阿尔巴特街的"图书之家"我买到了这本书,并在一夜之间阅读了所有的书信。书信里涉及的不仅有爱情,还有关于艺术、关于上世纪初世界诗歌危机的精彩论述。这些书信翻译成中文后,我惊讶地发现,中国读者对此产生了极大的兴趣。来自外省的老师和普通读者都写信给我。翻译这些书信非常困难。有许多隐喻和形象难以等值地传达。

帕宁:这本书印数多少?

刘文飞:八千册。

帕宁:就这种类别的文学来讲,印数已经是相当大了。

刘文飞:是的,不少。就连德国文学、法国文学的畅销书销量也不超过一万册。

帕宁:总体而言,如果做这样一个比较,与其他国家文学在中国的译介数量相比,俄国文学是更多还是更少呢?

刘文飞:大约是一样的。如果把英美文学包括美国的大众文学也算上,那么英美文学在整个翻译作品中的占比是80%,其余20%是日本文学、俄国文学、法国文学、德国文学和其他国家的文学。

帕宁:为什么英美文学占据这么大的比重?

刘文飞:这不是一个简单的问题。也许,主要原因在于全球化,在于英语的霸权地位。你们这里的情况恐怕也一样？

帕宁：我们国家翻译的美国文学基本上是这些体裁，如科幻作品、奇幻小说和侦探小说。不能说它们在我们这里占据了主导地位。

刘文飞：我主要指文化，甚至更多地指大众文化，比如电影、电子游戏。

帕宁：在苏联时期，我们国家有一大批高水平的翻译家。他们将苏联少数民族的文本和世界文学作品译成俄语。由于翻译这项工作收入可观，一些知名作家甚至也搞翻译。如今这一切都过去了，如今翻译家这个职业正在消亡。年轻人不愿从事翻译，因为这不会带来金钱，如果有人译了什么，质量也不过硬。在你们中国情况是怎样的？

刘文飞：很遗憾，情况是相似的。我举一个例子。在20世纪50年代，我们研究所的老所长叶水夫教授，由于翻译了法捷耶夫的长篇小说《青年近卫军》收到稿费九千元人民币，他用这笔钱在北京市中心买了整整一套四合院，有院子和厢房。今天，我们翻译一本书的稿费也会是八九千元人民币，但这笔钱完全就是另外一回事，相当于中国一位普通教授月工资的一半。为了稿费而从事翻译，成了一件无利可图的事情。从事翻译工作，仅仅是出于对文学的爱。以我的研究生们来说，没有人想成为职业的翻译家。换句话说，没有人可以靠翻译为生。这是很危险的。在我们之后，谁来翻译俄国文学、法国文学和德国文学呢？

帕宁：美国通俗文学你们有人愿意翻译吗？

刘文飞：好问题。应当指出，美国文学的翻译质量，比如说，要比俄国文学的翻译质量低。为什么呢？稿费高一些，但高水平的译者却比较少见。出版社在美国同行那里买到版权，想尽快出书，以便马上获得利润。对速度的追求，自然会影响到翻译的质量。后来，这些作品大多是合译。原则上讲，它的翻译质量不会太高。

帕宁：您长期研究俄国文学，有这样一个事实是否令您感到痛心，中国当代作家在俄罗斯实际上无人知晓，出书很少。不久前，我们《文学报》头版刊登过一篇对杜甫一部诗集的短评，但这是经典作家。当代中国作家我们并不知道。需要做些什么，才能够使中国作家的作品出现在俄罗斯呢？比如说，在中国近些年的诗歌中，是否有每个人都应当知晓的诗人，是否有你们自己的鲁勃佐夫、库兹涅佐夫、布罗茨基呢？

刘文飞：中国作家的作品在俄罗斯的出现，这是俄罗斯汉学家的任务。至于我的贡献，就是在三年前，我主编了一部中国当代诗选，书名叫《亚洲铜》。这本诗集在圣彼得堡的东方学出版社出版。我作为编者，为诗集写了一篇序言。已故的丽玛·卡萨科娃也写了一篇序言，这篇序言后来单独刊登在我们的《世界文学》杂志上。不久前，《民族友谊》杂志向我约稿，他们想出一期中国文学专刊。也许，我们没有像布罗茨基这样的诗人，但是我们也有一些非常优秀的诗人，比如北岛。现在他生活在香港。遗憾的是，不久前他大病了一场。

帕宁：鉴于中国的出版情况，您是如何能出版像《俄罗斯美女》这样的俄罗斯长篇小说的？它的出版不受限制吗？

刘文飞：在这方面，中国对待外国文学的态度要温和一些。大概相当于你们的苏联时期。

帕宁：全球化对中国的影响是怎样的？我们知道，与欧洲文学相比，中国文学要保守一些。

刘文飞：我尽可能简短地回答这个问题。我去过英国、美国和俄国，我可以断定，与对经济的影响相比较，全球化对中国当代文学和文化的影响要小一些。因为经济的语言是金钱，而文学的语言是文字。幸好，很少有人懂汉语！它很难学。象形文字，某种程度上来说，就是我们防止外来语入侵汉语的一道防护。

帕宁：如果我理解得没错，你们在借用英语词汇时只借用概念，而不是词本身？

刘文飞：大体上是这样的。英语单词不是没有经过任何变化就进入了我们的语言，而是经历了一定的变形，也就是中国化，最终形成符合我们民族心理的概念。这为保全语言的独立性、保护我们的当代文化免受全球化的冲击提供了可能。

帕宁：唉，我们在这方面很不理想。当代俄语，尤其是在科技领域，像刺实植物一样，钩住了所有的外来语，尤其是英语。把它们清除出去实际上已经不可能。

刘文飞：俄语本身是非常丰富的。一些新的词语，比如俚语、行话等也会增加这种丰富性。但是任何一种语言作为一种统一的有机体，都是非常智慧的，所以随着时间的推移，即便只剩下口语的外壳，其内核也会在地道、纯净的文学中得到巩固，摈弃一切异质的、短命的东西。

帕宁：我们希望这会成为现实。

刘文飞：当然！一定会这样！

刘文飞：人应该三条腿走路 *

郑 琼 **

一、著作等身与一举三得

听说《库什涅尔诗选》已经开始销售了，我立即上网订购了一本。其实早在两个多月前，我就收到了译者发来的《库什涅尔诗选》电子稿，因此，对于这些印成铅字的诗，我并无期待。库什涅尔虽然摘得本届青海湖国际诗歌节"金藏羚羊奖"的桂冠，但我对他的喜爱还远上升不到崇拜的地步，我之所以一定要买它，主要是冲着译者刘文飞去的，更准确地说，主要是为了激励自己。

时间还要上溯到 5 月 24 日，我去参加刘文飞先生最新译著《悲伤与理智》的发布会，发现刘文飞先生低调地坐在观众席的一角，于

---

* 原载《北京日报》2015 年 10 月 20 日第 19 版。
** 郑琼，河南省社会科学院《中州学刊》杂志社编辑，2003—2005 年随刘文飞教授在河南大学俄语系学习。

是过去和他打招呼。他马上欠了欠身子,一脸抱歉地说:"不好意思哈,我不太方便站起来,腰扭了!"原来,前一阵,他和儿子比试举杠铃扭了腰,又诱发了腰椎间盘突出的老毛病。我暗示他其实可以跟主办方"请假",他笑着说:"我还要感谢这次活动呢,终于可以明正言顺地出来透透气。你不知道,我在床上躺了一个多月!"想到自己前不久在家卧病三日的百无聊赖,我马上说:"是啊,躺着的日子可真难熬!什么都干不了,无聊得很!""那倒不算什么,我翻译了一本诗集,俄罗斯一个老诗人,库什涅尔的,翻译到精彩的地方,只能'拍床'叫绝,呵呵。""您是说您躺在床上还译了一本诗集?!""啊,没有没有,主要是收尾和校对,扭伤前译得差不多了……"学者的严谨让他马上对我的理解进行了更正。惊讶之余,我不免惭愧。所以,买一本《库什涅尔诗选》放在案头,累了就想想译者的精神吧!

其实,想来也没有什么可惊讶的,若不是以这样精勤的态度,以五十来岁的年龄,是很难达到出版专著和文集十几部、译著三十余部的成就的,更别说还在报纸上发表了那么多散文随笔!还记得有一次去拜访刘先生,其时他四岁的儿子正在画画,我们让他画一画爸爸的样子。过了一会儿,他从内屋走出来,手里拿着一张纸,上面并无父亲的容貌,而是一幅刘先生盯着电脑打字的图画,那"电脑"上还形象地放出了几道光芒。爸爸在儿子心目中的形象得到如此传神的表达,刘先生之用功程度可见一斑。

成功者大抵都是在年少时即怀有远大的志向。在一次采访之余,我们聊起了这个话题。刘文飞笑着说,你猜我年轻时的理想是什么?做体育记者!原来,1977年恢复高考,刘文飞一心想报考新闻系,结果因为外语成绩高而被"抢"到了外语系,但是他对体育和新闻的兴趣并没有因此减弱。大学期间,他曾是校田径队的主力,羽毛球也接近专业水准。少年时的刘文飞,即清楚地"知其本末",既然身在外语系,体育就只能作为业余的爱好。"我们那时候跟现在的大学生可不一样,没有手机、网络可供消遣,书也少得可怜,偶尔得到一本就如获至宝,争相传看,甚至抄阅。记得上大二的时候,身边的书已经不够看了,于是就四处找一些没被毁掉的苏联原版书,直接翻译过来看。那时的翻译不是为了出版或者赚稿费,纯粹是为了自己和小伙伴们的阅读,所以劲头十足。我的翻译功底就是那个时候打下的。"说到难忘的大学时光,刘文飞打开了话匣子。

1984年研究生毕业,刘文飞留在了中国社会科学院外国文学研究所工作,这也就意味着他将在学术研究这条路上继续走下去。刘文飞觉得有必要为自己定个目标和方向。常有人用"著作等身"来形容一个文人的毕生成就,不过现在看来,这个标准对于刘文飞来说显然有点低。还不到55岁,他的专著、译著、散文集和编著放在一起大约已经超过其身高了。而说到散文集,刘文飞说这是他为自己开辟的第三条道路:"我的前辈们大多强调两条腿走路,即学术研究和翻译各不偏废。但我后来发现,在搞学术和做翻译的过程中,会有不少心得想和读者分享,这些心得成了'多余的话',放在哪里都不合适,所以我就写下来投给报刊,慢慢就变成了三条腿走路。我觉得这样挺好,在为研究对象和读者服务之余,也给个人的兴趣留些空间,一举三得啊。"

刘文飞在事业上实现了三条腿走路的模式,其实,在个人、家庭和国家之间,在自我管理、生活交际和事业发展之间,他也都在这种三足平衡中自得其乐。儿子三岁那年,他夫人要出国进修一年,照顾孩子的任务就压在他一个人身上了。我们劝他请个保姆,他开玩笑说:"只要不吃母乳,我都能搞定!"原来,他迅速按照儿子的时间调整了工作安排，早起把孩子送到幼儿园后开始阅读学术专著、写文章，到下午三点接孩子回来，陪孩子玩，准备晚饭。晚上，孩子玩拼图游戏或看动画片时他收发邮件、浏览新闻。晚上八点，侍弄儿子睡下后开始做翻译，或者撰写报纸的约稿。

"那您不觉得接送孩子或者做饭是浪费时间吗？"

"没有啊，接送孩子的时候顺便也透透气；做饭就当中场休息了，而且还能提高一下厨艺；陪他玩呢，可以更好地了解他的爱好和想法，何况，好多玩具确实设计得很巧妙，我也趁机玩一把。家庭生活嘛，本来就是人生的一部分，应该好好享受才是，怎么会是浪费时间呢？"

二、中国俄国文学研究的"销售代表"

不过，你要是把话题转到俄国文学的现状，这个刚才还围追堵截儿子的遥控车的"童心奶爸"，立即秒变成严肃的"大学者"。或许，对于刘文飞来说，妻子儿女组成的家是小家，中国俄国文学研究圈子组成的就是一个大家。他既是自己小家的家长，又是这个大家的会长。一个"长"字，增加了肩上的责任，也迫使他用更长远的目光来审视未来。

早在几年前，就曾听刘文飞感慨说，国内的俄国文学研究专家并不少，学术做得也不错，但是没有与国际接轨，要么只顾埋头拉车，不了解国际上的研究现状，要么，做的研究非常前沿，却不注重与国际同行交流看法、分享自己的成果。"要想深入交流，要么是走出去，要么是引进来，但现在的问题是既走不出去，也引不进来。酒香不怕巷子深，但如果对方根本没听过你这个巷子，怕还是没用，所以关键还是要把酒拿出去给行家品尝。"

为了改变这种现状,刘文飞从自身做起,努力寻找并促成国内同行在国际会议上发声的机会。不过,与国际同行交流的前提是要保证沟通的流畅性,于是,在日常工作中,刘文飞不但强化自己的俄语口语,同时还加强英语的学习。

机会总是眷顾有准备的人,2009年,刘文飞顺利申请到美国富布赖特基金,到耶鲁大学访学一年。这一年的经历,后来被他写进了《耶鲁笔记》。相信刘文飞是怀揣着雄心踏上美国国土的,而这颗雄心,不是热切成为"黄香蕉"之心,而是"特洛伊木马"之心,或者说他本身即具有中国的俄国文学"销售代表"的身份。在这一年里,他多次用英语向耶鲁大学、普林斯顿大学和斯坦福大学等名校的同行宣讲中国的俄国文学译介和研究情况;他参加多场国际斯拉夫会议,现身说法,向国外学者展示中国学者的魅力,并广泛结交斯拉夫学领域的优秀学者。后来的事实证明,这一年的辛苦没有白费,"走出去"之后,就为"引进来"提供了可能。

回国之后,刘文飞开始有意识地为国外的"金凤凰"寻找梧桐树。不久,机会来了:首都师范大学欲重点发展几个"拳头"专业,而俄国语言文学专业恰好被选为其中之一。刘文飞经与首师大领导商谈,决定在该校创办国际级的研究平台。经过一两年的筹划和安排,今年4月,北京斯拉夫研究中心暨俄罗斯普希金之家北京分部正式成立,刘文飞出任中心的首席专家。

三、什么事都可用三言两语"逢凶化吉"

刘文飞平日里似乎很少为什么事烦恼，也从不抱怨什么事，总能看到事物的光明面，而忽视或者无视其不利的一面，甚至可以说，他总能从不利的事情中看到其有利因素。就如有人在他面前抱怨失眠的痛苦，他说："那多好啊，有更多的时间来看书和写作。"又比如，有学生抱怨普希金研究过多，写论文不知如何下手。他建议其从普希金的小说入手，因为普希金作为一个大诗人，诗歌方面的研究肯定是多不胜数，但小说却容易受到忽视；同时，其诗歌研究方面的一些观点，也可以拿来用到小说上。如此，思路一转，"研究过多"反而成了优点。

刘文飞阳光、积极向上，看上去也比实际年龄小好多岁。他视角独特，遇到什么事都能用三言两语"逢凶化吉"。所以，他的学生有什么事也乐于向这位"师兄"般的师父倾诉或求教。有一天，有个学生跟他说："我父亲生病住院了，姐姐又刚离了婚，我天天为他们担心，没办法专心看资料、写论文……"

"你父亲有人照看吗？住院缺钱吗？缺的话我可以帮一些……"

"目前不缺，也有人照看，就是看到他很痛苦，我就很担心……"

"你觉得担心能治好父亲的病，还是能帮姐姐找到幸福？如果不能，那就做些让父亲开心、让姐姐放心的事，好好把自己的事情安排好，他们的境况也会好转。"话虽这么说，他还是找机会帮助这位同学。平时遇到一些外事活动需要翻译，他都向主办方推荐她去，希望她能多赚钱补贴家里。暗地帮忙的事，他做得很多。

帮助人，既是刘文飞的习惯，也是他缅怀父亲的一种方式。他父亲曾是安徽老家一所学校的校长——现在这所学校里还矗立着他的铜像。刘文飞从小就看到父亲以善巧的方式帮助一些穷苦的学生，比如替学生交学费，却说是学校减免或奖励的。用父亲的话说，孩子都是有自尊心的，高姿态的帮助反而会伤害到他们幼小的心灵。

刘文飞对父亲充满敬爱之情，想等闲下来就带父母四处看看。父亲身体一向硬朗，而且让刘文飞感到自豪的是，他们家族有长寿的基因——奶奶活到近百岁才驾鹤西行，姥姥一百多岁还健在。他想，即使等到退休也来得及。但世事难料，父亲在 70 岁时不幸猝然离世。那是一场医疗事故，却留给刘文飞永远的遗憾——他没有见到父亲最后一面。心中突然感到空空的，刘文飞又拾起了久违的诗歌创作。在大学时期，他酷爱诗，还曾在校报上发表过自己的作品，但工作之后就搁置了。现在，想父亲的时候，他就写一写诗，或者一个人开着车到父亲的墓碑前坐一坐。谈到父亲的离世，刘文飞将目光投向远方，久久没有说话。可能为了弥补这种遗憾，他一有机会就带上母亲到各地逛逛。前不久在西安开会，最后一天安排了考察活动，他避开各种应酬，借了车，带上母亲去爬翠华山。母亲害怕开车上山会错过一些美景，他说：放心吧，我自有安排，不会让您多走一步路，也不会错过一个景点。

在安排事情方面，刘文飞似乎有天赋，他总能把什么事情都安排得井井有条。他应邀在各地演讲、讲学，出席各种会议和社会活动，接受媒体采访和约稿，同时还要如常进行学术研究和翻译，但从未见他有过慌张或匆忙。相反，他常常显得很从容。他做讲座总是一件件事情娓娓道来，枝干清晰，逻辑明了；他处理事情也有条不紊，主次分明。即使是突发事件，他也能不慌不忙、从容应对，就如前不久在单向空间举行的中外作家读者见面会上，当开场前几分钟，大屏幕亮起来，上面赫然写着"主持人：刘文飞"时，他才一脸茫然地说:"哦,原来要我主持啊,没人通知我啊!"但是,宾主落座后,面对中外作家,面对翻译,面对下面一群读者,他很快恢复了一向的从容和淡定:介绍嘉宾、陈述活动议题、引起话题,时而汉语,时而英语,时而俄语,时而还翻译一下自己的话,就这样,他有声有色地主持了起来,不知道的恐怕还以为他为此精心准备了两个月呢。

四、不怕在权威面前出丑露怯

从容大都源自自信,而刘文飞的自信,除了源自实力,也源自其平等待人的观念或者说平视一切的态度。在工作和生活中,他尊重每个人的看法,听取每个人的意见和建议;遇到小孩子,他会蹲下身来,听他慢慢表达清楚自己的"观点"。而在学术上,则更是如此。他尊敬前辈和大师,但在真理面前,他似乎属于"吾爱吾师,吾更爱真理"的亚里士多德派。据说他鼓励自己的学生在学术会议上多发言,不要害怕在权威学者面前出丑露怯,"只要你认为有道理,都可以大声地说出来",因为他本人就是这样做的——早在1984年,年仅25岁的他就在《外国文学研究》上发表了一篇《从一句误读的台词谈起》,质疑焦菊隐先生翻译契诃夫《樱桃园》里的一句经典台词"新生活万岁",指出应该译为"你好,新生活"——这是一个明显的错误,而焦先生或许受时代影响而有意拔高了契诃夫的"政治觉悟"。

面对西方学者,他身上也毫无国内学者常有的"谦卑"。如果对他们的观点有疑问,他会有礼貌地上前"理论"一番。他对学生说:"日韩的斯拉夫学者与我们一样,均非母语,所以无须惧怕;欧美学者,因其语言同属印欧语系,所以有天然的优势,但研究观点并未见得个个正确,我们只要言之有理,也可以平视他们;俄罗斯人在研究中自然具有得天独厚的优势,不过,他们应该感谢咱们,花费毕生精力来研究他们国家文学的人,应该给咱们颁劳动模范奖才对。哈哈,那就更没理由在他们面前自卑了!"

面对大师,他也依然能保持客观地平视而非仰视,在普希金诞辰二百周年时,他写了一篇《生日快乐,普希金!》的文章,像祝贺同侪一样表达自己的祝福。在《重提托尔斯泰的出走》一文中,他对托尔斯泰的有悖常情的高蹈思想表示理解,也为托尔斯泰的妻子辩护:"从生活的角度来看,索菲娅奉献多而索取少,是一个完美的贤妻良母。"同样,普希金的妻子也没有必要因其美貌而为普希金的决斗之死买单。在学术研究中,他也提倡平等对待剧中人,或者说尊重每个人,设身处地了解其行为的合理性:安娜·卡列尼娜为爱出走固然可敬,但丈夫卡列宁本身并无过错,他只是个古板的公务员,不能因为美丽可爱的安娜死了,就将仇恨投向卡列宁。

说来奇怪,刘文飞这种不仰视权威的行为反而赢得了学人的仰视。而对于我来说,他对家庭和事业的责任心、他不抱怨的性格、他治学的勤奋与严谨、他的严于律己和宽以待人、他的助人为乐,这些品质的逐一累加,让我不由得抬高了视线,以至于多年来我一直以为他身高至少有一米八九,就像一位出版界的朋友被他的多产和译笔精良误导,一直以为他至少有七八十岁了一样。

刘文飞：不从众的学术执着[*]

江　涵

　　学者热衷学术的见证，不仅可以是他的学术著作，他的各种文字都会多少透出这种热情，随笔也在其中。从事俄国文学与文化研究的学者刘文飞在其第一本随笔集《墙里墙外》（1997）的后记里写道："自1984年在一份学术刊物上发表了第一篇可称之为'研究成果'的文字以来，我在越来越窄的学术道路上已经蹒跚了十余年……然而，和我的许多朋友一样，我仍在走自己选择的路。我以为，能找到一件自己愿意做的事情，这已是很不容易的了，既然找到了，就应该专心地做下去。"时过近二十年，他又新添随笔集六本（即《重温俄罗斯》《红场漫步》《思想俄国》《别样的风景》《耶鲁笔记》《文学的灯塔》），读着这些随笔，我们总也无法忽视其中流露的学术执着与学者气质。从开始到现在，这位学者一直在专注地走着自己选

[*]　原载《北京日报》2015年8月6日第18版。

择的路。

"对俄语文化一贯的眷念"

确如其在随笔集《红场漫步》中所言:"无论是在翻译、写作的当初,还是在重读、删改的今天,我都始终怀着对俄语文化一贯的眷念。"

这种眷念首先体现于:在这七本随笔集中,俄国文学和文化显然是最大的主题。它们或为概述,如《20世纪的俄国侨民文学》、《俄国文学的思想史意义》和《普京时代的文化》;或是专论,论及普希金、托尔斯泰、陀思妥耶夫斯基等经典诗人、作家,以及叶罗菲耶夫、佩列文等后现代文学的代表;或有关作者本人翻译中俄文字、参加中俄文化交流活动之时的感受;就连《樱桃园》里一小句误译的台词,也能引发学者谨慎而宽阔的考察。

在俄国文学和文化这一主题之中,布罗茨基旋律多次响起,它不仅在以布罗茨基为直接议题的多篇文章如《论布罗茨基的诗》《悼布罗茨基》《布罗茨基的〈大哀歌〉》里,而且在有关布罗茨基的文章如《耶鲁教授托马斯》《达特茅斯之行》里。甚至藏身于就连作者本人当时并未自知也无可自知的巧合——在《马雅可夫斯基又与我们相遇》一文(1993)里,作者写道:"而斜飘的雪花,则赋予诗人以动感,高大的诗人仿佛握拳在风雪中大步走来……"而在《向马可·奥勒留致敬》一文(1994)里,布罗茨基看到:"或许由于下雨……一切都模糊起来,在这片模糊之中,那尊明亮的雕像失去任何几何感,似乎动了起来。"

除此之外,俄国文学和文化的核心地位,也可以从"游记"主题的随笔中察觉出来。在莫斯科，俄国诗人与作家的雕像得到特别关注和生动描写（"微微俯首的普希金，似正在专注地打量他鞋上的积雪，来往的车辆、行人和我，都未能分散他的注意力。我想到，在另一处，那佝偻着瘦弱的身躯整日苦思的陀思妥耶夫斯基雕像，在雪中一定更是苍凉吧"）；看见受到污染的莫斯科河，作者仿佛看见河上"横书着传统的俄罗斯疑问：'谁之罪？''怎么办？'"；在彼得堡，作者不忘陀思妥耶夫斯基的《白夜》；至于那些探访俄国诗人与作家的故居的游记则更是不用多言。难怪作者在他一本随笔集中将他的旅游自称为"文化旅游"。

通过翻读他的随笔，我们总算可以稍微揣测这位学者的内心状态与存在状态，也能大概明白，是什么样的力量，让他如此多产，写下与此相关的百余本著译。

学者的节制与自由

从刘文飞近年的随笔集中，能感到他在抒情表意之时较好的分寸感。作为一位理智的学者，他在提到某些好事者或许会大费笔墨的"故事"之时，只是礼貌地点到即止；即使在抒情之时，通常也体现出学者的节制，有时，抒情甚至只是隐藏于平静的记叙之中。比如《文学的灯塔》中有个细节："在陀思妥耶夫斯基结束演讲时，人们把一只巨大的花环套在他胸前，夜深人静时分，激动得难以入眠的陀思妥耶夫斯基悄悄走出旅馆，来到新立的普希金纪念碑前，把那只花环摆放在纪念碑的基座上。"普希金纪念碑前陀思妥耶夫斯基的演讲众所周知，但这个"悄悄走出旅馆"摆放花环的一幕却鲜被提及。这里，作者虽然似乎只在静静地陈述事实，但这含蓄的抒情却让读者默默感动。又如在《达特茅斯之行》中,作者写道:"一直飘落的小雨突然变成瓢泼大雨,我们一时难以下车,便隔着泪流满面的车窗玻璃看着眼前的列夫故居。"这里,抒情只由一个看似普通的修饰语即"泪流满面的"一带而过,表面看来,它只是一个应景、形象的隐喻,但其实此处,景语亦即情语,因为去往列夫·洛谢夫的故居之时,作者的内心是哽咽的,充满遗憾的心痛同落下的大雨其实不谋而合,因此作者借着隐喻的外衣,把它藏在其中。又如在《拜访充和先生》的尾声,作者这样描述他们的告别:"充和先生送我们到门边,和大多数美国人的习惯一样,她在我们身后便关上了门,但我走出两步后回头一看,她还在门上开出的一块长方形小玻璃窗后张望,她瘦削的脸庞像是镶嵌在一个画框里,我甚至能看到她略显浑浊的双目。"这里,虽然没有什么或没有谁"泪流满面",但这个场景仍然相当动人:一个"回头"的动,是客人的不舍;一个"还在……张望"的静,是主人的不舍;一动一静都在说着依依顾恋不忍离的情,然而,所有深深的情绪都只被平静地书写,没有多余的渲染,甚至连标点也只用了最简单的逗号和句号。但已足够。似乎,这种不动声色的隐秘抒情,更能不经意间拉紧人心,一回一望之时,"泪流满面"也许是在心里的。

在表达上,这位学者是节制的,而在思维上,这位学者又是自由的。波士顿有不少有名"景点",如爱默生和霍桑等著名作家聚居的康科德、梭罗隐居的瓦尔登湖等,而作者却认为小镇塞勒姆给他留下了更深刻的印象。至于小镇塞勒姆是否一定比瓦尔登湖等地有趣自是另一码事,但此处值得一提的是,我们由此可以看到文人可贵的"不从众"思维、与"庸常"刻意保持的距离,正是它们允许学者在智性领域自由飞翔,因此也能遇见许多如同此刻的豁然开朗:

"在美国翻译俄语小说,置身于一个既非译者故乡亦非作者家园的第三国度,望着窗外一天天渐渐变深的新英格兰秋色,心头不时会生出几缕荒诞来。但正是在异国他乡,人们又往往能更深地体验到翻译的价值和意义,在英语环境中把俄语翻译成汉语,这使我意识到,文字的转换和文化的交流原来可以在任何时空中完成,就像有秋天的地方就有树叶的变黄变红一样。"

我未必是最合适的人，我又是最合适的人之一

——刘文飞谈获普京亲颁俄罗斯联邦友谊勋章

熊奇侠采访

近日，著名俄语文学翻译家、中国首都师范大学教授刘文飞在克里姆林宫接受了由俄罗斯总统普京亲自颁发的"俄罗斯人民友谊勋章"。昨天，刘文飞教授接受了《晶报》专访，谈获奖前前后后及颁奖现场情形，谈过往翻译之路及俄语文学现状，谈接下来的翻译和研究计划。刘文飞教授说，把友谊勋章颁发给从事文学、文化研究的人是再合适不过的，因为文学比政治、商业更能体现友谊。

---

* 原载《晶报》2015 年 11 月 13 日 B04—05 版。

关于获奖和俄国文学:"我将为中俄之间的文学友谊继续努力"

晶报:恭喜您获得"俄罗斯人民友谊勋章",您事先知道么?是谁推荐的,能简单介绍下获奖现场情况么?

刘文飞:谢谢。具体谁推荐不太清楚,我高度"怀疑"是俄驻华使馆,大概两三个月前俄驻华使馆文化处要我填一份表格,并没说具体什么奖,应该就是这个。这个友谊勋章是俄罗斯颁给外国公民的国家级最高奖,获得的人并不多。包括政界、商界、慈善界等各界人士,这次也只有三位外国公民获得:一个是土耳其的议员,一个是委内瑞拉广播电台台长,还有一个就是我。

颁奖当天是俄罗斯民族统一日,是他们最重要的节日,类似我们的国庆节,这个颁奖仪式是当天一项重要活动,时间是下午3点到5点,前面是普京发言,后面是获奖者代表发言,同时有文艺表演和国宴。现场获奖感言只给三分钟,我主要说了两个意思,首先是表示感谢,说我未必一定是最合适的人,因为中国有成千上万名从事俄罗斯研究的学者。但同时我也是最合适的人之一,因为把友谊勋章颁发给从事文学、文化研究的人是再合适不过的,文学比政治、商业更能体现友谊。我还说以后还要继续做下去,为中俄之间的文学友谊继续努力,因为文艺最能加强中俄友谊。当时普京就在我身边,也点了点头。

晶报:19世纪至20世纪,普希金的诗歌、托尔斯泰的小说、柴可夫斯基的钢琴曲是一代人的俄国文艺记忆,也是俄国文艺的巅峰,今天的俄国文学好像比不上以前了,您怎么看?

刘文飞:今天俄国文学比不上以前那是肯定的,但一个国家的文学能在一段时间影响全世界,已经非常了不起。想每个时期都那么辉煌显然是不现实的。今天的世界主流文化肯定是美国的大众文化,其他所有国家都谈不上拥有能和它相比的世界性影响。

其实每个国家在一定时期内,作家数量是比较恒定的,就和医生的数量一样,这也是一种职业,今天的俄国作家写得也不错。但是今天全球不仅是单极政治,也是单极文化,就是美国的文化垄断。但是好在中国也是一个大国,还可以看俄国、德国、法国甚至更小语种的文学,这是一种大国应该有的状况,如果只知道美国文化,这其实是很可怕的。

今天的俄国文学在世界上还是有它的一席之地。我们看文学不能只看它的国家地位,很多小国家文学都很好的,比如波兰和捷克。但同时一个国家文学在全球的文学地位又和国力有关,比如今天有人开始读中国作家的作品,其实背后的国力和国家的影响是没法忽视的因素。俄国文学今天在世界上的影响有限也和它的创作在欧洲没有得到真正重视有关,西方还是排斥俄国文化,有意识形态的影响。西方国家在你国家很弱的时候,他们可能垂怜你,但如果发现你很强大,他们会很排斥你,欧美人这种文化的优越感很强烈的,包括今天对中国文化也是这样。

关于翻译:"译者的风格应该就是原作者的风格"

晶报:俄国文学翻译一直很多,也有高莽、草婴这些大家,您的翻译特点和取舍是什么?为什么普希金、陀思妥耶夫斯基这些大家有这么多人翻译了,您还要去译?

刘文飞:我一直强调,译者,哪怕是翻译家,都不应该有自己的风格和特点,他的风格应该就是原作者的风格。如果一个译者翻译不同的作者最后呈现出的都是他的统一风格,那这个译者其实是不合格的。我的翻译会尽量去接近原作者的风格。但是，译者可以有的是他的翻译态度，比如认真。

另外我对经典的翻译其实不太多。普希金的诗多一点，因为河北教育出版社要我编一个普希金全集，发现已有译者的版权买不来，因为我是主编，就只好重译。小说我都不主张合译，诗歌更不主张，我觉得诗歌很多人译了放在一起，可能会很糟糕。当时我比较年轻，就自己动手把普希金八百多首诗歌都翻译了。我后来编一些选本都以这个为基础，但每次都会改译，因为发现自己以前有些地方译得并不好，重译经典可能也主要是这个出发点。这个很奇怪，比如我们读曹雪芹，祖祖辈辈就不会改动一个字。但是翻译不同，读普希金，过几十年就会重译，比如以前鲁迅译的果戈理今天就很难读了，但是鲁迅自己在同一时代写的文章，这么多年读来还是很经典，很有意思。

晶报：您觉得今天的翻译环境如何？从待遇到出版社及读者的态度和要求。

刘文飞：今天出书更容易了，出版社把关也没以前那些老社那么严格了，今天出版社不说有俄文编辑，就是有英文编辑也不会每个字对照原文推敲，编辑把准不准确的责任都推给译者，以前翻译是一个很神圣的事情。跟今天的生活语境有关系，干什么事情都不是特别认真，不是特别神圣，翻译如果马虎更容易暴露问题。

当然也有人说"出什么钱，干什么活"，今天翻译一本书可能需要一年时间，稿费可能一万块，这让编辑兢兢业业一个字一个字抠，也不太现实。但我一直认为翻译是一件高度神圣的事情，甚至我宁愿少翻译一点，还是精致一点好，作者肯定是字斟句酌的，很多大家作品都不是为凑稿费写的。出于对作者的崇敬和对汉字的敬畏，我才去翻译一些东西。对原作要有一种敬畏，对语言要有一种神圣感，我们翻译的都是好作品，作家写得很认真，翻译也要很认真，老老实实翻译。

晶报：不同语言文学文字妙处难以被翻译，这个问题存在么？您怎么看？

刘文飞：存在，很多妙处很难翻译。比如把莫言的作品中的妙处等值地翻译为俄语，就很难。这个需要不同译者不同译本反复摸索，大家不断阅读比较，才能慢慢琢磨发现作品的妙处。俄国出中国的书很少，俄国真正能翻中国文学的就十几个人。对比中国研究俄国文学的人，他们是相形见绌的，包括研究人数和翻译的数量和质量。

当然反过来也可以说，俄国文学的国际影响更持久，超过中国。把中俄当代文学放在新的阅读圈，比如德国、法国，询问普通读者，他肯定先知道俄国当代作家，在莫言之前，很少有人知道中国作家。

关于工作计划：未来将着力撰写俄国思想史

晶报：能简单介绍下您的俄国文学研究和翻译么？您对布罗茨基研究挺多，直接从俄语翻译，您的译本是公认的经典，接下来有什么主要的翻译写作计划？

刘文飞：我专门研究俄国文学有三十多年了，我研究生读的是俄国文学专业，在社科院工作主要也是研究俄国文学，我的工作不外乎是读一读俄国的书，写一写关于俄国文学的专著，在学术之外的"业余"时间翻译一些俄语作品。

布罗茨基是我博士论文研究对象，我可以同时从俄文、英文对他研究，因为布罗茨基一直是英语写散文，俄语写诗。我对他比较了解，他的一些朋友也是我的朋友，我还写了他的传记，包括几年前去耶鲁大学做访问学者，我也是专门研究他的创作，他所有的档案、材料都放在那边。

接下来也到了一个做学术总结的时期，接下来我专门关注某一个俄国作家或专题方面投入的精力可能会少一些，我会更关注俄国思想和文学的关系，如果可能的话，想写一部俄国思想史。因为我发现俄国很少人写自己的思想史，其实西方人有写思想史的传统，但也很少有人写俄国思想史，很奇怪。我想大概是俄国文学太强大，太具有思想性，一般国家思想史都是哲学家来写，但俄国哲学家都是职业哲学家，真正的大思想家都是文学家，像托尔斯泰、陀思妥耶夫斯基，俄国的文学史有成百上千部，政治思想史、社会思想史、美学思想史都有，却没有思想通史，这个在世界上也是一个空白。可能还是要从俄国文学入手来研究俄国思想，我觉得研究俄国思想，俄国文学是绕不过去的。一个人不懂俄国文学，他或许也很难写出俄国的思想史。

晶报：您现在主持的首师大外国语学院北京斯拉夫研究中心要创办一份《北京斯拉夫评论》杂志，进展如何？有什么计划和想法？

刘文飞：因为中心成立不久，杂志还没有面世。我们约两周后会在北京开一个"俄国文学史的多语种书写"主题研讨会，以前我们喜欢俄国文学、研究俄国文学史的人，可能读过中国人、俄国人写的俄国文学史，甚至还读过英国人写的，但我们依然不知道法国、德国、意大利、日本、韩国怎么写俄国文学史，我们就打算把这些国家研究俄国文学史的人请来探讨，最后会出一个集子，可能这个就是杂志第一期的主要内容。接下来还有很多计划，比如开一个乌克兰问题的研讨会等。

与俄语和俄国文学的相遇 [*]

人民网俄语频道采访

常景玉 [**] 译

主持人：大家好！欢迎观看人民网节目。我们今天要谈谈俄国的文学和文化，我们邀请到的嘉宾是著名翻译家、中国社会科学院教授刘文飞先生。他翻译了很多部俄国文学作品。刘教授，您好！很高兴见到您，感谢您来到我们的节目。

刘文飞：谢谢你们的邀请！

主持人：我们知道您的生活与俄语和俄国文学紧密地联系在一起，今天我们想让您与我们分享一下您的经历。首先，请谈谈您是如何与俄语、俄国文化结缘的。

---

[*] 见 russian.people.com.cn›Общество и культура›7321608.html。访谈用俄语进行，访谈时间为2011年3月16日，原题为《Лю Вэньфэй: Случайная встреча с русским языком и литературой стала настоящим подарком судьбы》。

[**] 常景玉，2018年考入首都师范大学外国语学院随刘文飞教授攻读博士学位，研究方向为俄国文学报刊。

刘文飞：我与俄语和俄国文化产生联系，完全是偶然的。上中学时，我一个俄语字母都不认识。毕业后，我和我这一代所有年轻人一样，作为"知识青年"在农村工作。1977年，我突然有机会去考大学，并取得了不错的成绩。但是当我拿到录取通知的时候，我无比惊讶——我的专业竟然是俄罗斯语言文学！可我并没在志愿填报表中选择这个专业。我入学后才明白，把我调剂到这个专业可能有以下三个原因：第一，我的英语成绩还不错，老师们认为我有一定的外语学习能力；第二，在所有新生当中我年龄最小，他们认为我从头开始学一门新的外语比较容易；第三，我在志愿中选择了文学专业，他们认为俄国文学在世界文坛占有举足轻重的地位，掌握俄语对研究文学有益，从这个角度看，他们是对的。在大学里，我立刻就爱上了俄国文学，大二的时候我就尝试翻译普希金的作品。当然，我的翻译并不尽善尽美，但我的确已经开始做了。大学毕业后我考上了研究生，专业是俄国文学，就这样，俄国文学变成了我的职业和工作。

主持人：您是在哪所大学学习的？

刘文飞：我本科就读于安徽师范大学，它坐落在长江边。读研究生是在北京的中国社会科学院研究生院。

主持人：那时您从来没有去过苏联吗？

刘文飞：是的，当我成为一名专业的研究人员之后，才有机会去莫斯科学习和进修。

主持人：希望您并不后悔得到学习俄语和俄国文化的机会。

刘文飞：老实说，当时英语或日语比较流行，因为那时候大家认为，学这两种语言的人有更好的前途，也许能去美国、日本工作，赚大钱。那时候我们还很年轻，没考虑过文学和文化方面的东西。但是现在我认为，与俄国文学相遇，是命运之于我的真正赐予。我从不后悔学了俄语，这是命运给我的礼物。

主持人：开始学俄语的时候很难吗？

刘文飞：俄语当然很难学，尤其对于中国人。您知道为什么英语在中国如此受欢迎吗？这一方面是因为英美文化的霸权地位，另一个原因在于，英语对中国人来说相对简单，因为我们放弃了古汉语传统，部分地引用了英语的语法。因此，中文在语法上与英文更为相近，众人学英语比学俄语要容易一些。

主持人：是的，俄语更难把握。

刘文飞：特别是口语。

主持人：您刚才说大二的时候就开始翻译普希金的作品，他是您最喜欢的诗人吗？

刘文飞：虽然我就读的那所大学不是很出名，但它有一个很棒的图书馆，里面几乎藏有所有的俄国文学作品。我一直热爱文学，所以我会了一点俄语之后就试着翻译俄国文学作品。俄语诗人布罗茨基曾在回忆录中写道，他用了三四年时间"读完了"所有俄国文学作品。当然，我不能说我读了所有作品，但大部分我都读过。我热爱文学，就自然而然地开始了翻译工作，特别是，当我发现了某些中文译本中存在错误，我就开始有了自己进行翻译的信心。

主持人：您最喜欢的俄国作家和诗人是谁？

刘文飞：刚上大学的时候我喜欢普希金，快毕业的时候更喜欢莱蒙托夫。现在我已经是专门研究俄国文学的学者，我已经没有选择权，我不得不爱所有伟大的俄国作家和诗人。当然，每个人都有自己的偏好。我最喜欢的是俄语诗歌，在诗人中很欣赏普希金和布罗茨基，从普希金到布罗茨基可以看成是俄语诗歌的整个发展历史。

小说呢，我更喜欢那些在作品中富有哲理和思想的作家，比如陀思妥耶夫斯基。

主持人：看来您更喜欢思想内容深邃的作品。那么，俄国文化如何影响了您的生活？

刘文飞：俄国文学和文化对我的物质生活和精神生活都产生了巨大影响。首先，我在中国社会科学院外国文学研究所工作，俄国文学让我有了工作和收入，从物质上说，我是靠俄国文学生活的。其次，我的生活内容不仅是工作和金钱，不仅是运动和业余爱好，还包括阅读、写作和思考。米哈伊尔·普里什文曾把著名的"我思故我在"改成了"我写故我在"，现在我想把我的生活表述为："我译，我读，我写，故我在。"最后，作为一位文化工作者，我意识到，知识分子对社会和人民负有某种责任和义务，这也是俄国知识分子的最典型特点。

主持人：近年来，您翻译或编纂的一些俄国文学作品，比如佩列文的《"百事"一代》和《普里什文文集》等。您在选择要翻译的俄文原著时遵循什么标准呢？

刘文飞：这个问题对我来说有点意外。仔细想想，我在选择要翻译的作品时并没什么特别的标准，如果有，那就是原著的文学质量和影响力。在新生代翻译家里，我可能是译著较多的一位。我的一位研究生告诉我，中国国家图书馆里我的著作有八十多本，它们大多是关于俄国文学和文化的。现在我正期待我的第一百本书的出版纪念日，不管过多久，这个盛大的节日终会来临。

主持人：现在您在做哪些翻译工作呢？相信它们很快就会问世吧？

刘文飞：现在我正在翻译米尔斯基写的《俄国文学史》，它在俄罗斯也刚出版不久。作者米尔斯基在十月革命后就在英国的大学工作，在那里他写了这部《俄国文学史》。直到现在，西方的大学也一直用它做教科书。纳博科夫说，这是用包括俄语在内的所有语言写就的最好的一部俄国文学史。这本书有两卷，有望明年能出版。此外，我要写一本关于俄国思想史的书，因为我一直喜欢有思想深度和哲理的文学作品，我觉得我可以完成这项任务，这也是我的愿望。同时，我还要编一套俄国当代小说丛书。这就是我现在的工作。

现在我来回答您前面提出的问题，也就是我在选择翻译俄国文学作品时的标准，或者说，我翻译的动机是什么。我想，这首先源于我对某些作家和作品的热爱，比如普希金、布罗茨基和陀思妥耶夫斯基。当我开始阅读俄国文学作品时，普希金的所有作品几乎都已被译成中文，但我发现国内还没有包括他的信件、评论和历史著作等在内的完整全集，所以我就主编了一套十卷本的《普希金全集》，这套书在1999年出版。后来，我翻译了布罗茨基的作品，他的创作是我博士论文的题目。论文答辩后，我翻译并出版了他的作品，比如《悲伤与理智》和《文明的孩子》。去年刚刚出版的30卷本《陀思妥耶夫斯基全集》在业界受到了广泛好评。现在，陀思妥耶夫斯基在全世界非常受欢迎，他的地位甚至要高于普希金和列夫·托尔斯泰。这是我翻译的第一个动机——热爱。其次，我有时候会应在杂志社或出版社工作的朋友的邀请，翻译某些作品，例如普罗哈诺夫的小说《黑炸药先生》，还有去年出版的伊里扎罗夫的小说《图书管理员》，这是第二个动机。最后，就是我的学术责任感。我目前在中国社会科学院外国文学研究所工作，并担任中国俄罗斯文学研究会秘书长一职，因此，我有责任让中国读者更多地了解俄国文学。十年前，国内学界对白银时代的文化遗产，特别是宗教哲学产生了浓厚兴趣，如索洛维约夫，因此我编纂了《俄罗斯白银时代文化丛书》。

您刚才提到的《普里什文文集》在中国社会中也产生了一定的影响，因为现在正值中国的生态文学和生态文化的热潮，许多中国读者立即爱上了普里什文。

主持人： 您说当今的中国读者喜欢俄国文学，但我注意到，在苏联时期，大多数中国人，尤其是受过教育的人都很熟悉俄国文学，契诃夫、托尔斯泰、普希金的大名无人不知。而现在中国的书店里却很少见到俄国文学作品。您认为中国的普通读者是怎样看待俄国文学的呢？他们对哪些作品感兴趣呢？

刘文飞： 确实，俄国文学的影响在中国有所衰退，但是您的话并非完全正确。在北京的任何一家书店里，都很容易找到俄国的经典文学作品，例如陀思妥耶夫斯基和托尔斯泰的作品，您亲自去商店看看就会知道。这就证明，俄国文学在中国已经正常化了，我们正常地进行阅读、翻译和研究工作。从另一方面说，俄国文学作品的发行数量确实比过去少得多。我说的"过去"指的不是20年前，而是指20世纪50年代中苏友好的时期。可以说，当时中苏两国的读者在同步地阅读苏联文学，甚至很多中国读者都可以用俄语阅读原著，但现在只有俄语系的毕业生才有这种能力。改革开放后，中国的俄国文学才回归到文学本身。如果说，俄国文学曾经是车尔尼雪夫斯基所说"生活的教科书"，而现在的俄国文学与日本文学、法国文学、德国文学一样，都只是文学。但是我认为，这并不是一场灾难，而是一件好事。现在，无论是研究人员还是普通读者，都把俄国文学当成一个审美对象。"生活的教科书"和"审美的对象"，哪一个更好呢？我认为是第二个。所以，我并不同意俄国文学在中国已经不再存在的说法。

主持人： 那您认为俄罗斯读者有机会了解中国文学吗？

刘文飞：我或许没有权利回答这个问题，因为我并不是俄罗斯的汉学家。这当然是玩笑话。中俄两国都是大国，但与中国的俄罗斯学者比起来，俄罗斯汉学家的人数要少得多，特别是研究人员和翻译家。据说，俄罗斯的汉学家大概有几百人，但中国的俄罗斯学者至少有几千人。莫斯科的中国文学作品比北京的俄国文学作品少得多，尤其是当代中国文学作品。现在俄罗斯很少有人了解中国的当代作家和诗人，而我们中国人却很了解俄罗斯的当代文学。不光是学者，就连普通的中国读者都知道帕斯捷尔纳克、佩列文、索罗金。这当然是文化贸易的不平衡。该为此负责的并不是俄罗斯的汉学家，但是这确实是一种不平衡。因此，我也在这一方面做了一些努力。为了纪念俄罗斯的"中国年"，我主编了一部名为《亚洲铜》的中国当代诗选，这部在圣彼得堡出版的诗集在俄罗斯产生了相当大的影响。俄罗斯著名诗人卡扎科娃读完这本选集后非常高兴，她在给我的信中说："我通过这本书立即爱上了中国。"令人悲伤的是，几天之后她就去世了。现在，我把这封信当作珍贵的文献加以保存，这也是中俄文学友谊的证明。这个星期，我和著名的李英男教授一起为《民族友谊》杂志编写了特刊，这期特刊上全部都是中国当代作家的作品。我们翻译了一些著名的小说和诗歌，比如著名的小说《贫嘴张大民的幸福生活》和《第三地晚餐》等。《民族友谊》是俄罗斯非常著名的杂志，相信在这期特刊之后，会有更多的俄罗斯读者了解到中国文学。

主持人：希望中国文学在俄罗斯，以及俄国文学在中国都能发展得越来越好。那您对俄语和俄国文学在中国的发展前景有什么看法呢？

刘文飞：我认为俄国文学在中国有着强大的生命力，过去如此，现在如此，将来也会如此。

主持人：谢谢您！近年来中俄两国在国家层面上开展了许多交流活动，作为一名学者，您如何评价中俄双边关系？

刘文飞：这其实是一个外交问题。中国的"俄罗斯年"和"俄语年"，俄罗斯的"中国年"和"汉语年"都是非常好的活动，它为中俄双方增进友好和扩大合作做出了重要贡献。但是如果从一名学者的角度看，我有这样的感觉：这些活动的官方性多于民间性，外交性多于文化性，表面性多于深刻性。当然我不是反对这些活动，只是它们就像一阵微风，很快就吹过去了。

主持人：那您认为可以举办什么样的活动来加深两国人民的友谊呢？

刘文飞：其实回答或思考这些问题，都不是我最重要的责任。我认为这些活动很好，但除此之外，我很高兴地注意到，中俄两国领导人已经高度重视所谓的"人文外交"，我不知道是谁提出了这个概念，但这是个非常好的想法。人文科学是文化、文学、哲学、历史，而不是技术、贸易。"人文外交"就是让俄国文学和文化在中国发挥更大的作用和影响，反之亦然。如果某个中国人爱上了普希金，那么他就不太可能憎恨俄罗斯人。如果俄罗斯人读了孔夫子，那就会对中国更感兴趣。这就是文化的力量。

主持人：相信这也是您对所有读者的期望。您现在常去俄罗斯吗？

刘文飞：去年我去过两次。第一次是去参加在莫斯科举行的翻译家大会，第二次我代表社科院外文所去了俄罗斯，与莫斯科的俄罗斯科学院世界文学研究所和圣彼得堡的俄罗斯科学院俄罗斯文学研究所，也就是普希金之家建立了合作关系。这两个研究所的所长都是我的俄罗斯同行，今年他们将来华访问。这也是人文外交的一部分。

主持人：在节目最后，您对我们的读者有什么祝愿吗？

刘文飞：我唯一的祝愿就是，希望中国读者读更多的俄国文学作品，希望俄罗斯读者读更多的中国文学作品。

主持人：非常感谢您！再见！

我有些怀念那深邃的思想[*]

塔·沙巴耶娃采访

王彬羽、田芳[**]译

俄国文学在中国的情况已有异于之前，阅读情况和接受情况都发生了变化，但在中国仍有许多人像从前一样对各个阶段的俄国文学都很感兴趣，从古代文学到当代文学，并力图使其成为读者大众的财富。今天，我们就和中国社会科学院外国文学研究所教授、中国俄罗斯文学研究会会长刘文飞教授一起聊一聊这个话题。

---

[*] 原载俄罗斯《文学报》2013 年 11 月 20—26 日，第 46(6439) 期第 11 版，"世界俄罗斯学之星"栏目，原题为《Я немножко скучаю по глубоким смыслам》。

[**] 王彬羽，2019 年考入首都师范大学外国语学院随刘文飞教授攻读博士学位，研究方向为利哈乔夫的创作；田芳，2017—2020 年在首都师范大学外国语学院随刘文飞教授攻读硕士学位，硕士论文题为《彼得鲁舍夫斯卡娅创作中的残酷与温情》。

沙巴耶娃：刘先生，在中国教授俄语和俄国文学，有哪些问题困扰着您？

刘文飞：我不是俄语老师，我只带俄国文学方向的研究生，所以这个问题我很难回答。当然，存在着一些令我担忧的问题。首先，俄语现在已经和德语、法语一样成为了"小语种"，也就是说，英语是唯一的"大语种"。如果英语的"霸权地位"持续发展，将是一件非常遗憾的事情。其次，俄语专业的学生对文学的兴趣似乎正在减退，这当然是非常不好的，因为文学是最高形式的语言，而且，俄语是一种文学语言，是普希金的语言，正是用这种语言书写出了世界上最卓越的文学之一。

沙巴耶娃：在中国，经典文学作品经常被一次又一次地翻译，有时一部作品会被翻译数十遍，您觉得这样好吗？有必要吗？这些译本都是高质量的吗？

刘文飞：是的，一些俄国文学作品都有许多译本，比如《叶夫盖尼·奥涅金》、《安娜·卡列尼娜》和《罪与罚》等。很难说这个现象好还是不好，因为这些译本都不一样。如果某一部作品有许多译本，而且每一种译本的质量都很高，那当然很好；但如果新的译本质量比之前的差，或者只是重复翻译，甚至是抄袭，那就太荒唐了！至于有没有必要，这是由图书市场和读者决定的。我也不明白，为什么原著是永恒不变的，译本却老是变来变去。据说，每一代读者都需要一种新的译本，是这样的吗？我反对通过翻译将经典作品"现代化"。去年，我在莫斯科举行的翻译家大会上向在场的所有人提出了这个问题，但没有一个人能够回答。

沙巴耶娃：这种沉默很奇怪，因为这个问题不仅在中国亟待解答，在其他国家也是如此。我们认为本国的经典作品是亘古不变的，是否真的需要对经典作品进行现代化的翻译呢……我听说，新的译本出现并不是因为读者需要，而是因为出版商购买新的译本更容易，比支付旧译本的版权费更便宜。是这样吗？

刘文飞：这只说对了一半，因为在中国（当然不仅仅是在中国），无论新译本还是旧译本，无论好译本还是差译本，报酬都很低。

沙巴耶娃：在俄罗斯，从苏联时期起人们就认为，好的译本就是读起来好像就是一本俄语书。对于中国人来说，什么是好的译本呢？

刘文飞：什么是好的译本，什么是不好的译本，答案取决于读者的爱好、时尚、评价标准，甚至是翻译学的发展。归根结底，是关于归化和异化的争论。对于每一位译者来说，这就像是"生存还是毁灭"的问题。我懂一点英语，也读过一些俄语作品的英译本。我有这样一个感觉，面对俄文原著，俄国文学的英译者要比俄国文学的中译者更自由一些。中国翻译家严复所提出的翻译标准至今还对我们产生着非常重要的影响，他认为，好的翻译要达到三个标准，即"信、达、雅"。很有可能，这就是为什么，中国的外国文学译作看上去更多异化，也就是，读起来不太像是汉语作品。

沙巴耶娃：中国读者平均花费多少钱在购书上？在中国电子书更胜一筹吗？

刘文飞：我不知道确切的数字，但我知道，现在中国读书的人很少，尤其是读文学作品的人。我们会开玩笑说，现在只有中小学生买书（这是老师的要求，是为了应付考试），而只有从事文学创作的人才会阅读文学作品。这对于中国这样一个有着古老文明的国度、有着强大阅读传统的国度来说，是很可悲的。唯一的安慰便是，在这一点上中国并不是一个例外。我认为，电子书一定会赢，不过是我们这一代读者完全离开这个世界之后。

沙巴耶娃：您最喜欢翻译哪些 19 世纪的经典作家和 20 世纪的俄国作家？谁的作品对您来说翻译起来尤其困难？您认为哪些作家在中国读者中受到的关注度远远低于其应得的关注？

刘文飞：我喜欢翻译所有俄国作家的作品！我翻译过 19 世纪俄国经典作家的作品，比如普希金、恰达耶夫、莱蒙托夫、陀思妥耶夫斯基和托尔斯泰的作品，也翻译过 20 世纪作家的作品，比如高尔基、安德烈·别雷、帕斯捷尔纳克、茨维塔耶娃、曼德尔施塔姆、娜杰日达·曼德尔施塔姆、哈尔姆斯、索尔仁尼琴、埃尔德曼、沙拉莫夫、普列什文、布罗茨基、拉斯普京、维克多·叶罗菲耶夫、佩列文……曾经有一段时间，我觉得哲学的内容，比如说恰达耶夫和别雷作品，或者现代主义和后现代主义的手法最难翻译，现在我却认为，对于文学翻译来说，最困难的任务是翻译普希金的作品，也就是他的"简朴和明晰"。说到那些在中国读者这里没有得到应有关注的俄国伟大作家，我想提到的是巴拉丁斯基、列斯科夫、扎伊采夫和沙拉莫夫等人。

沙巴耶娃：前不久，中国著名的俄语教育家伊丽莎白·帕夫洛夫娜·基什金娜在北京庆祝了自己的 99 岁生日。您和她见面了吗？您对自己的哪位老师记忆最深刻？

刘文飞：我非常了解伊丽莎白·帕夫洛夫娜，尤其是通过她的女儿、著名的俄语教育家、北京外国语大学教授李英男。在我自己的老师中，我尤其想要提到的是力冈教授（1926—1997）。1960 年，他在《世界文学》杂志上发表了艾特马托夫小说《查密莉雅》的中译，在中国读者和作家间引起了巨大的反响。从那以后，他的译作接连问世，他共出版了三十多本书，翻译量超过 700 万字。他去世时才 71 岁，他的家人和同事都认为他是死于过度劳累，他的一生都奉献给了俄国文学翻译事业。

沙巴耶娃：对外国文学的引介是如何体现在中国文学之中的？以俄国文学为例，这一过程是如何进行的？此外，在英美文学盛行的当下，这一过程有何变化？

刘文飞：俄国文学不仅对中国文化，乃至对中国的政治和意识形态都产生了巨大影响。如果不把苏联时期的其他加盟共和国计算在内，就俄国文学的出版量和俄国文学对社会产生的影响而言，中国居世界之首。百余年来，我们几乎翻译了所有的俄国文学作品，在中国已出版了五千多种俄国作家的作品，发行总量达十亿册，这占据了中国翻译著作总数的三分之一。

在 20 世纪 50 年代，俄苏文学对于中国而言并不是外国文学，而是"本国"文学。然而时至今日，已经很少有中国作家会说俄语，也很少有中国读者阅读当代俄国文学了。可以说，在当下，俄国文学对于中国而言仅仅是一种外国文学而已。如果说以前中国人读车尔尼雪夫斯基的《怎么办？》，读尼古拉·奥斯特洛夫斯基的《钢铁是怎样炼成的》，就像在读自己的"生活教科书"，那么现在他们则将俄国文学视为"完全别样的景象"。这个词组我是从维克多·佩列文的小说中引出来的，我已经将这部小说从俄语译成了中文。现在中国有许多人认为，俄国文学正在逐步远离中国读者，其对中国社会的影响力也在降低，尽管俄国文学仍然得到正常的翻译、阅读和研究。

从另一方面看，先前中国对于俄国文学的研究有过政治化和社会化的倾向，而如今这种倾向显著减弱，因为，随着社会民主化的发展，随着新一代翻译家和研究人员的涌现，中国的俄国文学研究更多地聚焦于艺术性和文学的审美范畴，人们更加关注研究的学术性和独立性。总之，俄国文学如今在中国更加贴近其纯粹的文学接受，这对于我们新一代的中国翻译家、研究人员以及"纯粹的"俄国文学爱好者而言是一件幸事，而绝非坏事。

沙巴耶娃：那您是否怀念那些深邃的思想？怀念构成俄国 19 世纪文学和苏联文学中不可或缺的道德内涵？当代文学对您而言是否是一种轻飘的、娱乐性的文学？

刘文飞：当然，我有些怀念。的确，俄国当代文学就某种程度而言丢失了传统俄国文学那种"思想的力量"，但这是对那种过于意识形态化的文学传统的反拨。

沙巴耶娃：有一次，一位日本女性翻译家曾对我说，有很多欧洲人不懂东方文学（尤其是诗歌），因为欧洲人不使用象形文字……那么反过来是否一样呢，也就是说，用象形文字是否会给被译成汉语的俄国文学添加某些新的含义呢？用象形文字书写的普希金和布罗茨基的诗作会有怎样的变化呢？

刘文飞：我认为，文学作品的"不可译性"并非在于象形文字。我并不认为中国人和俄罗斯人在理解普希金和布罗茨基的诗作上会有什么不同。但是，这只是就内容而言，而在诗歌的形式领域，我认为诗歌是完全无法翻译的，不仅无法从欧洲语言翻译成东方的象形文字，甚至也无法从一种欧洲语言翻译成另外一种欧洲语言。

沙巴耶娃：难道诗歌中的形式本身不也是内容的一部分么？至少比在散文中要多很多。您主编了一部俄译版的中国诗选，那么在译文中能保留下很多东西吗，丢失的又是什么？

刘文飞：您所说的诗歌的形式也是内容的一部分，这一点是正确的，这就是所谓的形式的内容性。正因为如此我才认为，诗歌是无法翻译的。但是悖论的是，到处都在翻译诗歌，人们也一直在阅读外国诗歌。至于我的那本诗集，我只是一个编者，而所有的译者几乎都是俄国诗人。很难说在译文中保留了什么，丢失了什么，但是译文中定会有译者们的很多添加。

沙巴耶娃：2000 年您写了一部书，名为《明亮的忧伤：重温俄罗斯》。您的忧伤指的是什么？您现在来到俄罗斯时会有怎样的感受？

刘文飞：无论当时还是现在，我都没有任何关于俄罗斯的"忧伤"，这本书是我第二次在俄访学时所写文章的选集，我在编选此书时引用了弗兰克关于普希金诗歌的一句评论。我认为，这个说法不仅是对普希金诗歌的一种精确定义，同时也是对苏联解体前后整个俄罗斯社会局势的准确描述，甚至还是对俄国文化和俄罗斯民族特性的写照。我一直很开心能够重温俄罗斯，能够接受俄国的文学和文化，其中也包括它的光明和忧伤。

我的朋友刘文飞[*]

弗·阿格诺索夫[**]

阳知涵[***] 译

我第一次来中国是在 1998 年,那时中国的俄国研究已经从"文化大革命"所造成的后果中摆脱出来,但之前取得的成就还未完全恢复。人们对于俄国文学兴趣极大,只要是在苏联出版的作品几乎都被翻译过来,甚至有些在苏联境外出版的作品也被翻译了。关于俄国经典文学的教科书已经出现,人们开始尝试理解苏共二十大之后文学进程中出现的一些现象,特别是在改革时期出现的现象。任光宣、余一中、张建华教授的名字在整个中国的俄国文学学术界都

---

[*] 原载俄罗斯《文学报》2013 年 11 月 20—26 日第 46(6439)期第 11 版,《世界俄罗斯学之星》栏目,原题为 «Мой друг Лю Вэньфэй»。

[**] 弗拉基米尔·阿格诺索夫,语言学博士,莫斯科国立师范大学教授。

[***] 阳知涵,四川外国语大学俄语学院教师,2019 年考入首都师范大学外国语学院随刘文飞教授攻读博士学位,研究方向为俄国白银时代诗歌。

非常知名。任光宣严格坚守苏联学者的观点；余一中坚定地认为应当重新评价那些他认为文学性不足的苏联时期作品，其中包括家喻户晓的尼古拉·奥斯特洛夫斯基的长篇小说《钢铁是怎样炼成的》；张建华则以其学院派观点调和了两位朋友的立场。正是从这三人那里我第一次听说了中国社会科学院外国文学研究所（类似我们的苏联科学院高尔基世界文学研究所）的年轻教授刘文飞。

他1994年获得博士学位，1999年曾在牛津大学进修，他和最早在中国介绍我们白银时代文学的上海的郑体武教授一样，成为中国俄罗斯学的骄傲和希望。

这位学者在按照中国人的标准来说还很年轻的时候（40岁）即已出版了三部专著。第一部还是和中国文学研究泰斗戈宝权先生合著的《普希金名作欣赏》。另外两部（《二十世纪俄语诗史》和标题神秘的《诗歌漂流瓶》，副标题为"布罗茨基与俄语诗歌传统"）则完全由他一人完成。

在这位学者后来的整个学术生涯里，普希金和布罗茨基一直是他的兴趣所在。2002年，《阅读普希金》问世；2003年，《布罗茨基传》付梓。两部著作都由中国最权威的出版社出版。在我的专著《俄罗斯侨民文学史》的译本出版之前，刘文飞谦虚地询问我，是否同意他为中国读者撰写一章关于布罗茨基的内容，这一章为本书锦上添花。当然，遗憾的是，这一章尚未及时纳入2010—2011年刘文飞在耶鲁大学（美国）访学期间收集到的材料——他在那里能够查阅到这位诺贝尔奖获得者的档案。

这位中国研究者对俄国最有诗意的作家之一米哈伊尔·普里什文的作品也产生了极大兴趣。中国社会科学院的研究项目"普里什文研究"（2006—2009）促成了刘文飞《普里什文面面观》这本书的诞生（2012）。

刘教授关于诗歌的第一本专著在 2004 年发展成为《20 世纪俄罗斯文学》，之后又衍生出了《插图本俄国文学史》，内容更加丰富。

多年来，这位中国学者开始越来越多地思考俄国文学和文化的关系以及俄国思想的独特性。他的著作一部接一部面世，如《思想俄国》（2006）、《俄罗斯文学大花园》（2007）、俄国文学和文化论集《别样的风景》（2008）等。

这位学者不知疲惫的思考引导他深入俄国文化，于是便有了《阿伊诺斯或双头鹰——俄国文学和文化中的斯拉夫派和西方派的思想对峙》（2007）这部作品。他的同事们认定，这部作品不仅让中国的俄罗斯学者首次了解到俄国文化史上一个最复杂的现象，还展现了语言表达的精致文雅和通俗易懂——并非每个研究复杂哲学问题的人都能做到这一点。很有可能，刘文飞在当时即已熟悉了让他着迷的德·斯·米尔斯基《俄国文学史》一书所具有的那种主客观相结合的写作风格。情况正是这样，《阿伊诺斯或双头鹰》的文字带有极大的客观性，同时也有专著作者极强的参与感。

如今，这位学者的书桌上摆放着许多俄国哲学家的著作（从恰达耶夫到伊林、利哈乔夫、古雷加、加契夫和科日诺夫），据我所知，电脑里还有写了一半的专著《俄国思想史》。

除了所有已列举出的作品，刘文飞还在中国、俄罗斯和美国的期刊上发表了更多其他文章，但这些并不影响他在艰巨的社会工作中亲力亲为。

他是中国俄罗斯文学研究会会长，这个研究会几乎将中国所有的俄国文学研究者都联合了起来。研究会每两年举办一次国际会议，今年 7 月 23—27 日，年会在海滨城市威海举办，会议主题为"俄罗斯文学：传承与创新"，有来自五个国家超过一百名报告人参会。而数周之后，我们又能在于青海湖举办的以"诗人的个体写作和诗歌的社会性"为主题的第四届国际诗歌节（《文学报》8月28日以"黄河涛声中的诗歌"为题对这次会议做了报道）上看到作为组织者之一的刘文飞的身影。

今年11月9日，在北京俄罗斯文化中心举办了首届"俄罗斯—新世纪"俄国文学汉译奖的颁奖仪式。刘文飞是三位评委之一，每位评委评阅19部译作，其中还包括完整的译著。刘老师（"老师"在中国是对学者的尊称）让我惊讶又钦佩的一点是，他名义上并不是《世界文学》《译林》《外国文学》《当代国际诗坛》《俄罗斯文艺》等杂志的编辑部成员，但他实际上却为这些期刊阅读材料，并替它们约稿，包括学者们的文章和作家们的诗歌、散文和翻译。

再顺便谈一谈刘文飞的翻译。刘文飞和自己的妻子陈方（一位杰出的教师）一起，于2004年翻译了我的整本著作《俄罗斯侨民文学史》。我不知道他是如何做到每年都翻译并出版好几本书的，比如1997年出版的《普希金诗300首》，1998年出版的《时代的喧嚣》（曼德尔施塔姆）、《银鸽》（别雷）、《三诗人书简》（里尔克、帕斯捷尔纳克和茨维塔耶娃），1999年出版的《箴言集》和《哲学书简》（恰达耶夫）、《俄罗斯文化史》（泽齐娜、科尔曼、舒利金），2001年出版的《"百事"一代》（佩列文），2002年出版的《萨宁》（阿尔志跋绥夫），2003年出版的《黑炸药先生》（普罗哈诺夫），2004年出版的和任光宣合译的瓦连京·拉斯普京作品集……在今年，刘文飞的译文中又添加了《曼德施塔姆夫人回忆录》（娜杰日达·曼德施塔姆）和两卷本的《俄国文学史》（德·斯·米尔斯基）。

每当我想到刘文飞，我都认为他在多个领域取得的丰硕成果也应当归功于他的缪斯——妻子陈方，她既能胜任教学工作，同时也无微不至地照顾丈夫和八岁的儿子。有一次，这位学者忘记了戴眼镜，便请妻子替他阅读某个文本，并说道："她就是我的眼睛。"我认为，她也是他的心灵。

我很高兴可以把刘文飞称作我的朋友。

图书在版编目(CIP)数据

俄国文学的中国阐释/首都师范大学外国语学院编.—北京:商务印书馆,2021
ISBN 978-7-100-19925-4

Ⅰ.①俄… Ⅱ.①首… Ⅲ.①俄罗斯文学—文学研究 Ⅳ.①I512.06

中国版本图书馆 CIP 数据核字(2021)第 090365 号

权利保留,侵权必究。

俄国文学的中国阐释
首都师范大学外国语学院 编

商 务 印 书 馆 出 版
(北京王府井大街36号 邮政编码100710)
商 务 印 书 馆 发 行
山东临沂新华印刷物流
集团有限责任公司印制
ISBN 978-7-100-19925-4

2021年10月第1版　　开本 960×1360　1/16
2021年10月第1次印刷　印张 20¾
定价:86.00元